唐调流韵

古诗文吟诵探析

张妍群 著

中国出版集团 东方出版中心

图书在版编目（CIP）数据

唐调流韵：古诗文吟诵探析 / 张妍群著. — 上海：东方出版中心, 2024.5
ISBN 978-7-5473-2418-9

Ⅰ.①唐… Ⅱ.①张… Ⅲ.①古典诗歌－诗歌研究－中国②古典散文－古典文学研究－中国 Ⅳ.①I207.2 ②I207.62

中国国家版本馆CIP数据核字(2024)第095502号

唐调流韵：古诗文吟诵探析
著　　者　张妍群
责任编辑　朱荣所
特约编辑　李飞
封面设计　余佳佳

出 版 人　陈义望
出版发行　东方出版中心
地　　址　上海市仙霞路345号
邮政编码　200336
电　　话　021-62417400
印 刷 者　上海万卷印刷股份有限公司

开　　本　890mm×1240mm 1/32
印　　张　9.75
插　　页　12
字　　数　200千字
版　　次　2024年6月第1版
印　　次　2024年6月第1次印刷
定　　价　65.00元

版权所有　侵权必究
如图书有印装质量问题，请寄回本社出版部调换或拨打021-62597596联系

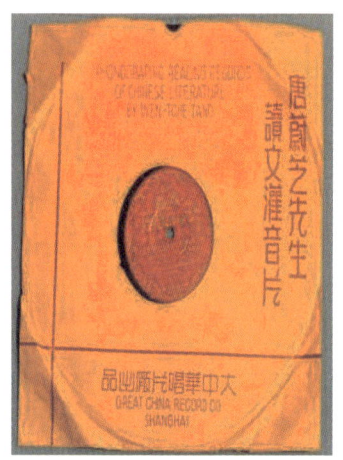 

1. 1948年上海"大中华"唱片录制的《唐蔚芝先生读文灌音片》（陈以鸿先生珍藏）

2. 2017年《（一九四八年）唐文治先生读文灌音片（修复版）》

3. 2014年9月，杨浦区《唐调吟诵古诗文》光盘首发式

4. 2019年上海市中原中学"非遗传承项目古诗文吟诵工作室"传统吟诵光盘(上海教育音像出版社)

5. 唐文治先生亲授弟子陈以鸿先生
（2019 年摄于上海交大咖啡厅）

6. 2012年杨浦吟诵班合影（前排从左依次是刘德隆教授、陈以鸿先生、杨先国老师）

7. 2017年3月，跟随刘德隆教授拜访陈以鸿先生和黄连荫女士

8. 2017年12月，陈以鸿先生指导古文吟诵

9. 2017年11月，杨浦区"唐蔚芝先生读文法"骨干班（前排从右至左：黄丽芬女士、刘德隆教授、黄连荫女士、陈以鸿先生、杨先国先生）

10. 2018年1月，杨浦区"唐蔚芝先生读文法"骨干班11位老师获结业证书

11. 吟诵骨干班结业证书

12. 2018年11月,唐调吟诵古诗文交流研讨活动暨上海市中原中学古诗文吟诵工作室启动仪式(后排中间为陈以鸿先生)

13. 2018年11月,陈以鸿先生亲临中原中学并课堂示范唐调吟诵《秋声赋》

14. 2018年12月，参加四川大学主办"四川省2018国学吟诵教育发展研讨会暨四川吟诵抢救·整理·研究"会

15. 2019年1月，杨浦吟诵团队跟随刘德隆教授、杨先国老师拜访陈以鸿先生

16. 2019年5月,"吟诵工作室"名师讲坛,王澧华教授《曾国藩的读书经》

17. 2019年6月,刘德隆教授来中原中学指导吟诵拓展课

18. 2019年6月,参与上海大学首届诗词吟诵艺术论坛交流

19. 2019年6月,陈以鸿先生为吟诵工作室撰联"句酌字斟循矩矱,金声玉振有规模"

20. 2019 年 6 月，喜得陈以鸿先生撰写嵌名联
"妍质慧心能继缵，群英众志共传承"

21. 2019 年 7 月，四川吟诵课题负责人陈洪老师来吟诵工作室交流，之后拜访萧善芗先生

吟诵传承汇编序

◎ 陈以鸿

  吾国文辞秉声调之富，擅奇偶之变，累代传承于口耳之间，各异其调而同臻妙趣，此今日所谓吟诵也。一自有司倡导于上，学界响应于下，蔚然成风，猗欤盛矣。张妍群、孙蕴芳二女史执教上海中原中学，以育才为乐。复联袂入杨浦区教育学院受唐蔚芝先生读文法之业，志笃力劭，卓然有成。近更出其馀绪，广采博收，举昔贤所传、今人所习汇为一编，行将使琅琅之声洋溢于士林，其沾丐后生之功岂浅鲜哉。予闻讯欣然，率弁数言以嘉之。

22. 2019 年 8 月，陈以鸿先生为中原中学吟诵工作室《传统吟诵系列光盘》作序

23. 2019年8月，赴南开大学参加教育部首届"迦陵杯·诗教中国"诗词讲解大赛全国决赛，获高中组一等奖

24. 2019年12月,杨浦区"诗联创作和诗文吟诵联盟"成立会议暨上海市中原中学吟诵课程展示活动

25. 2020年8月,杨浦吟诵团队参加渊雷基金会"钵水斋古诗文与唐调吟诵"雅集交流活动

26. 2020年10月,中华吟诵学会秘书长朱立侠博士及摄制团队来"吟诵工作室"交流

27. 2020年10月，中华吟诵学会副理事徐健顺老师来"吟诵工作室"

28. 2022年10月，"吟诵工作室"学生在上海图书馆东馆做唐调吟诵展演

29. 2023 年 3 月,拜访音韵学研究者张仁贤先生

30. 2023 年 6 月,杨浦吟诵团队参加玉佛寺端午诗会

31. 2023年9月,"吟诵工作室"师生在上海教博会做唐调吟诵展演

32. 2023年11月,参加千岛湖"中华吟诵大会",介绍中原中学"吟诵工作室"

序一

吟诵：动机纯净，心不妄动
——读《唐调流韵：古诗文吟诵探析》有感
刘德隆

有幸成为《唐调流韵：古诗文吟诵探析》（以下简称《唐调流韵》）第一个读者，应作者之邀，试述感想如下。

一

张妍群老师是上海市中原中学的教师。

优秀的教师应该有扎实的功底，以"教书"为事业，敢于走改革的路。

设科百二十年的语文课离传统文化、离母语越来越远。语文课也因"讲书""看书"多于"读书（念书）"而饱受诟病。张妍群老师努力踏实地探讨语文教学的本质并进行大胆的试验。从语文的根本"国

文""国语"入手，让"声音"回到课堂，将吟诵这一读书方法切实地融入语文教学，是成功的一例。

二

《唐调流韵》的特色是什么？答案是：让优秀的传统诗文吟诵回归语文教学。

《唐调流韵》是张妍群老师学习"吟诵"并将其与语文教学实践结合的成果，特点有三：

《唐调流韵》内容明确。以高中语文课本的选篇为论述对象，根据诗文的内涵，使用特有的吟诵调——唐调，逐篇逐句地进行读法推敲，对诗文深入解译。

《唐调流韵》举例实在。以唐调吟诵作品为实例，全部出自教学实践，来自课堂。

《唐调流韵》实践为主。全书实践介绍多于理论阐述。分析二十篇诗文的吟诵方法，为读者示范。

《唐调流韵》是张妍群老师的学习和教学的积累。十多年来，张妍群老师循规蹈矩地学习、实践，没有走任何捷径，其发展有清晰的过程。

第一阶段：播种（2012—2016年）。耳聆口学陈以鸿先生的吟诵，参与《唐调吟诵古诗文》光盘的出版，开始将吟诵应用于语文教学。

第二阶段：生长（2017—2018年）。以《（一九四八年）唐文治先生读文灌音片修复版》为范本，揣摩、融化、理解唐调，多次组织"潺潺的吟诵"活动，促成"杨浦吟诵团队"成立，在语文课堂上大胆地实验。

第三阶段：开花（2019—2021年）。编辑出版《传统吟诵系列光盘》，参加首届"迦陵杯·诗教中国"诗词讲解大赛，经上海市教委审批成立中原中学"非遗传承项目古诗文吟诵工作室"，完成《吟出最美读书声——将唐调引入古诗文教学的探索和实践》《浅谈张元济先生赠别唐文治先生诗五首》等论文，应邀参加各级吟诵展示并开设讲座。部分学生在市区吟诵活动中崭露头角。

第四阶段：结果（2022—2023年）。完成本书的撰写。

三

吟诵是什么？吟诵是风声、雨声与读书声的自然融合。吟诵是人的内心外露，吟诵是修养。

吟诵与修养有何关系？吟诵需要心静，吟诵能使人心静，两者互为因果。什么是"静"？"动机纯正，心不妄动"是为"静"。《大学》云："知止而后有定，定而后能静，静而后能安，安而后能虑，虑而后能得。"

现代研究者读《大学》，首先强调其"宗旨"："大学之道，在明

明德，在亲民，在止于至善。"是的，达到这目的很重要。第二强调学习的"效果"："心正而后身修，身修而后家齐，家齐而后国治，国治而后天下平。"是的，学习后就可以"修齐治平"，取得结果很重要。但是研究者往往忽略从明确目的到取得成果的过程与方法，忽略了"在止于至善"与"平天下"之间，如何进行有效的衔接——忽略了"定而后能静"。唐文治先生①创办无锡国专的宗旨为"正人心，救民命"。吟诵可以"正人心"，正是基于中国的传统思想、传统文化，它让"读书人""静"下来。

张妍群老师的著作所述，正是从"定"演化为"静"的过程。无论在哪一个阶段，张妍群老师都踏踏实实地躬耕在语文教学的第一线，对教学、对学生尽心尽责，毫不懈怠。语文课随着"静"而逐渐一字一句、一段一篇地形成《唐调流韵》。

四

吟诵是自我的、是私密的，是"静"的。因此吟诵无须借用任何"外力"，不需要服装、灯光、布景、音响的配合。吟诵是自然的、随意的，无须他人评价。因此吟诵可以交流而不应比赛，可以展示，不需要"展演"。

---

① 唐文治，字颖侯，号蔚芝，晚号茹经，著名教育家、工学先驱、国学大师。

吟诵：动机纯净，心不妄动

吟诵有不同的"调"，那是中国地域广大、方言纷呈的自然反映。各地吟诵各美其美，都应该得到发扬。因人而异，因时而异，因地而异，是吟诵的特点。但是每个"调"都有自己的特有的旋律与韵味，都有自己的基本规律，它在耳聆口授的传承过程中得到保存。《中华吟诵的抢救整理与研究结项报告》《中华吟诵田野调查研究》两书对此有较为完整的论述。

"唐调吟诵"是传统吟诵调中的一种。自有旋律、特点，在历史的长河中被人们接受、保存，这是唐调的幸运。称唐调为"吟诵第一调"，只能代表部分人对唐调的肯定和赞美，并不应将其视为"定论"。

吟诵式微百余年后，被人们重新认识，在抢救、传承、推广中逐渐复苏。但是在浮躁的社会环境中，吟诵"调"泥沙俱下，吟诵人鱼龙混杂。个人"谱曲"自称为"吟"者很多，以"随意唱"代替"某调"者很多，以"某某调传人"自封者也很多。广收门徒，唯我独尊者有之，不加分辨、不分真伪，视糟粕为精华者有之……吟诵在噪声中艰难地恢复着。吟诵啊，就像一个少年，正朝气蓬勃地向前飞奔；又似一位满身疤痕的老人，步履蹒跚踟躇于返回家园的途中。吟诵的道路坎坷崎岖，前途未卜；吟诵者任务艰巨，任重道远。

五

吟诵自1903年癸卯学制改革后逐渐淡出教育、教学。21世纪初开

始抢救、传承、推广，吟诵的恢复已经初见成效。在这个过程中，百岁高龄仍健在的陈以鸿先生是举足轻重的人物。

2023年《档案春秋》第三期刊载《百岁陈以鸿 国学有奇功》一文介绍陈以鸿先生，强调说陈以鸿先生和陈孝高先生"同是唐文治的亲授弟子，在熟稔唐文治的严谨治学，尤其是吟诵法上，没有第三人了"，又强调说"如今，唐调传人，唯陈以鸿一人耳"。

陈以鸿对吟诵的贡献有三：一、珍存了唐文治的吟诵原音《唐蔚芝先生读文灌音唱片》及有关资料；二、总结了"唐调"的吟诵规律，其讲课稿《我所知道唐调吟诵》是其研究的结晶；三、自2008年至2018年，以上海为中心，多次应邀去北京等地亲自授课，让很多人因此而受益，更是亲授十余位青年人，让唐调吟诵得以真正传承。

陈以鸿先生仅是传承"吟诵调"吗？传承唐调吟诵，是表象，是可见、可闻的。陈以鸿先生更是用行动告诉大家应该怎样修身、怎样做人。陈以鸿先生传承的是中国知识分子的风骨。

陈以鸿先生从没有以"唐调传承人"自居，而只同意在姓名前冠以"唐蔚芝先生亲授弟子"这一称呼。

陈以鸿先生讲课无数，从不以教师自居，而说"我们都是（唐）老夫子的学生"。

陈以鸿先生从不肯用自己的名义出版任何吟诵资料。他说："《唐蔚芝先生读文灌音片》还存世，那是唐调真正楷模。学好没有，以《修复版》为衡量标准。"

陈以鸿先生从不需要任何"虚名",更没有从经济利益出发考虑自己的行止。他说:"传承文化如同救火。救火还需要谈钱吗?"

大哉,陈先生!

六

陈以鸿先生是我尊敬的长辈。他抢救、传承、研究唐调吟诵,"动机纯净,心不妄动"让人心存敬佩。他为人处世轻名利、重实行,对社会的认识和理解以及远见卓识潜移默化地影响我和我的学生们。2005年汉语大词典出版社出版了陈以鸿先生的《雕虫十二年》、2014年上海交通大学出版社出版了陈以鸿先生的《续雕虫十二年》,我们急切地期待着陈以鸿先生的《再续雕虫十二年》出版。

张妍群老师是陈以鸿先生的亲授弟子,躬耕于语文教学的第一线。她和她的吟诵伙伴们(一个十多年来团结、主动、自觉、松散,名为"杨浦吟诵"的团队)为使语文回归"本色",努力继承和传播唐调吟诵。

张妍群老师是笔者的同事、朋友。张妍群老师让我成为本书的第一读者,并嘱咐我"谈谈感想",因此我将自己的见解简述于上。愿张妍群老师和伙伴们在艰巨的语文教学改革之路上有所进步,并有所得。愿张妍群老师的学生们在"唐调流韵"中"静"下来。

努力啊,张妍群老师!努力啊,"杨浦吟诵团队"!

唐调流韵：古诗文吟诵探析

2023年9月6日·癸卯白露于浣纱六村
2023年9月30日·癸卯中秋节后一日修改
2023年12月3日·癸卯大雪前三日改定

陈以鸿先生，生于1923年，江阴人。先后毕业于唐文治任校长的无锡国专和上海交通大学，后任职于上海交通大学出版社。笔力雄健，撰文无数，出版译作十余种。亲自编辑个人创作的对联、诗词、曲赋著作《雕虫十二年（1987—1999）》《续雕虫十二年（2000—2012》并先后出版。2013年至2024年的著作将辑为《再续雕虫十二年》，正在次第完成、编辑，准备出版。

序二

吟出最美日常读书音

很幸运能与唐调吟诵结缘。我最早接触"吟诵"这个词是因为十几年前读叶嘉莹先生的系列诗词评论书。2012年,杨浦区教育学院刘德隆、杨先国两位老师开设"唐调吟诵"的培训课,聘请唐调创始人唐文治先生亲授弟子陈以鸿先生(今已百岁高龄)指导吟诵,我欣然报名。后来,刘德隆先生说他有一个多年的心愿,希望集结三代人的吟诵制成光盘,让后学者有依可循。我大概用了四年时间,每天走路上下班时听着陈以鸿先生的吟诵音频,反复吟诵、玩味,渐入佳境,悟到古诗文吟诵妙处,在清淡中出奇趣,简易里寓深意,韵味无穷。

2014年我开始尝试在古诗文教学中引入吟诵,并开设了"唐调吟诵"拓展课,同学们普遍喜欢这种有音乐性的吟诵古诗文的方法。2018年,在学校的支持下,我负责申报的上海市中原中学"非遗传承

唐调流韵：古诗文吟诵探析

项目古诗文吟诵工作室"由上海市教委审批成立，便开始策划组织系列吟诵活动，采访老一辈学者，开设吟诵课程，出版吟诵光盘，推广唐调吟诵。

在吟诵学习与教学实践中，越来越感到将唐调吟诵引入高中古诗文教学，吟出最美日常读书音的意义是用符合汉语言音韵规律的方式教授汉语古典文学作品，体现语文教学综合实践性，与语言、思维、审美、文化核心素养密切关联，也是传承中华优秀传统文化的途径。本书是近年来我将唐调引入古诗文教学的探索与实践的呈现，是唐调理论与吟诵课堂教学实践的结合、文字与音频结合，有多种体例古诗文唐调吟诵的读法，论及唐调丰富性及与古诗文的联系，将唐调与语文教学、学科素养结合起来，是古诗文教学的新探索。

在吟诵学习与探索过程中，我一直心怀感恩。

感恩遇见陈以鸿先生、刘德隆先生、张仁贤先生等老一辈学者，他们为人坦荡真诚、治学心无旁骛，超然面对困境，不计个人得失，不遗余力传承优秀文化，有着传统知识分子的坚守与担当。自己常常被先生们的人格魅力与生命气象感动，既得到先生们珍贵而及时的指导，又收获学习之道及为人处事之道。

陈以鸿先生，出身于书香门第，祖父陈燨唐是前清进士，父亲陈文无是近代著名书法家、诗人。陈以鸿先生曾先后就读于无锡国学专修学校、上海交通大学，这两所都是唐文治先生任校长的学校。陈先生为抢救、传承唐调做了大量工作。据刘德隆先生回忆，陈先生约

有 25 次到杨浦区教育学院传授吟诵技巧。陈先生总结了《我所知道的传统吟诵》，用"参考简谱"表示各类文体吟诵调式，并强调简谱仅供参考，"有一定的随意性，不像唱歌、唱戏照着谱一个音也不能改动"。[①]本书在例析中援用了陈先生的简谱，但在吟诵时，可根据句子字数的变化、情感表达的需要，在简谱基础上适当加以变化。陈先生的文化讲座《中文十事》《十八般文艺》，涉及散文、骈文、韵文、律赋、诗词、对联、诗钟、文虎（谜语）、书法、吟诵等多方面，足见先生深厚的传统文化功底。刘德隆先生评价陈先生："是'学贯中西''文通今古'的学者，是一个'通才'式的人物。"2019 年为了录制吟诵光盘，我和孙蕴芳老师常常去拜访陈以鸿先生，大多在上海交通大学咖啡厅，请教古诗文的吟诵。陈先生每次都爽快答应，听吟指点，示范吟诵，阐释吟诵与诗文的密切联系，每次交流至少半天。也感谢陈先生女儿陈为芸老师协调，每次拜访都非常顺利，收获极大。

刘德隆先生，曾祖为清代著名文学家刘鹗，外曾祖父为著名学者罗振玉，祖父刘大绅为名儒。刘氏家族有刘鹗"大有堂"家传吟诵调。刘先生晚年又从陈以鸿先生学唐调，且十几年来坚持开设唐调吟诵培训班，培养吟诵传承者。在刘先生的引领下，我采访了一批学

---

① 陈以鸿：《唐调吟诵简说》，杨先国、陈先元主编：《唐调吟诵和语文教学文集》，上海市杨浦区教师进修学院、上海交通大学世界遗产学研究交流中心，2013 年，第 81 页。

者，录制了珍贵的资料，组织或参加系列市区级吟诵展示活动，研究实践吟诵教学，组织不同主题的"潺潺的吟诵"雅集活动近二十次。我请刘先生审读本书初稿，先生做笔记、翻阅文献、提出疑问、多次交流，这又促使我更谨慎地思考，给予我极大的指导与鼓励。

张仁贤先生，号野藤斋主人。师从章黄学派徐复教授习文字、训诂、音韵之学，从唐圭璋教授习词学。感谢张仁贤先生，给予我音韵学方面诸多指导。研究吟诵必然要涉及古诗文平仄音韵，如诗文用韵、平仄、仄声中入声字等问题，写书过程中我多次向张先生请教，先生都是第一时间给予详尽回复。先生曾为高中五册语文书所有古诗文标注"旧读"读书音（由《广韵》系韵书的反切音），将其赠送给我们吟诵工作室，这是极为珍贵的资料。先生所注的系列"野藤斋古诗文读本"，如《诗词平仄谱》《野藤斋教读<千家诗>》《古文笔法详析》《唐宋人词百首详析》等，都是我最常翻阅的书。近两年自己跟着先生学习反切法，学习古典诗文平仄音韵"旧读"读书音，开启新的学习之路。也感谢张先生之女笑蓉女士，她二十年来夜以继日将先生所注"旧读"读书音系列读本一字一字输入电脑，便于大家学习。

感谢杨浦区教育学院原院长、特级教师杨先国老师的引领，我得以拜访多位学者，组织市区级的吟诵活动，参与策划杨浦区"诗联创作及吟诵联盟"。感谢特级教师黄荣华老师的支持，我有幸多次参与录制黄老师主编的传统文化读本吟诵音频，此书章节编排及撰写体例也得到黄老师指导。感谢语文教研员、正高级教师王玮老师和特级教

师乐燎原老师，给予我的吟诵教学极大的鼓励与支持。

感谢杨浦吟诵骨干班伙伴们，在学习吟诵路上，因为有你们同行，一路充满趣味与温暖。大家常常结伴去拜访老一辈学者、组织"潺潺的吟诵"系列雅集活动、参加市区级的吟诵展示，既相互切磋，又增进情谊。

感谢语文组的老师们，为了录制传统吟诵系列光盘，老师们尽心学习吟诵，多次集体研讨吟诵，同去拜访老一辈学者，共同开设吟诵课，参与策划各类市区级吟诵活动，开发吟诵课程。感谢孙蕴芳、黄翰韫老师，两位在幕后做了大量的准备、后续工作，为传承吟诵尽心尽力。

感谢学校前任校长赵亦兰和现任校长陈美莲及各部门领导对吟诵工作室的大力支持，从申报项目到工作室建设、课程开设、课题研究、市区级吟诵展示、吟诵活动组织，给予很多人力、物力支持。此书出版得到了杨浦区教育学院及中原中学资助，于此一并感谢。

感谢默默支持吟诵的师友们。期待有更多的人参与到吟诵学习和传承中来。

感谢家人的支持与鼓励，让我得以在平凡且忙碌的生活中葆有一点"诗心"。

吟诵也成了我生活的日常，常常在浅吟低诵、偃仰啸歌中，自得其乐，趣味盎然。写书过程中，因学识尚浅，存在不少困惑。如，如何更好地领悟并实践唐文治先生的读文教育法，将读文与人格修养更好地结合；如何更好地把握唐调中的"阴阳刚柔"理论，并将之与读

法更好融合；如何更好地让吟诵走进课堂，吟出最美日常读书音。这也将激励我更进一步探索与实践唐调吟诵教学。

张妍群

2023年11月

目录

序一　吟诵：动机纯净，心不妄动（刘德隆）/i

序二　吟出最美日常读书音（张妍群）/ix

第一章　唐调吟诵概论 /001
  第一节　吟诵概念与其发展简述 /002
  第二节　唐调定义及《唐蔚芝先生读文灌音片》/016
  第三节　唐文治先生吟诵理论 /032

第二章　唐调吟诵与语文学科核心素养的关系 /053
  第一节　唐调吟诵与古诗文关系 /055
  第二节　唐调吟诵与语文学科核心素养的关系 /080

第三章　高中古诗文唐调吟诵探析 /107
  第一节　唐调学习方法概述 /109
  第二节　《诗经》《楚辞》调吟诵例析 /114
    1.《无衣》/120
    2.《静女》/122

3.《氓》/125

4.《离骚》（节选）/134

5.《短歌行》/147

6.《归去来兮辞（并序）》/152

第三节 诗词吟诵例析 /163

1.《梦游天姥吟留别》/167

2.《登高》/175

3.《琵琶行（并序）》/179

4.《声声慢》/193

第四节 上古散文吟诵例析 /198

1.《〈论语〉十二章》/200

2.《大学之道》/208

3.《烛之武退秦师》/212

第五节 后世散文吟诵例析 /218

1.《劝学》/224

2.《屈原列传》（节选）/230

3.《兰亭集序》/246

4.《阿房宫赋》/253

5.《赤壁赋》/262

6.《五代史伶官传序》/271

7.《登泰山记》/278

我的吟诵之路（代后记）/287

参考资料 /297

第一章

唐调吟诵概论

吟诵是中国传统读古诗文、创作古诗文的方法。

古代传统读诗文的称法丰富多样，如"吟""咏""哦""呻""诵""歌""读"等。这些称法有一定的差异，但其共通性就是遵循汉语言音韵特点，有节奏、有音乐性。

吟诵是口耳相传的读书方法，容易出现传承上的危机。20世纪初，随着社会变化，学制变革，西学东渐，传统文化受到冲击，吟诵逐渐被朗诵替代。及至20世纪80年代，吟诵才被人们重新认识。

唐调吟诵源自"桐城派"，形成于19世纪末。它是清代跨民国教育家、大学者唐文治先生所创的读文法。20世纪40年代被当时的知识分子尊称为"唐调"。

本章主要介绍吟诵概念与其发展经过、唐调定义及《唐蔚芝先生读文灌音片》、唐文治吟诵理论。

第一节 吟诵概念与其发展简述

一、吟诵概念

吟诵是什么？

吟诵是中国传统文化中读诗文、创作诗文的重要方式。

古典诗文是语言的艺术，由汉字组成，汉字又是由形、音、义三者组合而成的。鲁迅在《汉文学史纲要·自文字至文章》中说，"中国文字具有三美：意美以感心，一也；音美以感耳，二也；形美以感目，三

第一章 唐调吟诵概论

也",汉字独特之美在于音、形、义三者之美的融合。汉字是有音乐性的,启功先生在《诗文声律论稿》中说:"把汉语一个字一个字拼接起来,就成了诗的句子。'积木'的背景是有颜色的,摆的时候照着颜色块的变化来。由单字拼合成诗句,它也有个'颜色'的问题,就是声调的变化,诗歌特别重视平仄、高矮。高矮相间,如同颜色的斑斓,这样拼成的诗句才好听,才优美。所以要谈汉语构成,先得说汉字,先得说汉字的声调。高高矮矮、抑抑扬扬的汉语诗歌是有音乐性的,诗句的音乐性正来自汉语单字的音乐性。"[①]此语强调汉语声音的音乐性之美。古典诗文由汉字组成,最佳表达方式应能展现此音乐性。吟诵符合汉语的此特点,成为中国传统古典诗文口头表达方式。

唐文治先生的亲授弟子陈以鸿先生说:

> 首先谈谈我对吟诵的认识,即吟诵是怎么回事。吟诵学会对吟诵的定义是"中国式读书法"。我认为这种提法很好,首先要认清楚吟诵就是读书,不是唱歌。只适用于中文,而且是传统的文学作品。[②]

古典文学学者叶嘉莹先生在《吟诵:"惜之念之的文化遗产"》一文中定义吟诵说:

---

① 启功:《诗文声律论稿》,中华书局,2009年,第162页。
② 据陈以鸿先生2012年10月11日杨浦吟诵班上课资料整理。

唐调流韵：古诗文吟诵探析

  吟诵是一种既遵循语言特点，又根据个人理解，依循作品的平仄音韵，把诗中的喜怒哀乐、感情的起伏变化，通过自己抑扬的声调表现出来的方式，比普通朗诵对作品内涵有更深入的体会；吟诵是一种细致的、创造性的、回味式的读书方法和表达方式，是文字、音声和情意的综合表达，是我们民族世代相传的宝贵的非物质文化遗产。

  吟诵之目的不是为了吟给别人听，而是为了使自己的心灵与作品中诗人之心灵，借着吟诵的声音达到深微密切的交流和感应。因此，吟诵之前有两点基础必不可省：一是对于作者与诗歌情意的了解；二是读诵的节奏平仄。没有这两点基础的自由吟是不能通达的。[①]

自幼听前辈吟诵、二十余年致力于"吟诵"研究与推广的刘德隆先生对"吟"的理解是：

  吟需随意，唱需刻意；吟可发音含混，歌则字正腔圆；吟是读诗之法，须扫荡胸次净尽；吟是古人的纸笔，是推敲的过程；祖父的吟是在摇椅起伏时怡情的歌，父亲的吟是襁褓中的摇篮曲。

[①] 见《人民日报》2017年9月1日。

第一章　唐调吟诵概论

吟是民族的语言，长、短、高、低、急、慢、缓、促，无不在平仄中。吟是地域的语言，南腔北调，各有特色，如常州调、北方调、粤方言调、闽方言调、巴蜀调……吟可观摩，可交流，可切磋；不可考级，不可考试，不可比赛……①

从三位学者对吟诵的概述中，可知吟诵的特点：吟诵具有音乐性，是依循文字的平仄音韵而起的，贴近古诗文语言；汉民族的语法相同，但语言发音不同，有吟诵地域性，有极强的地方特色；吟诵有随意性，没有完全统一的范式，没有固定的乐谱；吟诵具有综合性，是融审美、语言、文字、思维为一体的古典文学的口头表达方式；吟诵注重向内心探寻，注重个人对作品体悟，而非外在表演。

二、吟诵发展简述

中国的古籍文献对吟诵多有记载。中国最早诗歌是与吟诵密不可分的。叶嘉莹先生《漫谈中国古典诗歌的吟诵传统》中说：

中国古典诗歌是以兴发感动为其主要特质的……中国古典诗歌的生命，原是伴随着吟诵的传统而成长起来的，古典诗歌中兴发感动的特质，也是与吟诵的传统密切结合在一起的。②

---

① 据刘德隆先生2012年10月11日在杨浦吟诵班上课资料整理。
② 见《长城》2001年第2期。

吟诵的产生可以上溯到先秦时期。《周礼·春官宗伯》记载:"大司乐……以乐语教国子,兴、道、讽、诵、言、语。"汉代郑玄在《周礼注疏》中解释:"兴者,以善物喻善事。道读曰导。导者,言古以剀今也。倍文曰讽,以声节之曰诵,发端曰言,答述曰语。"

在周朝"大司乐"是一个官职,掌管音乐,"以乐语教国子",就是按照音乐节奏,用带有美丽声音的语言来教周朝卿大夫的子弟。"兴",就是起兴,心有所感、有所动而发于言;"道"是导引之意,引导孩子从古代的诗歌或事情引发当下的生命体验或现实感悟;"倍文曰讽","倍"通"背","讽"指背读;"诵"是"以声节之",用有节奏的声音来吟咏诗;"言""语"是指学会用诗来表述、对答。从以上记载可知周朝教育贵族的孩子要背诵诗、吟咏诗。当时学校对于贵族子弟诵诗教学的重视可见一斑。

中国传统吟诵是从第一部诗歌总集《诗经》开始的。司马迁在《史记·孔子世家》中记载"三百五篇,孔子皆弦歌之"。"歌"就是诗歌的音乐性表达。《毛诗序》云"诗者,志之所之也,在心为志,发言为诗,情动于中而形于言,言之不足,故嗟叹之,嗟叹之不足,故永歌之,永歌之不足,不知手之舞之足之蹈之也"。此句中有两层意思:一是用语言表达心中之志、之情就是诗;二是可以借助嗟叹、咏歌、舞蹈来辅助表达。"咏歌"是一种具有音乐性的诗歌表达方式。孔颖达在为《周南·关雎序》作注"动声曰吟,长言曰咏",用声音表达诗歌是吟,拖长了声调去表达诗歌就是咏。"吟咏"是用意味悠长的声音表达诗歌。由此可见，《诗经》与吟诵密不可分。

《诗经》多为四言，中国的汉字是单音节独体字，为达到两音节一停顿的效果，只有和其他的字组合在一起才能形成音节，"二二"式便形成最简单、最原始的诗的节奏，于是便有了中国最早的四言诗歌。《诗经》多为重章叠句，在回环反复的节奏中，吟诵声音高低抑扬顿挫，微妙的变化传达的是内心不同的兴发感受。以《秦风·蒹葭》第一节为例，基本节奏是：

蒹葭/苍苍，白露/为霜。所谓/伊人，在水/一方。
溯洄/从之，道阻/且长。溯游/从之，宛在/水中央。

音乐性的吟诵能吟出一唱三叹的节奏美，"霜""方""长""央"押平声阳韵，有悠长苍凉的意味，吟出"蒹葭苍苍"中"苍茫、悲凉"的意境美，吟出"溯洄从之"的坚定，留下余音绕梁的回味。

《诗经》吟诵多为四句一循环，以四言为主，吟诵时整体上韵律感、节奏感强，吟出换韵之妙，吟诵时有一唱三叹之效。因此可以说，《诗经》伴随着吟诵而产生。

中国诗歌吟诵的传统在屈宋的《楚辞》中也有体现。《楚辞·渔父》云："屈原既放，游于江潭，行吟泽畔，颜色憔悴，形容枯槁。"太史公在《史记·屈原贾谊列传》中也写道："屈原至于江滨，被发行吟泽畔。颜色憔悴，形容枯槁。"屈子"行吟泽畔"，写的是屈原边行边吟的状态。战国时楚地巫风盛行，祭祀时往往以巫扮演神，具有想象丰富、文辞华美、风格绚丽的浪漫主义色彩。

《楚辞》中多六言和七言，兼有杂言，句式不一，错落灵活。《楚辞》的吟诵有一个节奏的重复循环，用"兮"字是楚辞的特色，可以帮助调节音节，舒缓语气。杂言节奏灵活多变，表意更丰富。楚辞的节奏，可以依据衬字将句子分为两个音节，也可细化为单字或两个字一个音节。以《离骚》为例，依句中的"之""于"等衬字划出基本节奏，用"/"标识如下：

帝高阳之/苗裔兮，朕皇考曰/伯庸。摄提贞于/孟陬兮，惟庚寅/吾以降。

皇览揆余/初度兮，肇锡余以/嘉名。名余曰/正则兮，字余曰/灵均。

吟诵出节奏感与换韵之美，"庸""降"为"东冬"合韵，"名""均"为"耕真"合韵。《离骚》吟诵多为四句一循环的调式，杂言句式有一定的灵活性，可吟出错落之美。

根据《吟诵研究资料汇编》[①]一书可以知道先秦的《周易》《尚书》《周礼》《仪礼》《礼记》《论语》《左传》《毛诗》等著作和庄子、列子、屈原、宋玉、荀子、吕不韦等人都有对吟诵的论述。

[①] 赵敏俐主编：《吟诵资料汇编》，中华书局，2018年。

第一章　唐调吟诵概论

汉代乐府是音乐机构，负责收集编纂各地民间音乐、整理改编与创作音乐、进行演唱及演奏等。汉乐府采制的诗歌原本在民间流传，经由乐府保存下来，多为五言诗，节奏为二二一，这是对四言诗的极大突破。钟惺在《诗归》中评论汉乐府时指出："此歌态生于情，情生于调，微吟自知之。"乐府诗虽没有平仄的规定，没有外加的格律，但吟诵起来往往有一种自然形成的天籁之美，其声调全在诗人自己的掌控，而这种掌控的标准是极为微妙的，通过声音自然的抑扬、疏密来传达幽微的情感，微吟自知。沈括在《梦溪笔谈·卷五》中指出："古诗皆咏之，然后以声依咏以成曲，谓之协律。"意思是古代的诗歌都可用来吟咏，用宫、商、角、徵、羽五声依照吟咏的调子谱成曲子，此为协律，诗的调和性可通过吟诵感知。以汉乐府《江南可采莲》为例，其吟诵节奏如下：

江南/可采/莲，莲叶/何田/田，鱼戏/莲叶/间。
鱼戏/莲叶/东，鱼戏/莲叶/西。鱼戏/莲叶/南，鱼戏/莲叶/北。

这首乐府诗分两节，前三句一节，后四句一节。五言诗的节奏为二二一，前三句"先""删"合韵，后四句可每句重复吟诵，形成唱和。汉乐府虽没有押韵平仄的自觉要求，吟诵起来却有自然美感，这是极高妙的。

从先秦到魏晋，诗人们写诗都遵从口耳听吟美感的需要，还没有平

仄音韵的自觉考量。齐梁时代，以沈约为代表的文人发现汉语四个声调的特点。《梁书·庾肩吾传》记载："齐永明中，文士王融、谢朓、沈约文章始用四声，以为新变。"以沈约为代表的文人以"平、上、去、入"这四个字作为四种声调的名称。其读音为"平声直低、有轻有重。上声直昂、有轻无重。去声稍引、无轻无重。入声径止、无内无外"。当代音韵学研究学者张仁贤先生在《诗词平仄谱》[①]中对"四个声调"作了分析："大约当初的平声，就跟现在的阴平一样念（今北京话调值为'55'），后来平声分阴阳（元周德清《中原音韵》就分了），阳平上扬，是昂的了（今北京话调值为'35'）。上声要'高呼猛烈强'，今天的北京话则是低起转更低然后上扬（调值为'214'）。去声与今天北京话相同（调值为'51'）。入声'短促急收藏'，今天的吴语、粤语一贯相承，无有变易。"

《吟诵研究资料汇编》一书汇编了汉代扬雄、傅毅、班固、郑玄、韩婴、司马迁、张衡、刘安、李陵、董仲舒、马融等20多人，魏晋南北朝陈琳、曹操、曹丕、嵇康、陶渊明、刘义庆、鲍照、沈约、谢朓、刘勰、钟嵘等40多人的有关吟诵的论述。

唐朝人进一步规范了近体诗之平仄声律，将平声归"平"，上、去、入三声归"仄"。一句诗，一首诗，如果平仄搭配得好，读起来就带音乐性。如仄起仄收式平韵五绝，四句依次是："仄仄/平平/仄，平

---

① 张仁贤：《诗词平仄谱》，青岛出版社，2021年，第3页。

第一章　唐调吟诵概论

平/仄仄/平。平平/平仄/仄，仄仄/仄平/平"，用"/"表示节奏，节奏点处字，吟诵时平长仄短，平仄调匀，合乎声律，吟诵就悦耳好听。近体诗的产生是吟诵时声吻之间的自然需求人工化的结果，格律的完成乃是为了配合吟咏诵读的需要。

杜甫曾言"新诗改罢自长吟"，长吟自己的新诗，是创造诗的需要，读者也能享受其中之美。元人刘绩曾评论："唐人诗一家自有一家声调，高下疾徐皆为律吕，吟而绎之，令人有闻《韶》忘味之愈。"[①]我们通过吟诵可感悟不同诗家创作的堂奥。

唐诗过后是宋词。词和诗一样，字要分四声和平仄。平声归"平"，上、去、入三声归"仄"。在词句里，某个位置上规定用"仄"，可以用上、去、入声字填进去，规定用"平"，就只能用平声字填进去。词同样讲究押韵，入声韵不能跟上、去声字通押。词句是依据乐句的，每个乐句有自己的节奏，与之相配的词句的长短也有严格要求，故又称"长短句"。词的吟诵与格律诗吟诵相似。龙榆生《令词之声韵组织》中说："令词创调之多，莫过于《花间》诸作者。……而后来习用之调，则仍以组织近乎近体诗者为最盛行。故知平仄调谐，利于唇吻，既便于入乐，亦适于吟诵。"词讲究平仄押韵，也是配合吟诵的需要。

隋唐五代以至两宋，有关吟诵的文字更是丰富多彩。《吟诵研究

---

① 刘绩：《霏雪录》，《中国历代诗话选（二）》，岳麓书社，1985年，第1101页。

资料汇编》有李百药、骆宾王、王勃、陈子昂、高适、李白、元结、卢纶、韦应物、裴度、薛涛、段成式、刘禹锡、姚鹄、江为、惠崇、王庭柱、晁公武、洪迈、赵藩、文天祥近三百人关于吟诵的论述、诗句、故事。

元明两代，就吟诵理论而言，最引人注目的是释真空用《玉钥匙歌诀》总结了汉语言音节变化的特点，其文曰："平声平道莫低昂，上声高呼猛烈强。去声分明哀远道，入声短促急收藏。"这一歌诀就成为此后研究四声的基本文本。其中"平""上""去"统称为"舒声"，"入"则为"促声"。虽然全国各地吟诵发音不尽相同，但是基本都以此为分辨读音的标准。《吟诵研究资料汇编》有关元明吟诵的记录不及唐宋，但也有近百人之多。

明清开始出现了各种戏曲，其唱法与吟诵有相似处。清代王德晖、徐沅澄在古典戏曲论著《顾误录·四声纪略》中论及："昔词隐先生论曲，谓去声当高唱，上声当低唱，平声当酌其高低，不可令混。其说良然。凡唱平声，第一须辨阴阳，阴平必须平唱、直唱，若字端低而转声唱高，便肖阳平字面矣。阳平由低而转高，阴出阳收，字面方准；所谓平有提音者是也。上声字固宜低唱，第前文遇扬字高腔，及曲情促急时，势难过低，则初出口不妨稍高，转腔即可低唱，平出上收。"此段细致地说明了曲艺与去声、上声、阴平、阳平四声密切的关系。

清以前，古文吟诵的研究较少，清代出现了完善的古文吟诵理论。古文的吟诵之法与诗歌不同，不需要严格按照字的平仄抑扬，更注重依

第一章　唐调吟诵概论

据语言节律划分节奏，声音随思想情感的起伏变化而抑扬，吟诵节奏随文气急缓而变化，古文的吟诵规则更难循。

清代的桐城派作家十分重视读文的方法，强调从文章的音节入手，根据言之长短、音之高低来探求文章之气，从而达到古人的神气，这便是桐城派代代相传的"因声求气"说。此学说与倡导古文运动的韩愈"气盛言宜"说是一脉相承的。韩愈在《答李翊书》中说："气，水也；言，浮物也。水大而物之浮者大小毕浮。气之与言犹是也，气盛则言之长短与声之高下者皆宜。"这里的"气盛"是指作者的一种精神气质、人格境界。意思是说，只要正气培养得旺盛了，发而为言辞文章，表现力就会很强，不论语句长短，语调高下，都无所不宜了。桐城派的"因声求气"说关注文章的阴阳刚柔，关注汉字节奏、押韵、声调，是较为完善的古文吟诵理论。桐城派作家姚鼐说道："大抵学古文者必要放声疾读，又缓读，只久之自悟。若但能莫看，即终身作外行也。"[①]强调吟诵的重要意义。本书探析的"唐调"吟诵便是继承并发展了桐城派"因声求气"读文法。

清末科举考试废除，传统私塾教育落没，新式学堂创立，后新文化运动，白话文兴起，传统吟诵日渐式微，取而代之的是西方传入的朗读法。从20世纪20年代至40年代，不少著名的教育家、学者都不遗余力抢救传统吟诵。朱自清在《论诵读》中说："古文和旧诗、词等都不是自

---

① 姚鼐：《与陈硕士书》，转引自朱任生《古文法纂要》，台湾商务印书馆，1948年，124页。

然的语言，非看不能知道它们的意义，非吟不能体会它们的口气——不像白话诗文有时只听人家读或说就能了解欣赏，用不着看。吟好像电影里的'慢镜头'，将那些不自然的语言的口气慢慢显示出来，让人们好捉摸着。现在多数学生不能欣赏古文旧诗、词等，又不能写作文言，不会吟也不屑吟恐怕是主要的原因之一。……小学的国语教学应该废诵重读，兼学吟和说；大中学也该重读，恢复吟，兼学说。"①

后来叶圣陶和朱自清合著《精读指导举隅》一书，在《前言》中强调吟诵的重要性："吟诵就是心、眼、口、耳并用的一种学习方法。从前人读书，多数不注重内容与理法的讨究，单在吟诵上用功夫，这自然不是好办法。现在国文教学，在内容与理法的讨究上比从前注重多了；可是学生吟诵的工夫太少，多数只是看看而已。这又是偏向了一面，丢开了一面。惟有不忽略讨究，也不忽略吟诵，那才全而不偏。吟诵的时候，对于讨究所得的不仅理智地了解，而且亲切地体会，不知不觉之间，内容与理法化而为读者自己的东西了，这是最可贵的一种境界。学习语文学科，必须达到这种境界，才会终身受用不尽。"②

近代唐文治先生在继承桐城派"因声求气"法的基础上创造了著名的"唐蔚芝先生读文法"，简称"唐调"。唐文治先生主张学校教育尤当注重人格教育，首推国学教育。他在上海交通大学、无锡国专开设

---

① 朱自清：《论诵读》，《朱自清论语文教育》，河南教育出版社，1985年，第113—114页。

② 叶圣陶、朱自清：《精读指导举隅（跟大师学语文）》，台湾商务印书馆，2009年，第11页。

第一章　唐调吟诵概论

"读文法"课,风靡一时。唐文治先生曾在1948年录制古诗文吟诵唱片,这也是目前所能找到的最早的吟诵原声资料。难能可贵的是,唐文治先生亲授弟子,今年百岁高龄的陈以鸿先生至今还珍藏着1948年录制的《唐蔚芝先生读文灌音片》原唱片,为后学者提供了宝贵的学习资料。20世纪三四十年代唐文治、朱自清、赵元任、夏丏尊、叶圣陶、朱光潜、吴世昌、俞平伯等著名学者身体力行,研究传承,传统的读书之法蔚然兴起。20世纪50年代,因为历史原因,传统吟诵再度中断。

1994年叶嘉莹先生率先提倡儿童学习古诗吟诵,1995年全国政协八届三次会议的第0003号提案,提及要用传统的教学方法来教授古代典籍。1998年叶嘉莹先生又建议在幼儿园与小学课程中增设"古诗唱游"一科,呼吁培养孩童对吟诵的兴趣。2010年国家社会科学基金重大项目"中华吟诵的抢救、整理与研究"获准立项,此项目分别由南开大学叶嘉莹教授、首都师范大学赵敏俐教授领衔组织团队研究吟诵方法,整理吟诵调式。徐健顺、朱立侠带队采访了全国千余位老先生,录制、收集大量珍贵吟诵音像资料,最早的原声资料就是1948年录制的唐文治先生的唐调吟诵。

2009年北京举办了"全国首届吟诵周"活动,特别设了"唐调儒风——传统吟诵代表流派'唐调'专场"。在会上,陈以鸿先生的唐调吟诵展示轰动一时,唐调吟诵重新被认识。2010年始,上海市杨浦区教育学院刘德隆、杨先国两位先生开设了"唐调流声"课程,以唐文治先生的录音为教材,邀请陈以鸿先生亲自指导,有计划地进行师资培训。

十多年来，近400位教师初步了解"吟诵"这一传统的读书方法，出现了一批唐调吟诵的骨干力量。近年来，各地吟诵培训与组织也纷纷兴起，吟诵正在复兴。

第二节　唐调定义及《唐蔚芝先生读文灌音片》

"唐调"的全称是"唐蔚芝先生读文法"，开创者是唐文治先生。2015年前"唐调"是唯一以人物姓名命名的吟诵调式，"唐调"一词，20世纪三四十年代已经在知识分子中传播，曾成立"唐蔚芝先生读文法传播会"。

1948年，上海大中华唱片公司请唐文治先生灌录十张唱片，皆为古诗文诵读。大中华灌音片以中英文两种版本发行海内外，将唐调推广到全国，使之成为20世纪影响最大的吟诵调。后随着社会变革，唐调传播一度中断。直到2009年，中华吟诵学会在北京举办了首届"中华吟诵周"大型学术文化活动，其中"唐调儒风"专场大放异彩，受到学术界、教育界、文化界的高度关注，唐调渐渐复苏。

当下唐调传播中，概念混淆、鱼龙混杂。如何识别唐调呢？唐调的来源、唐调基本调式以及学习唐调的重要依据是1948年录制的《唐蔚芝先生读文灌音片》及2017年修复的《（一九四八年）唐文治先生读文灌音片（修复版）》。

第一章 唐调吟诵概论

一、唐调来源

"唐调"的全称是"唐蔚芝先生读文法",开创者是唐文治先生。"唐调"一词,是当时知识分子对此读文法的尊称。

唐文治(1865—1954),字颖侯,号蔚芝,别号茹经,江苏太仓人。我国近代著名教育家、工学先驱、国学大师,著作有《茹经堂文集》《十三经提纲》《国文经纬贯通大义》《茹经先生自订年谱》等。他出身书香门第,自幼受严格的家庭教育,14岁已熟读四书五经,17岁师从理学名家王紫翔学习,潜心研读性理之学及古文辞。1892年中进士,官至农工商部尚书。

唐文治先生所处的时代列强入侵,道德沦丧,政治腐败,战乱不断,经济凋敝,百姓生活艰难。他清醒意识到,欲拯救这一切,只有道德精神之教化,方能正人心,救民命。1907年,唐文治先生弃政从教,担任上海高等实业学堂(上海交通大学前身)校长,将一所设备简陋的普通工业专科学校,办成了一所德智体并重,中外基础课并重,工科、文科与管理学科教学并重的工科大学。1920年唐文治先生创办了无锡国学专修馆(简称无锡国专),并任校长。无锡国专是一所专门研究中国古代文化的高等学校。唐文治先生除了力主学生精研国学外,还广泛开设了诸如逻辑学、经济学、教育学、心理学、世界历史、世界地理等社会科学课程,造就了一大批学贯中西、博古通今的文人学者。

唐文治先生主张学校教育尤当注重人格教育,人格教育首推国学教育。他主张学生通读国学经典原著,治学讲求厚积薄发,选择可歌可

泣、足以感发人之性情的文章。他在《作文法》一文论及"先圣昔贤之精神，所以传诸后世而不泯者，惟赖有文章在，后贤之精神又传诸后世者，亦惟赖有文章在。文章之传于世界，即所谓精神教育是也。读历史中忠义、孝友、儒林、道学列传，与其奏议、书札等，精神奕奕如生"。[①]通读原著能使人的精神与先哲精神相契合，精神振作，才能做有益于社会之人。唐文治先生的学生、后来任国专教师的钱仲联曾回忆："教学方面重在教古籍原书，教学生掌握基本知识。即使编教材，也选录大量原著，结合理论，不是那种通论式的东西。"唐文治先生国学教育上另一大开创便是"唐蔚芝先生读文法"，即"唐调"吟诵，并在上海交大、无锡国专开设"读文法"课。

1902年，唐文治先生向桐城派吴汝纶请教读文法。《唐文治自述》记载："桐城吴挚甫先生名汝纶，考察学务，适在日本，不期而遇，至为欢恰。屡次相约夜谈，论古文源流，并曾文正行谊宗旨为欢洽。"[②]在吴汝纶"阴阳刚柔""因声求气"的启发下，在原有江南吟诵调的基础上，逐步形成了一套独创的"唐蔚芝先生读文法"。唐文治先生主张通过用唐调读文，涵养性情，激励气节，潜移默化地提升国学素养。

无锡国专学生李尧春回忆："他（唐文治）嗓音洪亮，文调动人。读《诗经》、《左传》、《离骚》、汉赋，有各种不同的声调；对唐宋诗词，也另有一套读法。老先生对国专历届毕业生的影响最深的，我看

[①] 唐文治：《唐文治国学演讲录》，上海交通大学出版社，2017年，第527页。
[②] 唐文治著，文明国编：《唐文治自述》，安徽文艺出版社，2013年，第45页。

第一章　唐调吟诵概论

不是经学理学,倒是读文的'唐调'。由于'唐调'动听,学生们都争着学,就易于接受古文。文言文的写作动力,也就逐步提高。"[①]唐文治先生的学生、后来任无锡国专教师的钱仲联先生认为:"唐先生强调读文,自己示范教学生读,阳刚阴柔不同风格之文有不同的读法。通过长期诵读,书也熟了,作品的精神也体会得更深,虽不硬记,但不少名篇,几十年后还能背得出或能背出它重要的章节,不至于什么都要查工具书,查索引,这才是真功夫。"[②]唐调读文,有节奏音韵美的享受,有助于学生提升古文学习热情,提升写作能力,加深领悟文章精神,一生受用。

二、唐调原音流传

1948年上海大中华唱片厂应"唐蔚芝先生读文传播会"的要求,为84岁高龄的唐蔚芝先生录制了木纹唱片。大中华灌音片以中英文两种版本发行海内外,将唐调推广到全世界,使之成为20世纪影响最大的吟诵调。唐文治亲授弟子陈以鸿先生至今还珍藏着1948年录制的《唐蔚芝先生读文灌音片》原唱片。

半个多世纪以来,随着社会文化的变革,唐调吟诵这一优秀的传统文化和其他诸多传统都渐渐消失,能吟诵的学者都已年逾九旬,吟诵面临失传的危机。2009年,在北京举办的首届"中华吟诵周"大型学术文化活动上,"唐调儒风"专场大放异彩,受到学术界、教育界、文化界

---

① 陈国安等:《无锡国专史料选辑》,苏州大学出版社,2012年,第304页。
② 王艳明,何宇海:《跟着钱穆学历史》,中国言实出版社,2009年,第39页。

的高度关注。陈以鸿先生填词《水调歌头·中华吟诵周志盛》,用诗序及词作记录了这一具有历史意义的场景:

水调歌头·中华吟诵周志盛

　　2009年10月12至16日,在教育部语用司支持下,规模空前、意义深远的中华吟诵周于北京隆重举行。来自全国各地的数百名代表共同交流各种流派的古诗文吟诵,分组探讨吟诵理论,并分别至大、中、小学开展"吟诵进校园"活动。还有韩、日两国嘉宾应邀展示吟诵汉诗文的风采。交通大学前校长、无锡国学专修学校创办人、校长唐文治老夫子师承桐城派古文家吴汝纶,读文法有独到之处,上世纪四十年代曾由大中华唱片公司制成读文灌音片行世,因之倍受重视,此次特设传统吟诵代表流派"唐调"专场。我和范敬宜、萧善芗三个无锡国专毕业生作为"唐调"传人与会。我在会上按照老夫子的读文法诵读了欧阳修《丰乐亭记》《伶官传序》和范仲淹《岳阳楼记》,又在清华大学历史系教室为学生们吟诵了李煜《虞美人》《浪淘沙》和苏轼《水调歌头》,并在"唐调"专场的尾声部分基本教会一位来自山东的初中女学生田静吟诵岳飞《满江红》。吟诵周日程排得很满,几乎天天上午、下午加晚上。代表们多属老年,但个个精神饱满,兴致盎然。相信通过这次大会,必将推动吟诵事业的发展。返沪旬日,赋此志盛:

第一章　唐调吟诵概论

　　文治昭华夏，国学寄深情。悠悠往事，长忆朗朗读书声。此日重寻坠绪，畅好融今汇古，雅韵冀传承。南北东西客，相约聚京城。

　　吟佳什，诵名作，振遗型。音徽施及域外，别样播芳馨。最爱青春年少，向慕恢闳唐调，有志竟能成。拊掌慰先哲，大业继绳绳。①

此首词的序里简述中华吟诵周概况、唐调渊源、唐调读文灌音片、三位无锡国专毕业生的唐调专场、陈先生吟诵多篇诗文、现场教初中生吟诵等细节，可以看出陈先生对恢复与传承唐调的拳拳之心。

陈先生秉承唐文治先生之风，注重国学，淡泊名利，致力于唐调传承，培养一批唐调吟诵骨干教师。2010年始，上海市杨浦区教育学院刘德隆、杨先国两位先生十余年来坚持开设"唐调流声"师资培训课程。策划、录制《唐调流声》（2010年上海交通大学出版社出版）和《唐调吟诵古诗文》（2014年上海教育音像出版社出版）两个吟诵光盘。2017年11月，特别开设"唐蔚芝先生读文法"骨干班，以《（一九四八年）唐文治先生读文灌音片（修复版）》为学习依据，聘请陈以鸿先生亲自教学并考核。11位老师获得结业证书，成为唐调吟诵的骨干力量，他们分别是陈悦、张赟华、王立群、陈皓俊、徐静、江春玲、袁丽丽、孙蕴

---

① 陈以鸿：《续雕虫十二年》上海交通大学出版社，2014年，第310页。

芳、刘晖、虞宙、张妍群。

目前全国唐调吟诵者主要有陈以鸿先生的弟子、萧善芗先生的弟子以及各地学习者。当然，在唐调传播中也不断有杂音，以唱歌冒唐调者有之，以"他调"或"自创调"代替唐调者有之，唐调也亟待正本清源。

三、唐调定义与《唐蔚芝先生读文灌音片》

中国传统吟诵靠的是口耳相传，容易出现传承上的危机。唐调在传承上的优势在于有唐文治先生亲授弟子陈以鸿、萧善芗两位先生传授；陈以鸿先生保存的1948年唐文治先生录制的唱片《唐蔚芝先生读文灌音片》，保留了珍贵的原声资料，这是定义唐调的重要依据。

1948年录制出版的胶木唱片《唐蔚芝先生读文灌音片》存有唐文治先生读文的原声。其内容可以分为三个部分：唐文治先生读文法讲辞及长公子唐庆诒先生英文介绍辞，唐文治先生诗、词、文的原声，唐文治先生与唐庆诒先生的昆曲合唱。

2016年12月教育部语言文字应用管理司下达了《教育部语用司关于委托中国语言现代化学会开展普通话吟诵研讨活动暨"唐调"吟诵作品出版工作的函》。2017年6月中国语言现代化学会吟诵分会根据上海陈以鸿先生提供的原版《唐蔚芝先生读文灌音片》，修复为《（一九四八年）唐文治先生读文灌音片（修复版）》（以下简称《修复版》）出版。《修复版》可以说是当前学习唐调最原始、最基本的依据。

2019年刘德隆先生在《我对"唐调"吟诵的认识》一文中阐述了他

第一章　唐调吟诵概论

对唐调的界定：

根据以上对《修复版》的解读以及向唐文治先生亲授弟子请教和笔者近年的思考，现在个人对"唐调"进行如下"界定"：

一、凡《修复版》录有唐文治先生所读的文、诗、词（长短句）就是"唐调"。

二、凡他人学习、参照（摹仿）唐文治先生所读文、诗、词，形神兼似者可视为"唐调"。

三、学习应举一反三。

1.凡根据唐文治先生读文法之规律，吟诵《修复版》中所无原声保留的文章、但吟诵时能形神兼似的（可有语音的变化）可视为"唐调"。

2.凡吟诵《修复版》中所无原声保留的词（长短句），吟诵时能形神兼似（可有语音变化）可视为"唐调"。

3.凡吟诵《修复版》中无原声保留的古体诗，吟诵时能形神兼似（可有语音变化）可视为"唐调"。

四、吟诵与吟诵教学是否"唐调"判定的标准，其依据有二：

1.《修复版》

2.亲聆唐文治先生吟诵且有所研究者的评价。

刘先生在文章的最后附言：

2019年春初稿2019年夏修改，撰写本文前曾向陈以鸿先生、萧善芗先生、王恩保先生请教。

撰写本文前曾与徐建顺、朱立侠、陈洪、杨先国等先生讨论。

撰写本文前曾与张妍群、孙蕴芳、刘晖、虞宙、江春玲、徐静、袁丽丽、陈悦、陈皓俊、王立群、张赞华、杜亚群、窦广娟、杨翌韬、高楠卓等老师同仁进行交流。

这篇文章是刘先生研习吟诵多年，对唐调的认识不断加深的结论，同时也是刘先生向唐调前辈及众多唐调研习者请教、讨论、交流后的论断，足见其缜密。刘先生认为目前在抢救、传承唐调吟诵过程中有概念混淆、鱼龙混杂、鱼目混珠、以假乱真、博名逐利等乱象，写此文是为"唐调"正名的理性思考。

四、唐调调式与《（一九四八年）唐文治先生读文灌音片（修复版）》

《（一九四八年）唐文治先生读文灌音片（修复版）》收录有唐蔚芝先生诗、词、文吟诵共计二十篇，另有昆曲（唱曲）一首。陈以鸿先生多次强调，"唐调"的精华就在《修复版》中，《修复版》是后学者学习唐调最重要的参照。

第一章　唐调吟诵概论

《修复版》篇目如下：

散文十篇：一篇上古散文，为左丘明《吕相绝秦》；九篇后世散文，为司马迁《屈原列传》、诸葛亮《出师表》、李华《吊古战场文》、韩愈《送李愿归盘谷序》、范仲淹《岳阳楼记》、欧阳修《丰乐亭记》、欧阳修《五代史伶官传序》、欧阳修《秋声赋》、欧阳修《泷岗阡表》。

诗词十首：五首《诗经》，为《鸤羽》《卷阿》《常棣》《谷风》《伐木》；一首《楚辞》，为《九歌·湘君》；两首词，为岳飞《满江红》、苏轼《水调歌头》；两首诗，为唐若钦公《迎春诗》《送春诗》。

昆曲一首，为《长生殿·小宴》。

从以上吟诵篇目可以看出，唐文治先生的吟诵内容广泛、调式丰富，有上古散文（读经）、后世散文、古诗词等。陈以鸿先生在《茹经先生读文法管窥》中论述到：①

> 读文法随文体而不同，按先生所读，大致可分为四类。第一类是《诗经》《楚辞》和五七言诗歌。这类文体句法整

---

① 见《唐文治先生学术思想讨论会论文集》，苏州大学编印，1985年，第63—64页。

齐，结构前后重复，读法主要在表达出韵味来。第二类是长短句，在诗歌读法的基础上，随词体不同而变化。第三类是上古散文，以经书为主，因写法古朴，读法也比较庄重而拘谨。第四类是先秦诸子以次的历代散文和骈文，以及一部分韵文。随着文体的蓬勃发展，不仅句法变化多，文章结构变化亦多，相应地读法也错综复杂起来。先生读文法的博大精深，特别体现在这一类文章中……《诗经》《楚辞》和两首诗属上述第一类，《水调歌头》《满江红》属第二类，《吕相绝秦》属第三类，余皆属第四类。这一套灌音片保存了先生所读各种体裁、各种风格的古典文学作品，弥足珍贵。

2017年8月初，应中华吟诵学会徐建顺老师的邀请，陈以鸿先生在北京讲课，题目是《我所知道的传统吟诵》。2017年11月，陈以鸿先生应刘德隆先生之邀为杨浦区开设的"唐蔚芝先生读文法骨干班"讲课，印发了北京讲课的文稿《我所知道的传统吟诵》。这一文稿用简谱的形式，提炼了唐调的各种文体吟诵调式发音特点，可以说是唐调研究的新突破，为后学者提供极好的参照。

陈先生将所知道的传统吟诵归为五类，有利于后学者掌握唐调各种调式的基本特点，更好地举一反三学习唐调。简谱如下：

第一章　唐调吟诵概论

我所知道的传统吟诵
陈以鸿

传统吟诵一　《诗经》《楚辞》（学习唐老夫子读文法）

参考简谱：6̣ 1 3 5　6̣ 1 3 5　2 2 1 1　1 2 1 6̣ 5̣

参考简谱：6̣ 6̣ 6̣ 1 3 5　6̣ 6̣ 6̣ 1 3 5
　　　　　2 2 1 1 2 2 1　1 1 1 2 1 6̣ 5̣

传统吟诵二　诗词（参照唐老夫子读文法）

四声口诀：平声平道莫低昂，上声高呼猛烈强，
　　　　　去声分明哀远道，入声短促急收藏。

参考简谱：阴平 31，阳平 1，上声 5，去声 35，
　　　　　入声 3

传统吟诵三　上古散文（学习唐老夫子读文法）

参考简谱：结句 2 1 6̣

传统吟诵四　后世散文（学习唐老夫子读文法）

参考简谱：结句 6̣ 1 5

传统吟诵五　骈文（家乡江阴调）

参考简谱：结句平声 31，仄声 13

从这份简谱可以看出，陈以鸿先生将他知道的传统吟诵分成两大类，传统吟诵一至四是学习唐老夫子读文法，传统吟诵五是用家乡江阴调吟诵骈文。前四类又细分为《诗经》、《楚辞》、诗词、上古散文、

后世散文，依据是他在无锡国专亲聆唐文治先生吟诵、1948年《唐蔚芝先生读文灌音片》以及自身长年的吟诵实践。

唐调调式学习中，需要关注以下五点。

第一点，陈先生提炼的简谱中，"传统吟诵一　《诗经》《楚辞》""传统吟诵三　上古散文""传统吟诵四　后世散文"，这三种调式在《修复版》选篇中都有直接呈现，可直接参照。唯有"传统吟诵二　诗词"比较特别，将诗词（除《诗经》《楚辞》外）归在同一简谱。《（一九四八年）唐文治先生读文灌音片（修复版）》中有《水调歌头》《满江红》两首词，可以直接参照吟诵词。有《迎春诗》《送春诗》两首古体诗，也可以参照吟诵古体诗。《修复版》中唯独没有近体诗吟诵原音参照。陈先生如此归类，是考虑到诗词吟诵有相通处：

> 我有时也用江阴方言学唐调。同时家乡调也没有丢掉。至于诗词，以老夫子所读《水调歌头》《满江红》为例，和过去所学家乡调差不多，主要还是掌握四声，分清平仄节奏。①

陈先生提及诗词吟诵的共性，即掌握四声、分清平仄节奏。近体诗与词有相通处，都有平仄音韵的严格要求，从而将诗词吟诵归为一类。

---

① 陈以鸿：《吟诵随感》，杨先国、陈先元主编：《唐调吟诵和语文教学文集》，上海市杨浦区教师进修学院、上海交通大学世界遗产学研究交流中心，2013年，第3页。

第一章　唐调吟诵概论

陈先生强调，诗词调吟诵规律仅是个人研习的结果，如果运用，应说明这是"参照唐蔚芝先生读文法"的吟诵。特别是近体诗的吟诵，需要说明是"参照唐调"，这也是陈先生治学极为严谨处。所以本书之后涉及的教材中近体诗的吟诵，也将标明"参照唐调"。

第二点，在唐调吟诵中，要注意把入声字的特点体现出，入声字短促有力顿挫。现在普通话四声里没有入声字。如"一""泽""屈""绝""伯""滴"等字在古汉语里都是入声字，在南方很多方言里还保留着入声字，入声字关系到平仄、对仗、押韵，关系到语意的表达，所以吟诵时体现出入声字特点，这也是吟诵中的一个难点。陈以鸿先生在《大哉夫子——纪念唐校长诞生一百三十周年》[①]一文中举例说：

> 老夫子常常提到：入声的重要性。在四声中，平上去入各具特点：平声平稳，上声高亢，去声悠远，入声短促而有力。这短促大家都知道，而有力则往往被忽视。老夫子曾以诗句"星垂平野阔""气蒸云梦泽""晚来天欲雪""地犹邹氏邑"等为例，说明入声的重要性，特别介绍扬州史可法祠堂联"心痛鼎湖龙，半壁江山双血泪；魂归华表鹤，二分明月万梅花"，认为这副对联之所以声音响亮，部分原因在于壁、血、

---

① 见《国学之声》总第9期，1995年第四期。

鹤、月都是入声。我过去从未听到这种议论，受此启发，便在诗词联语等的写作中加以注意。果然发现，往往一句句子看看不差，读起来就是没劲，原来里面缺少入声字，把个别字换成入声，效果顿然不同，这个诀窍，使我终身受用不尽。

陈先生举例生动具体，入声字也是吟诵一大难点，一旦失去短促有力的特点，诗文意境便截然不同了。

第三点，《修复版》共20篇诗文，散文有10篇，散文吟诵是唐调与其他吟诵调最大不同处，也是唐调最有特色的部分。正如陈以鸿先生所说，"目前在吟诵教学中，有重诗词轻散文的倾向，而唐老夫子吟诵的特色，恰恰最鲜明地表现在散文中，老夫子所说的读文法，主要指散文而言"。唐调的散文吟诵是独树一帜的，与桐城派"因声求气"一脉相承。

第四点，《修复版》每篇诗文都是唐夫子精益求精选出来的，能体现唐调精妙之处，也能体现其养本心正直之气的读书要旨。在《修复版》后有一篇《国学大师唐蔚芝先生读文灌音片缘起》[①]，有如下一段说明："回忆数年以前，先生有鉴我国读文法，将趋绝响，得陈其均、唐星海两先生之助，诵读诗文，灌制成片，其中如诗经《卷阿》《鸨羽》等篇，首明伦常之义，他如《左传》、《史记》、韩欧之文，要皆

[①] 见《（一九四八年）唐文治先生读文灌音片（修复版）》第三部分原书部分书影、文字部分，中国唱片（上海）有限公司，2017年。

第一章　唐调吟诵概论

有关文章义法而系世道人心之作，并撰读文法一卷，纲举目张，详于叙释，奉为指针……文以载道，诗以言志，振聋发聩，顽廉懦立，不特裨益国学，抑亦有功世教欤？"

第五点，可以结合唐文治《国文经纬贯通大义》进一步感悟唐调吟诵要点。《国文经纬贯通大义》将桐城派"古文四象""阴阳刚柔"之理论具化为四十八种写作法（一说为"四十四法"），各写作法后都举具体文章加以分析，通过唐文治先生的圈点法了解文章线索脉络，分析文章的用韵之妙等，这些都有助于更好地学习吟诵。

唐文治先生当年录制读文灌音片所选的篇目"首明伦常之义""皆有关文章义法而系世道人心之作"，是有功于正人心的。笔者曾于2019年1月拜访唐文治先生弟子萧善芗先生。萧先生回忆说："在无锡国专读书的时候，用的是唐老夫子的自编材料《国文经纬贯通大义》，此书里面有236篇文章，可是他在读的时候只读了20篇，唐老夫子选材有一个原则，要选的是能够可歌可泣、打动人情感的作品，可见唐老夫子的精益求精。"

目前学习唐调的途径，除了陈以鸿、萧善芗两位唐门弟子的指导外，还可以反复学习、领悟《修复版》中的20篇诗文吟诵，熟练掌握各种调式，再举一反三加以吟诵实践，最重要的是因声求文之精神，不断修炼人格，进而养本心正直之气。

第三节 唐文治先生吟诵理论

唐文治先生的文章理论有三大支柱：经学、理学、桐城派文学。唐文治先生视经学、理学为国家治乱兴衰的关键，在《朱子学术精神论》中说："余尝谓居今之世，欲复吾国重心，欲阐吾国文化，欲振吾国固有道德，必自尊孔读经始。而尊孔读经，必自崇尚朱学始。"在《紫阳学术发微》中指出："国家之兴替，系乎理学之盛衰。理学盛则国运昌，理学衰则国祚灭。人心世道恒与之为转移。"尊孔读经、崇尚理学，忧心济世的唐文治在办学、读文中都将"正人心，救民命"作为宗旨。

唐文治先生吟诵理论是其文章理论的具体体现，是对前人文章理论的传承与开拓，主要包括三大内涵：一是传承发展桐城派"阴阳刚柔""因声求气"之说，因声求情、求气、求神；二是读书之法，为三十遍读文法及读文四十八法；三是读文为了修养道德、涵养心性，实现"正人心，救民命"之教育宗旨。

一、因声求情、求气、求神

青年时唐文治先生曾师从王紫翔先生，潜心研读经学、理学及古文辞。受王紫翔先生"文章一道，人品学问皆在其中。凡文之博大昌明者，必其人之光明磊落者也；文之精深坚卓者，必其人之忠厚笃诚者

第一章 唐调吟诵概论

也;至尖新险巧,则人必刻薄;圆熟软美,则人必鄙陋"①之教诲,谨受为人与为文之勉励,读文之法也是观人之法。

唐文治先生的吟诵理论,深受吴汝纶影响。1902年唐文治与桐城吴汝纶相遇,多次与吴汝纶相约夜谈,讨论古文源流,吴汝纶论及"欲求进境,非明文章阴阳刚柔之道不可",告以"文章之道,感动性情,义通乎乐,故当从声音入,先讲求读法",细谈读文法"不求之于心,而求之于气,不听之以气,而听之以神。大抵盘空处如雷霆之旋太虚,顿挫处如钟磬之扬余韵,精神团结处则高以侈,叙事繁密处则抑以敛。而其要者,纯如绎如,其音翱翔于虚无之表,则言外之意无不传"。②此次谈论对唐文治先生文章学理论有重要启发:桐城派"阴阳刚柔"与曾文正"古文四象",文章之道从声音入,读文的关键在于把握作者的文气,并从声音上获得文章的精神。在与吴汝纶的多次探讨后,唐文治先生开始研究桐城派"阴阳刚柔""古文四象""因声求气"理论,发展并开创了"唐蔚芝先生读文法",世人尊称为"唐调"。

桐城派文章"阴阳刚柔"之说最早由姚鼐提出,姚鼐在《复鲁絜非书》③有这样的描述:

---

① 唐文治著,文明国编:《唐文治自述》,安徽文艺出版社,2013年,第11页。
② 唐文治:《桐城吴挚甫先生文评手迹跋》,见王桐荪、胡邦彦、冯俊森选注:《唐文治文选》,上海交通大学出版社,2005年,第344页。
③ 唐文治:《姚姬传〈覆鲁絜非书〉研究法》,见《唐文治国学演讲录》,上海交通大学出版社,2017年,第61页。

唐调流韵：古诗文吟诵探析

　　鼐闻天地之道，阴阳刚柔而已。文者，天地之精英，而阴阳刚柔之发也。惟圣人之言，统二气之会而弗偏。然而《易》《诗》《书》《论语》所载，亦间有可以刚柔分矣。值其时其人，告语之体，各有宜也。自诸子而降，其为文无有弗偏者。其得于阳与刚之美者，则其文如霆，如电，如长风之出谷，如崇山峻崖，如决大川，如奔骐骥，其光也，如杲日，如火，如金镠铁。其于人也，如冯高视远，如君而朝万众，如鼓万勇士而战之。其得于阴与柔之美者，则其文如升初日，如清风，如云，如霞，如烟，如幽林曲涧，如沦，如漾，如珠玉之辉，如鸿鹄之鸣而入寥廓。其于人也，漻乎其如叹，邈乎其如有思，暖乎其如喜，愀乎其如悲。观其文，讽其音，则为文者之性情形状，举以殊焉。……故曰："一阴一阳之为道。"夫文之多变，亦若是已。糅而偏胜可也，偏胜之极，一有一绝无，与夫刚不足为刚，柔不足为柔者，皆不可以言文。

　　这段话论述了天地阴阳刚柔之气、文章阴阳刚柔之气与人的阴阳刚柔之气的关系。天地大道就是阴阳刚柔，文章是天地的精英，是阴阳刚柔生发而来的。只有圣人，能够使二气会合而不偏颇。诸子之后的文章，各会有所偏，描述阳刚之美、阴柔之美各自不同的审美。看他们的文章，吟出声音来，性格气质及外在表现，全都不相同。文章阴阳糅杂之后偏重于某一方面是可以的，但偏重到极端，刚和柔只有一种而另一

第一章　唐调吟诵概论

种丝毫没有，不可称为文章。唐文治先生认为"观其文，讽其音"几句，"不独为读文之法，即为观人之法。故作文先从立品始"。"讽其音"在此处指读文，即吟诵文章，通过观看、吟讽，实为观作文之人。

曾国藩依据姚鼐文章"阴阳刚柔"理论选编了《古文四象》，将文章分太阳气势、太阴识度、少阳趣味、少阴情韵四种。唐文治先生继承并发展了曾国藩《古文四象》的理论："按近世读文方法，莫善于湘乡曾文正，谓要读得字字着实，而其气翔于虚无之表，得其传者，为桐城吴挚甫先生。鄙人曾与吴先生详细研究，大抵当时文正所选古文四象，分太阳气势、太阴识度、少阳趣味、少阴情韵四种。余因之分读法，有急读、缓读、极急读、极缓读、平读五种。大抵气势文急读、极急读，而其音高；识度文缓读、极缓读，而其音低；趣味情韵文平读，而其音平。然情韵文亦有愈唱愈高者，未可拘泥。"①

唐文治先生沿用文章分类法，又更进一步用文章来阐释"阴阳刚柔"，周振甫先生在《读茹经堂文论》中论及：

> 可见圣人之文，也有或刚或柔的不同。再象贾谊的《过秦论》，直接指出秦朝灭亡的原因，由于"仁义不施，而攻守之势异也"，写得气势旺盛，是刚的。他的《吊屈原赋》

---

① 唐文治：《唐蔚芝先生读文法讲词》，见《（一九四八年）唐文治先生读文灌音片（修复版）》第三部分原书部分书影、文字，中国唱片（上海）有限公司，2017年。

《鵩鸟赋》表达了他被贬官后的痛苦心情,借吊屈原来自哀,借鵩鸟来感叹,愁思婉转,是柔的……师的论文结合实际来立论,所以他不同于姚鼐的说法,看来讲得更为切合实际,更为合理。

蔚芝师则认为"诸子百家之言,并历代文士之著作,太极之精,以阴为体,以阳为用。故儒家之文,大抵以柔为体,以刚为用,此外则皆主于阴柔"。……蔚芝师认为"以阴为体,以阳为用",即以柔为体,以刚为用,即文辞是柔婉的,论点是明确的,并认为儒家以外皆主于阴,这是跟曾(曾国藩)不同处。①

唐文治先生对文章的阴阳论不是简单划分归类,而是切合文章实际的。又如将《出师表》归为太阴识度兼少阴情韵文、《吊古战场文》归为少阴情韵文;《丰乐亭记》归为少阳闲适之趣;《五代史·伶官传序》归为少阴沉雄之韵;《秋声赋》归为少阴情韵之文等。同时,唐文治先生进一步发展曾国藩古文理论,将读文具体分为急读、缓读、极急读、极缓读、平读五种,与曾国藩四象相配,即为:太阳气势,急读,极急读,其音高;太阴识度,缓读,极缓读,其音低;少阳趣味,平读,音平;少阴情韵,平读,音平。这是新的开创,也是当年吴汝纶传

---

① 见《唐文治先生学术思想讨论会论文集》,苏州大学编印,1985年,第24页。

第一章　唐调吟诵概论

授"文章之道从声音入"理论的具体化。

唐文治先生在《读文法纲要》[①]论到：

> 文章之妙在神、气、情三字。余尝有十六字诀曰：气生于情，情宣于气，气合于神，神传于情。然初学未易领会，当先学运气炼气，俾之纵横奔放、高远浑灏，自有抱负不凡之概。而最宜注意者，在顿挫之间。盖初学读文，往往口中吟哦而心不知其所之者，惟于段落顿挫之际，急将放心收敛，则我之神气始能渐与文章会合。且一顿一挫之后，必有一提或一推，细加玩味，则起承转合之法不烦言而解矣。

唐文治先生在此篇明确指出"文章之妙在神、气、情三字"，概述"十六字诀曰：气生于情，情宣于气，气合于神，神传于情"，通过读文"顿挫"到达"我之神气与文章会合"，是桐城派"因声求气"的传承与发展。所谓情，即真性情，唐先生认为天下只有有真性情之人才能做大文章，如周公、孔子、孟子、屈原、司马迁等所作文字，可见情与为人，即与人之正直品性有关。所谓气，唐文治云"故凡作文，先从养气始，养气先从正直始"，"盖自来正大之士，必有清明正直之气"，

---

① 唐文治：《唐蔚芝先生读文法纲要》，见《（一九四八年）唐文治先生读文灌音片（修复版）》第三部分原书部分书影、文字，中国唱片（上海）有限公司，2017年。

"人身一呼一吸之气,与天地一阖一辟清明广大之气相接,无形而不可见,惟圣人善养之。故其文间之跌宕顿挫、抑扬徐疾合乎人心之喜怒哀乐而悉得其中"。呼吸之气与天地有密切关联,吟诵文章者"当先学运气炼气""自有抱负不凡之概",神为气之主,气盛才能神气与文章会合。真性情者,能生发"神",唐文治先生将神分为十二种,与姚鼐阴阳刚柔相应,形成十二种阴阳幻化的风格、精神:

> 自阳刚之美者言之,曰至诚之神,曰豪迈之神,曰灵警之神;自阴柔之美者言之,曰淡远之神,曰凄婉之神,曰冷隽之神;自阳刚之恶者言之,曰骄奢之神,曰强梁之神,曰放诞之神;自阴柔之恶者言之,曰柔佞之神,曰依违之神,曰悉野之神。以上以文之神分阴阳,非以文之质言。有十二神是生三法:曰自然,曰点缀,曰白描。用三法以写十二神,于是无人不有神,无事不有神,而天下文章之妙尽于此矣。①

对于十二神,唐文治先生又各有解释和描述,并系历代名篇于相应之神下。其十六字诀"气生于情,情宣于气,气合于神,神传于情",阐明文与情、气、神的关系,神与气皆由情而生而发,文以情为本,情借气而宣发,气即由情而生,情凭神而传达。神、气、情有密切关系,

---

① 唐文治《国文大义·论文之神》,见《历代文话》第九册,复旦大学出版社,2008年,第8226页。

第一章　唐调吟诵概论

读文是求文的情、气、神。桐城派古文家主张"因声求气"，具体做法是从文章的音节去求文章神气。桐城派刘大櫆在《论文偶记》说：

> 盖音节者，神气之迹也；字句者，音节之矩也。神气不可见，于音节见之；音节无可准，以字句准之。音节高则神气必高，音节下则神气必下，故音节为神气之迹。一句之中，或多一字，或少一字；一字之中，或用平声，或用仄声；同一平字仄字，或用阴平、阳平、上声、去声、入声，则音节迥异，故字句为音节之矩。积字成句，积句成章，积章成篇，合而读之，音节见矣，歌而咏之，神气出矣。①

此段文字清晰说明"因声求气"的具体做法，文章的神气由音节体现，字句是音节的法度准则，吟诵是从字句、音节入手，"神气出矣"。唐文治在《读文法纲要》第一句就表明"文章之音节，与乐律相应，有抑扬、顿挫、抗坠、敛侈之妙"。唐调吟诵因声求神气，经由音节，求得文之神气。

二、三十遍读文法及读文四十八法

唐文治先生在《读文法纲要》②论及读文，初学者要先学运气与炼

---

① 刘大櫆：《论文偶记》，见贾文昭：《桐城派文论选》，中华书局，2008年，第67页。
② 见《（一九四八年）唐文治先生读文灌音片（修复版）》第三部分原书部分书影、文字，中国唱片（上海）有限责任公司，2017年。

气,"俾之纵横奔放、高远浑灏,自有抱负不凡之概",使胸襟开阔;玩味段落顿挫之处,"急将放心收敛",不能有口无心,将心收敛沉浸,使自身的神气与文章相接;要细加玩味一顿一挫、一提一推,感悟其中的起承转合之法,从而感悟到文章神气。

唐文治先生在《国文经纬贯通大义·例言》论述了具体读法,即"三十遍读书法":

> 学者读文,务以精熟背诵,不差一字为主。其要法,每读一文,先以三十遍为度。前十遍求其线索之所在,划分段落,最为重要。次十遍求其命意之所在,有虚意,有实意,有旁意,有正意,有言中之意,有言外之意。再十遍考其声音,以求其神气,细玩其长短疾徐、抑扬顿挫之致。三十遍后自不知手之舞之,足之蹈之,虽读百遍而无厌矣。[①]

唐文治先生认为读文必须精熟到可以一字不差地背诵,才能体会古人文气脉络。其要法为,每读一文,以三十遍为限。读文步骤循序渐进,由线索到命意到神气。前十遍求其线索之所在,旨在划分段落。线索,唐文治也称其为规矩、经纬,也指文章的章法、布局、脉络。唐文治先生认为"规矩者,形也。通于行之变化离奇,则进于神矣",读文

---

① 唐文治:《国文经纬贯通大义》,文史哲出版社,1987年,第3页。

第一章 唐调吟诵概论

是通过线索去感知文章的精神及作者的精神。古人读古文，无标点停顿，古文句读、段落层次需要自己反复玩味才能读出来，读出句读与段落层次才能掌握线索。2019年9月7日，笔者曾就"三十遍读书法"请教萧善芗先生，萧先生回复说，唐夫子曾把三十遍读书法简化为十六字诀"熟读背诵、循序渐进、虚心涵泳、切己体察"，这十六字也可以说是"三十遍读书法"的浓缩读文诀。

唐文治先生以圈点法作为求线索的辅助方法，他在《国文经纬贯通大义·例言》写道"是编专在线索，而线索专在圈点。如布局整齐法则圈点整齐处，鹰隼盘空法专圈腾空处"。唐文治先生具体圈点法为：

> 兹授诸生读文之法，不过四字，曰：轻重缓急。重者，高吟是也；轻者，低诵是也。因轻重之法，则可徐悟当缓当急之法。明乎轻重缓急之故，则如八音齐奏，抑扬长短，无不各尽其妙。……兹将规定标记：重读者用密"、"，轻读者用"—"，急读者用密"○"，缓读者用连"△"，每篇命意所在用□。此外，可随意读者，则概用单○（评语圈点别有体例），不敢过繁者，惧学者之易于眩惑也。[①]

圈点提示吟诵法可以更好地把握线索变化。前十遍求线索是读文

---

① 唐文治、邹登泰：《读文法：教科适用》，上海天一书局，1924年，第1页。

求意求精神的基础。次十遍求其命意之所在，命意即情意、观点、思想。凡是文章，有全篇命意，又有每段之意，又有每句之意，还有言外之意，实为丰富而幽微，只有数十遍方可探求要义。再十遍因声求气，细玩文章长短疾徐、抑扬顿挫之妙。唐文治先生在讲授《苏氏文集序》时强调，"初学用功，尤当致意者，在一顿字。古人之文，无论阳刚阴柔，其妙处全在于顿；一顿之后，或一提，或一宕，便处处得势矣"，在顿、提、宕中感悟文气的变化，求得文章"阳刚阴柔"妙处。唐文治先生还指出文格与人格是密切相关的，"人格日高，文格亦日进。唯天下第一等人，乃能为天下第一等文"[①]，文章品格是随人格之高下而高下，读文需要通过细玩求神气，最终我之精神与古人之精神合而无间，借作品中古人之精神唤醒、激发、发挥我之精神，只有反复读方可追溯此精神。

下面以唐文治先生《国文经纬贯通大义》中《丰乐亭记》研究法为例，了解其反复读文的研究点。《丰乐亭记》归为少阳闲适之趣，其研究法为[②]：

（一）布局。方望溪先生论文，引《易传》曰"言有序"，谓布置取舍，适得其宜，是为构局最要之方。此篇自

---

① 唐文治：《唐蔚芝先生读文法讲词》，见《（一九四八年）唐文治先生读文灌音片2017数字修复版》第一部分，中国唱片（上海）有限公司，2017年。
② 唐文治：《唐文治国学演讲录》，上海交通大学出版社，2017年，第172页。

首句起至"与滁人往游其间"为第一段,须学其简洁明净之法。自"滁于五代"起至"百年之深也"为第二段,是全篇精神贯注处。"天下之平久矣"与"遗老尽矣",语气似重复,要知"自唐失其政"后,系推开说,更进一层,故局度更为宏远。自"修之来此"起至末为第三段,揭出命意。"掇幽芳而荫乔木"数句,是宋以后写景点缀法,若六朝唐代,则语厚辞酞,然不免堆垛字面矣。

(二)炼气炼声法。韩文公云"气盛则言之短长与声之高下皆宜",故炼声必先炼气,当愈唱愈高,不宜愈唱愈低。此文余于《国文经纬贯通大义》中编入"响遏行云法",因第二段奇峰突起,其音愈提愈高,如凤凰鸣于寥廓。曾文正所谓"其气翔于虚无之表",又云"九天俯视,落落寡群"。学者读时,务宜体会此意,朗诵高骞,庶作文精采飞腾。《文心雕龙·神思篇》云:"观山则情满于山,观海则意溢于海。我才多少,与风云而并驱矣。"文章家乐事,无逾于此。

(三)题之本旨。"生无事之时""安丰年之乐"二语,吾辈生值患难,读之歆羡。所以能致此者,自有本原在。《易传》曰:"各正性命,保合太和。首出庶物,万国咸宁。"可见百姓所以各正性命,万国所以咸宁,要在保合太和而无乖戾之气。《周礼》"行人"之职,辑和亲、康乐为一

书，惟和而后能亲，惟和亲而后能康乐。本篇宗旨，上有恩德，故能与民共乐。盖当宋仁宗时，韩魏公、范文正公、富郑公与欧公共枋国政，乃极一时之盛，非偶然也。欧公生平、性情、事业均属不凡。学者读其文当学其人。

唐文治先生在第一部分对布局作了分析，布局即为线索，指明将文章分三段的原因，指出每段学习法，第一段学其简洁明净之法，第二段是全篇精神贯注处，第三段揭出命意，这也是"三十遍读文法"的具体实践，由线索到命意到神气。第二部分指导此篇读法，炼声需炼气，因气求文之精神。第三部分为本旨，通过读文求文之命意、求人之精神。

唐文治先生"三十遍读文法"，实为实践由形到意、由意到神的贯通过程，如此才能真正达到"我之神气始能渐与文章会合"，才能实现因声求神声之读书法。因为反复读文背诵，无锡国专学生大多打下了扎实的国学功底。钱庆茂的《无锡钱氏家族》记载当年唐文治先生在无锡国专上课的情形，文中写道："唐先生是讲究读文法的，他继承刘勰'披文入情'和桐城采'因声求气'的理论，用他自编的《国文经纬贯通大义》作课本，要求我们读文一定要读出文章的音节美，要在往复涵泳中、在抑扬顿挫、高下徐疾中去领会文章的阴阳刚柔之美和作者的思想感情。"[①]反复读诵法即使在今天的古文教学中

---

① 转引自苗民：《论唐文治先生的国文教育思想》，《语文学刊》，2014年第4期。

第一章　唐调吟诵概论

依然有很强的借鉴价值。

除了"三十遍读文法",唐文治先生在《国文经纬贯通大义》一书中罗列了"四十八种读文法"(另有"四十四法"之说,笔者翻阅文史哲出版社1987年版唐文治《国文经纬贯通大义》,其中罗列的是四十四种读文法),共选236篇范文配在各读文法之后。先秦之文以儒家六经之文为重,次列司马迁《史记》之文,再列唐宋以来散文家之文,后列自己所作之文。《演讲录》第六集卷下有"国文四十八法约选",专论作文之法。其小引云:"鄙尝编《国文经纬贯通大义》,内列四十八法,因文体之攸殊,而文法随之以变化,然后能各当于文理。窃曾谓天地之道变化无穷,故文亦变化而无尽。"[①]唐文治先生认为其四十八法亦不能尽显文章之无穷法则,但求学之人可遵循以入门,得文章纲要。《唐文治国学演讲录》中选其中十法,每法下选文一至两篇以证之。这里引用虞万里《导读:尊孔读经与治心救国》中对《演讲录》所选其中十法的解读[②]:

> 兹取《贯通大义》中之解释,与此九法相配,敷陈于下:
> 1.格律谨严法。适用于论古及说理之文,条陈事理亦用之。以庄重为主。

---

① 转引自虞万里:《导读:尊孔读经与治心救国》,见《唐文治国学演讲录》,上海交通大学出版社,2017年,第61页。
② 见《唐文治国学演讲录》,上海交通大学出版社,2017年,第62—63页。

2.辘轳旋转法。适用于意义繁杂，由浅入深之文。以善变化为主。

3.鹰隼盘空法。普遍适用，辩论文尤宜。以善学到题法为主。

4.奇峰突起法。普遍适用，纪事尤宜。以紧切本题，有关人心世道为主。

5.段落变化法。普遍适用，尤宜于诙诡恬适之文。

6.一唱三叹法。适用于感喟情景之文。以反复抑扬为主。

7.逐层辨难法。适用于辩驳事理义理之文，于函牍亦宜。以和平简辣为主。

8.精探理窟法。

9.空中楼阁法。普遍适用，最宜于恬适之文。以天然为主。

10.匣剑帷灯法。适用于叙事之文。剑光灯彩须至结处一闪烁方为神妙，有竟体不露者亦高。

以上十法，唯"精探理窟法"在《贯通大义》四十四法之外，故无解说。先生在此法下列举其所写《论国家精气魂魄神五宝大本》一篇……文以精气神魂魄为人身之宝，而喻国家之治乱与否在于读经……最后再总结，归为"吾故曰治国先治经，救国先救心"一语。明其旨意文脉，"精探理窟法"之文法亦可思过半矣。

第一章　唐调吟诵概论

唐文治先生在列出了各种作文法后，讲解此法的渊源、技巧，涉及章法、呼应、布局、意柱、炼气、选词、音节等。"读文四十八法"是唐文治先生鉴赏古文方法的提炼与总结，还将自己的部分文章作为范文，先生的创作实为对历代经典古文写作手法吸收借鉴后融于实践的结果，收入其中具有举一反三之效，具有实践性，意在指引求学之人，通过诵读得文章纲要。

三、"正人心，救民命"的教育宗旨

唐文治先生一生经历晚清、民国、中华人民共和国三个时代。1892年，中进士，先后在户部、总理各国事务衙门、外务部、商部、农工商部任职，署理尚书。1907年，弃政从教，担任上海高等实业学堂（后改名交通部上海工业专门学校）校长达14年，奠定了交通大学工业基础和发展方向。1920年,唐文治先生辞去工业专门学校校长一职，在无锡创办了无锡国专，任校长二十余年，育国学英才无数。1937年7月，抗日战争全面爆发，唐文治先生被迫随无锡国专内迁，辗转各地，同年8月，返沪就医看眼疾。回沪后受邀前往交大授课，唐文治先生不顾年高体衰，每周日在助手搀扶下，前往交大讲授一小时，内容以道德、文学大纲为主，直至1943年底。

唐文治先生以"正人心，救民命"为一以贯之的教育宗旨。在《茹经堂文集》第四编的跋中说"惟矢志讲学，于正人心、救民命两端，兢兢焉以之自勉，兼以勖同志，弗敢失坠，随时著为文章，议论虽略有不同，而宗旨则始终不变也"；在第五编的序中说"余行年五十后专心讲

学，惟以正人心、救民命为宗旨"。唐文治先生意识到所处时代，列强入侵、道德沉沦、政治腐败、战乱不断、经济凋敝、百姓生活艰难，只有道德精神之教化，方能正人心，救民命。

唐文治先生在担任上海高等实业学堂校长时，重视学生的人格教育，拟定章程，学生当以"敦崇品行为宗旨""严定章程，以道德端其模范，以规律束其身心"，从而培养出"体用并达之士"[①]；设国文课，主编《人格》《工业专门学校国文课本》等国文教材，并亲自上课教授。唐文治先生认为学校教育"其大要在造就专门人才，尤以学成致用，振兴全国实业为主，并极意注重中文，以保存国粹"[②]。同时，唐文治先生传承桐城派"因声求气"读文法，开创"唐调"吟诵法——吟诵使"我之精神与古人之精神，契合而无间。乃借古人之精神，发挥我之精神，举并世之孝子忠臣，义夫烈妇，一切可惊可骇、可喜可悲之事，宇宙间之形形色色，怪怪奇奇，壹见于文章。于是我之精神，更有以歆动后人之精神，不相谋而适相感。奋乎百世之上，百世之下，闻者莫不兴起也"[③]。吟诵使自我与古人精神相通，铸就跨越时空的永恒性，进而达到正人心、救民命之功效。

1920年，唐文治先生创办无锡国专，也寄托复兴国学、文化卫国的

[①] 刘露茜，王桐荪编著：《唐文治教育文选》，西安交通大学出版社，1995年，第18—19页。

[②] 刘露茜，王桐荪编著：《唐文治教育文选》，西安交通大学出版社，1995年，第19页。

[③] 唐文治：《国文经纬贯通大义·自序》，文史哲出版社，1987年，第1页。

第一章　唐调吟诵概论

夙愿。国专学生需要熟读背诵大量国学原典，唐文治还编撰《十三经大义》《国文经纬贯通大义》《古人论文大义》《古文阴阳刚柔大义》等书用以教学。

唐文治先生在无锡国专将"读文课"专门列为一门课程，以《读文法》一书为教科书，此"读文法"即是"唐调"。通过读古代优秀诗文，涵养学生性情，提顿精神。唐文治先生在其《作文法》中论及[①]：

> 读历史中忠义、孝友、儒林、道学列传，与其奏议、书札等，精神奕奕如生。最著者如《史记·屈原传》、《汉书·苏武传》、诸葛武侯《出师表》、韩退之《张中丞传后叙》、宋胡澹庵《上高宗封事》、文信国《正气歌》之属、议论、叙事、声韵、精神各极其至。学者诚能熟读，则在我之精神，与先哲之精神相契合矣。且文有精神而后有精采，精采者，神气声光进而出焉者也。初学作文所以索然无声气者，由于无精神；所以平庸无奇者，由于无精采。能背诵百篇古文，则精神振作，而精采飞腾矣。

唐文治先生的读文法对学生的影响极大，无锡国专办学三十余年来，仅招收了二千余名学生，却涌现了一大批学贯中西、博古通今的学

[①] 唐文治：《唐文治国学演讲录》，上海交通大学出版社，2017年，第527页。

者，如王蘧常、唐兰、吴其昌、侯堮、蒋天枢、钱仲联、周振甫、冯其庸、范敬宜、吴世昌等。抗日战争期间，唐文治每周去上海交大演讲，第一讲主题为《修养道德方法——外端品行，内致良知》[①]：

> 凡人求学所以学为人也。若求学而不修道德，虽博学多能，何益？修养道德之法有二，外之整饬品行，内之涵养知觉。思想赅于知觉之内。明乎此，而后识君子、小人之分途。……迩来道德教育废弃尽矣，鄙人不揣固陋，常以正人心、救民命勉为家训、校训，深望吾国青年从事修养，动心以致其灵警，忍性以致其深沉，上之为圣贤，次之可为英雄。曾文正云："知人所不知谓之英，能人所不能谓之雄。"振兴中国，深望诸生勉之！

此篇演讲稿充满浩然正气。开篇点明求学的第一要义是为人，是修养道德，而非博学多能。结尾论到"常以正人心、救民命勉为家训、校训"，激励青年学生修养道德，振兴中国。当年上海交大学生刘其昶在《回忆唐文治先生和唐庆诒先生》[②]回忆了唐文治授课的经典片段：

> 我第一次去参加唐先生的讲学至今还留下深刻的印象。

---

① 唐文治：《唐文治国学演讲录》，上海交通大学出版社，2017年，第3页。
② 见《上海交通大学史》第四卷，上海交通大学出版社，2016年，第72页。

第一章　唐调吟诵概论

上课铃响了，听众立刻全都肃然就座。只见一位五十来岁的引路人用盲杖牵引了一位满头白发、双目失明的老者进了教室，使我大吃一惊。原来这位老人就是久仰其名的唐蔚芝先生。我真不知道他将如何进行讲课。唐先生坐定后，那位引路人，据说也是唐先生的一位学生，先将这一课的题目和大意简单介绍一下。我记得那天所讲的是唐代文学家韩愈的《原道》。接着，唐先生就全文大声朗诵一遍。但实际上他是在背诵……声音洪亮而苍劲有力，抑扬顿挫而字字铿锵。在座者均为之精神一振……若不是亲眼目睹，根本不可能想象这是一位双目失明的古稀老人在朗读……接着，唐先生就对全文作分段介绍，对于文中关键之处更作重点讲解。我国古文的特点是既为文学作品而又常结合道德教育……唐先生的讲解就充分兼顾了这两方面的阐述，使听众感受到受益匪浅。讲解后，大家可以提出些问题进行讨论。最后，唐先生又将全文再大声背诵一遍而结束。

这段话中，唐文治先生"大声朗诵""大声背诵"都是指唐调吟诵，且全篇背诵；吟诵声音"洪亮而苍劲有力，抑扬顿挫而字字铿锵"；听者"精神一振"，极有感染力；对文章分段介绍，关键处重点讲解；既是文学赏析，又常结合道德教育；学生提问进行讨论；再大声背诵一遍结束。这样的讲授与背诵，有精神提顿、唤醒作用，这就是潜

移默化的道德修养的过程。当年在上海交大演讲，正值国难当头、民族危亡之际，唐文治人老体衰，尚孜孜以救人心、救国家为己任，足见其精神之伟大。"正人心、救民命"的教育宗旨贯穿唐文治四十余年的教育生涯，既是唐文治办学宗旨，也是文章理论、读文理论宗旨。

第二章
唐调吟诵与语文学科核心素养的关系

唐调流韵：古诗文吟诵探析

语文学科具有综合性与实践性，不是单一传授知识技能的，不仅要发挥语言文字的训练功能，还要与情感、思维、审美、人格教育高度融合，坚持立德树人的基本理念，使学生精神、文化生命得到成长，承载弘扬民族优秀文化和吸收人类进步文化的使命，具有综合育人特征。《普通高中语文课程标准（2017年版2020年修订）》对语文学科核心素养进行了具体说明：

> 学科核心素养是学科育人价值的集中体现，是学生通过学科学习而逐步形成的正确价值观、必备品格和关键能力。语文学科核心素养是学生在积极的语言实践活动中积累与构建起来，并在真实的语言运用情境中表现出来的语言能力及其品质；是学生在语文学习中获得的语言知识与语言能力，思维方法与思维品质，情感、态度与价值观的综合体现。主要包括"语言建构与运用""思维发展与提升""审美鉴赏与创造""文化传承与理解"四个方面。①

普通高中语文教材选用古代诗文多达67篇（首），吟诵是古人创作、推敲古诗文的重要方式，将唐调引入古诗文教学，吟出传统读书音，具有多重现实意义：吟诵是用符合汉语言音韵规律的方式教授汉语

---

① 见《普通高中语文课程标准（2017年版2020年修订）》，人民教育出版社，2020年，第4页。

第二章　唐调吟诵与语文学科核心素养的关系

古典文学作品；吟诵能体现语文教学综合实践性，与语言、思维、审美、文化核心素养密切关联；吟诵是传承中华优秀传统文化的途径。

本章分析唐调吟诵与古诗文的关系、唐调与语文学科核心素养的关系。

第一节　唐调吟诵与古诗文关系

吟诵是中国传统的读古诗文之法，也是创作古诗文之法，它遵循汉语言的平仄四声特点及汉语言文学声韵规律，是优秀的古诗文口头表达方式，是宝贵的文化遗产。

唐调的全称是"唐蔚芝先生读文法"，1920年唐蔚芝先生创办无锡国学专修学校，他特别讲究读文法，上承清桐城派姚鼐、曾国藩、吴汝纶等人，创造出一种独特的古文吟诵调，其调情韵充沛，富有气势和音乐性，在古文诵读中，有特殊的尾调，人称"唐调"。唐调最特别之处在于调式丰富，主要有《诗经》《楚辞》调、诗词调（除《诗经》《楚辞》）、上古散文调、后世散文调，这是其他吟诵不可比的。

唐文治亲授弟子陈以鸿先生曾就读无锡国专和上海交通大学，这两所学校都是唐先生曾任校长的学校。陈以鸿先生不但亲聆唐调余音，且保存唐文治先生的1948年录制《唐蔚芝先生读文灌音片》，是当前吟诵界既能亲自示范唐调吟诵，又能从理论加以阐述的学者，陈以鸿先生根据多年吟诵研究及实践，总结了唐调吟诵简谱（见本书第一章第二节）。

唐调与古诗文关联密切：唐调的调式丰富，不同的文体有不同的调式；吟诵依循字的平仄起伏、声律音韵，贴近古诗文语言本身；吟诵是创作诗文推敲之法；用唐调吟诵古诗文，进而对语言、平仄、节奏、音韵、意境、思维、脉络、文气等玩味涵泳，能更好地感悟诗文的情思。

一、唐调与《诗经》

《诗经》是中国文学的源头，开启了"兴于诗"的文化传统。诗人看到外界的景物情事从而心有所动，便用诗歌表达出来。读者读诗，将自己的情思与诗蕴含的情思对接，产生跃动，引发联想与想象，使生命、感情得以激荡、提升，以声音喷薄而出，此就是"诗"。

《诗经》多为四言，中国的汉字是单音节，只有和其他的字组合在一起才能形成节奏，四个字"二二"式便形成最简单的诗的节奏。依据陈以鸿先生总结，唐调吟诵《诗经》，简谱为：

6 1 3 5　6 1 3 5　2 2 1 1　1 2 1 6 5

吟诵《诗经》篇时，循环往复。亦可以根据语意的表达需要，互换前两句和后两句顺序，如运用高起音式，其简谱为：

第二章　唐调吟诵与语文学科核心素养的关系

2211　1216̣5̣　6̣13̣5̣　6̣13̣5̣

《诗经》的四言诗有极典雅、规整的诗歌节奏。《诗经》多以四句一换韵为一章，唐调中的《诗经》调也应和这一特点。吟诵《诗经》篇目的时候，在相同的回环反复的节奏中，吟的声音略高、略低、略长、略短，微妙的变化传达内心不同的兴发感受。吟诵《诗经》的基本节奏为"二二"式，吟到每句第三、四字时略微拖音，若遇入声字则稍顿再拖音，语气舒缓，余韵无穷。

用唐调吟诵《周南·关雎》前三章为例来说明：

2211　1216̣5̣　6̣13̣5̣　6̣13̣5̣
关关雎鸠，在河之　洲。窈窕淑女，君子好逑。
2211　1216̣5̣　6̣13̣5̣　6̣13̣5̣
参差荇菜，左右流　之。窈窕淑女，寤寐求之。
2211　1216̣5̣　6̣13̣5̣　6̣13̣5̣
求之不得，寤寐思　服。悠哉悠哉，辗转反侧。

可用高起音式，"关关雎鸠，在河之洲"起音响亮。"窈窕淑女，君子好逑"便开始深情起来。第一节"鸠""洲""逑"押阴声幽部韵，语气舒缓。第二节"流""求"也押幽部韵，另加虚字"之"为句尾，构成两字韵脚，吟诵时更悠远、绵长。第三节

"得""服""侧"押入声职部韵,入声字吟诵时短促顿挫,情感更激烈,能体现主人公"求之不得"而"辗转反侧"的煎熬与忧伤。

唐文治先生在1948年录制灌音片时,收录《唐风·鸨羽》,用的是低起音式,第一章简谱如下:

6 1 3 5　6 1 3 5　2 2 1 1　1 2 1 6 5
肃肃鸨羽,集于苞栩。王事靡盬,不能艺稷黍。
6 1 3 5　2 2 1 1　1 2 1 6 5
父母何怙?悠悠苍天,曷其有　所?

唐文治先生在《〈诗经〉伦理学》演讲录中论及此篇"民从征役,不得养亲,呼天泣诉,伤心曷已?始则痛居处之无定,继则念征役之何极,终则恨旧乐之难复,民情怨咨极矣。养生送死之无望,仰事俯畜之维艰,而诗但归之于天,不敢有懈王事。诗人忠厚之至,于以见文、武、成、康之遗泽尚存也。孝子因久从征役,不得养其父母,至于呼天而泣,其情大可悲矣。谁秉国钧,而使人民痛苦若此。"[①]孝子无法赡养父母,呼天而泣,其情大可悲。在吟诵时用低起式,幽怨情感顿起。诗开始运用比兴手法,鸨鸟因为没有后趾,所以不适宜停歇在树枝上,一旦歇在树枝上,就不稳定,

---

① 唐文治:《唐文治国学演讲录》,上海交通大学出版社,2017年,第490页。

第二章　唐调吟诵与语文学科核心素养的关系

需要不断地拍打翅膀。诗人以此比喻自己久从征役，公事无休无止，不能回家种稷黍，想到家中父母靠什么能生活，不禁哀叹问悠悠苍天，自己何时才有安居之所。吟诵此一章，"父母何怙？悠悠苍天，曷其有所？"三句，取低起音式，唐文治先生在灌音片中"悠悠苍天，曷其有所"两句吟得激越悲戚，可谓直指苍天之问；"羽""栩""盬""黍""怙""所"押鱼部韵，情感沉郁，吟起来有音韵美；"肃""集""不""稷""曷"为入声，音短促顿挫，诗整体有抑扬顿挫之感，表意丰富，兴发"孝"之大义。

《诗经》多为四言，吟诵时音节多为"二二"式节奏，遇杂言句式，则可以通过加一个音或拖长一个音来调整，韵律感、节奏感强；循环往复的调，有回环复沓之音韵美；吟出四声抑扬之美，关注虚词之妙、入声字顿挫之美；吟出押韵、换韵之幽情；在反复吟诵中品味领悟，吟出深情，激发共情。

《诗经》创作时的语音属上古音，很多音与现在的普通话有很大差别，有些诗句读起来不够押韵，我们可以有两种选择：一是简易处理，就按普通话来吟；一是可参考音韵学研究学者张仁贤先生的《诗词平仄谱》等书，韵脚字念参酌古音——张先生为读今音不谐韵的字出叶音（反切法），这种叶音，不一定是古音，但它的韵多属上古，吟起来更有音韵美。

二、唐调与《楚辞》

楚辞源于"楚声""楚歌"，运用楚地的诗歌形式、方言声韵，描写楚地风土人情，具有浓郁的地方色彩，故名《楚辞》。

用唐调吟诵《楚辞》时也有一个回环往复的调，《楚辞》以七言、六言为主，节奏丰富，句式参差错落，用"兮"字是《楚辞》的特色，唐调吟诵基本简谱为：

2 2 1 1 2 2 1　1 1 1 2 1 6 5　6 6 6 1 3 5　6 6 6 1 3 5

《楚辞》多为四句一章，循环往复。可以根据诗歌内容转为低起音式：

6 6 6 1 3 5　6 6 6 1 3 5　2 2 1 1 2 2 1　1 1 1 2 1 6 5

若句子不是六言、七言句，可做合并音或加音处理，在幽微中体味其中或悠长或飞扬或深沉等复杂情感。吟诵"兮"时略拖音，有音韵、节奏美，又渲染情感，余音袅袅。

唐文治先生在1948年录制灌音片中，选录《九歌·湘君》，开篇情感低回，用的是低起音式。以前八句为例：

6 6 6 1 3 5　6 6 6 1 3 5
君不行兮夷犹，蹇谁留兮中洲？

第二章 唐调吟诵与语文学科核心素养的关系

2 2 1 1 2 2 1　1 1 1 2 1 6̇ 5
美要眇兮宜　修，沛吾乘兮桂　舟。

6̇ 6̇ 6̇ 1 3 5　6̇ 6̇ 6̇ 1 3 5
令沅湘兮无波，使江水兮安流。

2 2 1 1 2 2 1　1 1 1 2 1 6̇ 5
望夫君兮未　来，吹参差兮谁　思？

《（一九四八年）唐文治先生读文灌音片（修复版）》中这首诗吟诵速度较快，节奏为"君不行兮/夷犹,蹇谁留兮/中洲"，吟到每句最后两个字时会稍拖音，如"夷—犹—""中—洲—"，语气舒缓抒情。

此诗是迎神歌，以女巫的口吻表达对湘君的慕恋怨恨之情。用低起式吟诵调，开篇就充满了期待与柔情，女巫供设好祭祀之物，呼唤湘君降临。此八句意思为：湘君不动身啊，犹豫着不走。您在洲中等待谁？我姿容美好，又打扮得恰到好处，我将乘坐芳香的桂舟去迎接您。请您让沅湘不要起波浪，请您让江水缓缓地流。盼望您来，您却不来，我吹起洞箫，您说我在思念谁呢？

用唐调中的《楚辞》调吟诵，依据"兮"划分节奏，六字句中"兮"字调音节，舒缓、悠扬，情意绵长；"犹""洲""修""舟""流"押阴声幽部韵，"来""思"换押之部韵，情感忧伤，用吟诵传达女巫对湘君之爱恋，情感低回、柔情绵密。

用唐调吟诵《离骚》，以开篇八句为例，可用高起音式：

```
2 2 1 1 2 2 1   1 1 1 2 1 6̇ 5̇
帝高阳之苗裔兮，朕皇考曰伯　庸。
6̇ 6̇ 6̇ 1 3   5   6̇ 6̇ 6̇ 1 3 5
摄提贞于孟陬兮，惟庚寅吾以降。
2 2 1 1 2 2 1   1 1 1 2 1 6̇ 5̇
皇览揆余初度兮，肇锡余以嘉　名。
6̇ 6̇ 6̇ 1 3 5   6̇ 6̇ 6̇ 1 3 5
名余曰正则兮，字余曰灵　均。
```

吟诵《离骚》的节奏，可以依据"之""曰"等衬字及语意划大概节奏，"帝高阳之/苗裔兮，朕皇考曰/伯庸。摄提贞于/孟陬兮，惟庚寅/吾以降"。

吟诵《离骚》，也有如词、曲般的节奏。如启功先生在《诗文声律论稿》中分析：

　　仄平平（平）平仄（平）
　　帝高阳　之　苗裔　兮，
　　仄平仄（仄）仄平
　　朕皇考　曰　伯庸。

其中"帝"、"朕"是领字，"之"、"曰"是衬字，"兮"是尾字，所剩"高阳"、"苗裔"、"皇考"、"伯庸"，恰是抑扬相间的四个节。[①]

启功先生的详细解读有利于感悟《离骚》抑扬相间的声律之美。

《离骚》开篇的吟诵声调与字音结合很响亮，王室贵气扑面而来。开篇取高起音式，声调与字音结合很亮，诗人强调自己身份高贵自豪尽显。"摄提贞于孟陬兮，惟庚寅吾以降"，屈原降生的日子是寅年寅月寅日，天赐吉祥，实为神圣。"庸"和"降"为东冬合韵，吟起来中正、平和。"曰""伯""摄"三字入声短促顿挫。"兮"字略拖音手停顿，有节奏美，吟诵时要将出生的贵气、家世的自豪表达得充沛。后四句换韵，"名""均"为阳声耕真合韵。"锡""曰""则"为入声，音短促。父亲仔细揣摩我出生的年月日，于是赐我美名，给我取名为正则，成年后，又给我取字灵均。美名美字根植于诗人心魂，更显高贵与不凡。

《楚辞》篇中时有飞扬、丰盈的想象，时有高洁志向的表白，时有深山大泽中的鬼神之思，时有艰辛的追求与内心的执守，时有美好的修养和境界，吟诵时尽管也是回环反复的调，但是在幽微的高低长短的声音里、纤细的感觉里有极动人的情志。

三、唐调与乐府诗

汉乐府诗还没有平仄声调的自觉，没有外加的格律，其声调全在

[①] 启功：《诗文声律论稿》，中华书局，2009年，第35—36页。

诗人自己的掌控，而这种掌控的标准是极为微妙的。钟惺在《诗归》中评论汉乐府时指出："此歌态生于情，情生于调，微吟自知之。"好的古体诗虽没有平仄的约束规定，但诗人创作时也会通过辨音使诗具有自然的天籁之美。所以有人认为，古体诗其实比格律诗更难写，因为它那种汉字自然的声音之美没有一个人工的规律可循。

汉乐府五言诗的产生，使诗歌表意更丰富，四言诗多为"二二"节奏，五言诗一般为"二二一"节奏，五言比四言多一个字，多一个节奏，表意空间扩大。

在唐文治先生的1948年灌音片中收录的诗词篇目，除了《诗经》《楚辞》篇目外，另收录四首诗词：其父唐若钦公的《迎春诗》《送春诗》，及岳飞《满江红》和苏轼《水调歌头》。陈以鸿先生参照唐文治先生灌音片中四首诗词，总结出吟诗词简谱（参照唐老夫子读文法）"阴平 3 1 —，阳平 1 —，上声 5，去声 3 5，入声 3"，整体特点是平声音平、仄声音高、入声短促。

参照唐调吟诵《古诗十九首·庭中有奇树》，简谱为：

1-3 1-5　1-3 5　3 3　3　1-3 1-
庭 中　 有 奇　树，绿 叶　发　华 滋。

1-3 1-　3 1-1-1-　5　3 5　5　3 1-
攀 条　 折 其 荣，将　以 遗　所 思。

第二章　唐调吟诵与语文学科核心素养的关系

```
3 1- 3 1- 1- 1- 3 5    3 5  5   3  3 5   3 1-
馨   香   盈  怀  袖，  路   远  莫  致    之。
5 3 1- 3   3 5 3 5 5   3   3 1- 1-
此 物 何  足  贵？ 但  感  别   经    时。
```

这首诗围绕"采花赠远",写思念游子。庭院里有棵美好的树,枝叶渐绿渐茂盛。我攀住枝条,折下花儿,要把它送给我思念的人。花的芳香充盈我的襟袖,然而路途遥远,无法送达。这小小的花儿哪里值得献给你呢?我采下它,只是因为感到我们的离别已经太久了。诗中平仄相间,声音抑扬有致;"滋""思""之""时"押上古之部韵,有音韵美,隐约传达离别哀戚;"绿""叶""发""折""物""足"等字是入声字,吟诵短促顿挫,更易传达悲伤;五言诗有"二二一"节奏,第二、四个字为节奏点,在吟诵时,节奏点上的字若是平声可略平稳延长,若是仄声字可稍收束快些,这也是所谓的平长仄短,如"馨香盈怀袖,路远莫致之",节奏点上"香、怀"字是平声,平稳延长,节奏点上"远、致"字是仄声,稍短促。古体诗虽没有平仄的规定,但有一种自然形成的天籁之美,通过声音自然的抑扬、疏密来传达幽微的情感,微吟自知其妙。

用此诗词调(参照唐文治先生读文法)也可吟诵其他的古体诗。如吟诵《木兰诗》前八句,与普通话朗读一比较,就能感觉其中妙处:

```
3 3   3 5 3 3    3 1- 3 1  3 5 3
唧 唧  复 唧 唧， 木 兰  当  户   织。
3  1- 3 1- 3 5  3 1- 1- 1-  5 3 5  3
不  闻 机 杼 声， 唯 闻 女   叹  息。
3 5  5 1- 5  3 1-  3 5 5 1- 5 3
问  女 何 所 思，  问 女 何 所 忆。
5  3  1- 5  3 1-  5  3  1- 5  3
女 亦 无 所 思，  女 亦 无 所 忆。
```

"唧""木""织""不""息""忆""亦"均为入声字，吟诵时短促，句子入声字多，顿挫感、力量感强。且"唧""织""息""忆""忆"押入声韵，情感凝聚。一顿一挫中，似乎能听到木兰对着门户织布，一声声无可奈何、沉重的叹息。女孩儿不思什么，也不想什么，内心强烈的唯一的心思，其实就在"军书十二卷，卷卷有爷名"一事上。微吟能感悟此诗音节之妙。

四、唐调与格律诗

参照唐调吟诵格律诗词，其方法与吟诵古体诗一致。诗人写诗开始有意识关注汉语四声，一句诗如果所有的字都是平声或者都是仄声，读起来是很不好听的，平仄间隔才好听。从南北朝齐梁开始，诗歌逐渐就走向律化，到初唐就形成了"近体诗"。

杜甫曾言"新诗改罢自长吟"，长吟自己的新诗，不是表达给

第二章　唐调吟诵与语文学科核心素养的关系

别人听、让别人享受新诗之美,而是创造诗美的需要。叶嘉莹先生说"声音里有诗歌一半的生命",近体诗之平仄声律的形成,其实是把吟诵的自然需求人工化的结果,格律的完成乃是为了配合吟咏诵读的需要。唐诗后的曲子词的吟诵与格律诗相同,其平仄、声律的要求,与吟诵也是密不可分的。

近体诗的字讲究平仄,合乎格律。平上去入,叫四声。平声的声音可以平稳地展开,而仄声有起伏。唐朝人就把上去入归为一类,称为"仄声"。平仄调匀,合乎声律,吟诵就很动听。如五言、七言绝句的基本律式:

五言基本律式:

① 平平/平仄/仄　②仄仄/仄平/平　③仄仄/平平/仄　④平平/仄仄/平

七言基本律式:

①仄仄/平平/平仄/仄　②平平/仄仄/仄平/平

③平平/仄仄/平平/仄　④仄仄/平平/仄仄/平

五绝基本律式组成四种格式:

①平起仄收式

平平/平仄/仄,仄仄/仄平/平。仄仄/平平/仄,平平/仄仄/平。

②平起平收式

平平/仄仄/平,仄仄/仄平/平。仄仄/平平/仄,平平/仄仄/平。

③仄起仄收式

仄仄/平平/仄,平平/仄仄/平。平平/平仄/仄,仄仄/仄平/平。

④仄起平收式

仄仄/仄平/平,平平/仄仄/平。平平/平仄/仄,仄仄/仄平/平。

七绝基本律式组成四种格式:

①仄起仄收式

仄仄/平平/平仄/仄,平平/仄仄/仄平/平。

平平/仄仄/平平/仄,仄仄/平平/仄仄/平。

② 仄起平收式

仄仄/平平/仄仄/平,平平/仄仄/仄平/平。

平平/仄仄/平平/仄,仄仄/平平/仄仄/平。

③平起仄收式

平平/仄仄/平平/仄,仄仄/平平/仄仄/平。

仄仄/平平/平仄/仄,平平/仄仄/仄平/平。

④平起平收式

平平/仄仄/仄平/平,仄仄/平平/仄仄/平。

仄仄/平平/平仄/仄,平平/仄仄/仄平/平。

吟诵时五言的节奏为"二二一",七言的节奏为"二二二一"。如五言"边地莺花少"五字,"边地"是一个音步,"莺花"是一个音步,剩下的"少"一个字也是一个音步。五言诗句第二个字、第四个字、第五个字都是节奏点,即"地""莺""少"是节奏点字,处于节奏点上的字特别要紧,一般而言,规定是平声的就必须是平声字,规定是仄声的就必须是仄声字。吟诵时节奏点上的字,平声平稳

第二章 唐调吟诵与语文学科核心素养的关系

延长，仄声略短，入声短促。

如吟诵白居易《问刘十九》（用"—"表示平声，用"｜"表示仄声，用"！"表示入声）：

```
3 5  31-  31-  5    1- 1- 5 5  1-
绿 蚁  新   醅   酒，红 泥 小 火  炉。
！ ｜  —   —    ｜   — — ｜ ｜  —
```

```
5 1- 31- 3 3   1- 5 3  31- 1-
晚 来  天  欲雪，能 饮 一  杯  无？
｜ —  —  ！！  —  ｜ ！  —  —
```

此诗平仄四声相间，字音抑扬动听。吟诵"绿蚁/新醅/酒"，节奏点上"蚁"字音较短，"醅"平稳拖长，"酒"较短。如"晚来/天欲/雪"，节奏点上"来"平稳延长，"欲"是入声字，短促，停顿后可以再略拖余音与"雪"相连，"雪"是入声字，短促收束。"炉""无"押平声虞韵，有音韵美。酒已新酿，泛起泡沫，颜色微绿，火炉正红，暮色苍茫，凄寒冷彻，大雪将至。诗人轻问友人"能饮一杯无"，溢满浓情，余音摇曳，无限想象，柔情万分。

参照唐调吟诵律诗的方式与绝句相同，律诗有严格的平仄要求，且颔联与颈联对仗工整。

五律、七律也有四种格式：平起仄收式、仄起仄收式、平起平收式、仄起平收式。

七言律诗的发展，更是把中国语言文字那种顿挫呼应、对称回环、腾挪变化的美感发挥到了极致。吟诵本就应和格律诗的需要，成为体会、感悟中国格律诗之堂奥的极佳途径。唐调吟诵格律诗的要求是：依字行腔，吟出平上去入四声抑扬之美；吟出韵律美；节奏点字平长仄短；入声字短促；多听、多吟、多品味诗歌意境，吟出兴发感动的力量。

入声字的回归在吟诵中要特别关注。如杜甫《春望》"感时花溅泪，恨别鸟惊心"，"别"用普通话就是阳平，但在古汉语中是入声字，属仄声，这才符合平仄格律要求。杜甫的《月夜忆舍弟》"露从今夜白，月是故乡明"以及《登高》"风急天高猿啸哀，渚清沙白鸟飞回"中"白""急"在吟诵时都要归到入声字，短促有力，符合格律诗的平仄要求，也更有表现力。

五、唐调与词

目前所知最早的词是甘肃敦煌莫高窟藏经室内发现的《敦煌曲子词》。唐五代词人以及宋初晏欧，皆以创作篇幅较小的小令为主，柳永则开始大量创作篇幅较长的慢词。唐宋乐曲一段称"一遍"，也称"一片"，依一段乐曲制作的词调称"单调词"或"单片词"，依两段乐曲制作的词调称"双调词"，双调词前段称"上片（遍）"或"上阕"，后段称"下片（遍）"或"下阕"。这都源自乐曲名称，一阕就是一

第二章　唐调吟诵与语文学科核心素养的关系

遍。读词、填词要讲究四声和平仄，这样就合律合韵动听。

词的句子平仄格律与诗相似，字要分四声和平仄，平声归为"平"声，上、去、入三声都归为"仄"声。词有严格的平仄要求，某个位置上有规定要用平或仄。吟诵词的节奏与诗相似，多以"二二一""二二二一"式划分音步，吟诵时节奏点上的字，平声就平稳延长，仄声略短，入声短促。词若有领字，则单独为一个音步，如柳永《八声甘州》第一句节奏为"对/潇潇/暮雨/洒江/天"。

参照唐调吟诵词，与吟诵格律诗的要点相同。以李清照《如梦令》为例：

如梦令　李清照

常记溪　亭日　暮，沉醉不　知　归　路。
—｜——！｜　—｜！——｜

兴尽晚回　舟，误入藕　花　深　处。
｜｜｜——　｜！｜——｜

争渡，争渡，惊　起一　滩鸥　鹭。
—｜　—　｜　—｜！——｜

这首词是李清照少女时期夏秋之季的游玩之作，语言清新，纯用白描，吟起来音律出色动听。"常记"点明后面是追忆，有次日暮之时，在溪边亭子里喝酒，喝得沉醉竟然忘记归路。玩到兴尽经常回忆起以前到小溪边的亭子游玩，一直到日暮时分，但因喝醉而忘记回去的路。才乘舟返回，却迷途进入荷花池的深处。怎样才能把船划出去，争着渡河去，桨声惊醒了栖息在水中的鸥鹭。参照唐调吟诵这首词，在节奏上，六字句为"二二二"，五字句为"二二一"。用字平仄相间音律抑扬动听，入声字语气短促，"暮""路""处""渡""鹭"押仄韵，表达了沉醉之深。《如梦令》原名《宴桃源》，最初由唐庄宗制曲填词，末几句为"如梦，如梦，和泪出门相送"，后词牌改称《如梦令》。《词律》收仄韵、平韵各一体，后多用仄韵。此首词牌33字，单调，七句六韵，一韵到底，第五、六两句相叠句式。王力先生《古代汉语》中此曲谱式为：

（平）仄（仄）平平仄，（平）仄（仄）平平仄

（仄）仄仄平平，（平）仄（仄）平平仄

平仄，平仄，（平）仄（仄）平平仄

填词要严格遵守词谱，这样就协律好听。精通声律的词人，除了关注平仄外，还能细微斟辨字音，使诗句既合格律又声音悦耳。吟诵词时，可参照唐调诗词吟诵简谱，注重依字行腔，关注字音本身，吟出平仄抑扬，吟出韵律美。在浅吟低诵时，吟出词的韵味，进入审美之境。

第二章 唐调吟诵与语文学科核心素养的关系

六、唐调与上古散文

陈以鸿先生在《茹经先生读文法管窥》中谈及上古散文读法："第三类是上古散文,以经书为主,因写法古朴,读法也比较庄重而拘谨"。[①] 上古散文,在此主要指经书,吟诵调中正、典雅、质朴而简单,吟诵时抑扬起伏不大,循环往复,在结尾处用"２１６"(参照陈以鸿先生总结的上古散文调)拖音收尾,此读法也常被称为"读经调"。

以《论语·学而》中句子为例:

子曰："学而时习之,不亦说乎?／有朋自远方来,不
　　　　　　　　　　　　　　２１６

亦乐乎?／人不知而不愠,不亦君子乎?"
　２１６　　　　　　　　　　２１６

在吟诵时,"学而时习之"平稳发音,到"不亦说"三个入声字连用,语气短促顿挫加重,音偏高,"乎"字用"２１６"拖音收束。后面两句相似,在一高一低中保持节奏的稳定、匀称,这也正符合经书的特点。在吟诵此句时要关注入声回归,"习""不亦""说""乐"入声短促,语气加重,更能强调"学而时习之""有朋自远方来"是很愉

[①] 《唐文治先生学术思想讨论会论文集》,苏州大学,1985年,第63—64页。

快，以及"人不知而不愠"是君子的修养。

《唐蔚芝先生读文灌音片》中收录了先秦左丘明《吕相绝秦》一文，他读此篇文章与之后的散文不同，用的就是上古散文调，读法古朴、匀速，较之读后世散文略快，用"２１６"拖音收束。他在《国文经纬贯通大义》中对此篇有研究[①]：

孙月峰云："通篇虽是造作语言，就文而论，最为工练。叙事婉曲有条理，字法细，句法古，章法整，篇法密，诵之数十过不厌，在辞令中又是一种格调，古今无两，可谓神品。"茅鹿门云："述己之功，过为崇让，数秦之罪，曲加诋诬。"余谓此所谓知有我而不知有人也，故通篇以我字作骨，中间虚字以是用作为贯串。自古辞令之委婉，无过此文，或谓其近于策士习气，殊不然，《国策》文字不若是也。

古朴、中正的吟诵法，特别能显现出"以我字作骨，中间虚字以是用作为贯串"的严密性。

七、唐调与后世散文

陈以鸿先生在《茹经先生读文法管窥》中谈及：[②]"第四类是先秦

[①] 唐文治：《国文经纬贯通大义》，文史哲出版社，1987年，第161页。
[②] 见《唐文治先生学术思想讨论会论文集》，苏州大学，1985年，第63—64页。

第二章　唐调吟诵与语文学科核心素养的关系

诸子以次的历代散文和骈文,以及一部分韵文。随着文体的蓬勃发展,不仅句法变化多,文章结构变化亦多,相应地读法也错综复杂起来。先生读文法的博大精深,特别体现在这一类文章中。"陈先生将此类文章归为后世散文吟诵。

《唐蔚芝先生读文灌音片》中收录了后世散文九篇,分别为司马迁《屈原列传》、诸葛亮《出师表》、李华《吊古战场文》、韩愈《送李愿归盘谷序》、范仲淹《岳阳楼记》、欧阳修《丰乐亭记》、欧阳修《五代史·伶官传序》、欧阳修《秋声赋》、欧阳修《泷冈阡表》,可见最能体现唐调丰富性的是读后世散文。

唐调吟诵古文强调"因声求气",唐调吟诵创始人唐文治先生师承了桐城派古文吟诵法,桐城派作家十分重视读文的方法,姚鼐在《与陈硕士书》中说:

> 大抵学古文者必要放声疾读,又缓读,只久之自悟。若但能莫看,即终身作外行也。[①]

吟诵即是从文章的音节入手,根据言之长短、音之高低来探求文章之气,从而达到古人的神气,这也是桐城派读文"因声求气"的相承。此学说与韩愈的"气盛言宜"说也是一脉相承的。韩愈《答李

[①] 姚鼐:《与陈硕士书》,《惜抱轩尺牍》,安徽大学出版社,2014年,第94页。

翙书》提及："气，水也；言，浮物也。水大而物之浮者大小毕浮。气之与言犹是也，气盛则言之长短与声之高下者皆宜。"这里的"气盛"是指作者的一种精神气质、人格境界，只要正气培养得旺盛了，发而为言辞文章，表现力就会很强，不论语句长短，语调高下，都无所不宜了。同样，通过吟诵，经由声音之途，可以更好地探寻极幽微的文章品格及作家神气。

唐调注重文章的阴阳刚柔之气，这是对桐城派读文法的继承与发展。唐文治先生注重古文太阳气势、太阴识度、少阳趣味、少阴情韵四象分类，又将读文法具体分为急读、缓读、极急读、极缓读、平读五种。这是新的开创，也是当年吴汝纶传授"文章之道从声音入"的理论的具体化。唐文治弟子陈以鸿先生在《茹经先生读文法管窥》中具体阐释：①

> 太阳气势文汪洋恣肆，雄劲奔放，读时要求高亢急骤，酣畅淋漓，如长江大河，一泻千里。反之，少阴情韵文宛转缠绵，感人肺腑，读时要求曼声柔气，一唱三叹，达曲曲传情之旨。少阳趣味文从容闲适，读时须舒展自如，不慢不急。最难读的是太阴识度文，因其大都重在说理，潜气内转，锋芒收敛，读时既不宜图快，又不可使力量减弱，必须

---

① 见《唐文治先生学术思想讨论会论文集》，苏州大学，1985年，第63—64页。

第二章　唐调吟诵与语文学科核心素养的关系

掌握高下疾徐的分寸，将文章的深刻内容通过优美的声腔表达出来。

后世散文读法是唐调中最特别、最丰富的。

陈以鸿先生总结了用唐调吟后世散文的简谱，结句尾字（词）用"6 1 5"拖音收束，这是唐调的尾音特色。如宋代欧阳修《秋声赋》，因语意划分层次，每层结尾用"6 1 5"拖音：

欧阳子方夜读书，闻有声自西南来者，悚然而听之，曰："异哉！"/6 1 5 初淅沥以萧飒，忽奔腾而砰湃，如波涛夜惊，风雨骤至。/6 1 5 其触于物也，铮铮铮铮，金铁皆鸣；又如赴敌之兵，衔枚疾走，不闻号令，但闻人马之行声。/6 1 5 余谓童子："此何声也？汝出视之。"/6 1 5 童子曰："星月皎洁，明河在天，四无人声，声在树间。"6 1 5

在《唐文治国学演讲录》中，唐文治先生将此篇归为少阴情韵之文，正如陈以鸿先生阐释，"少阴情韵文宛转缠绵，感人肺腑，读时要求曼声柔气，一唱三叹，达曲曲传情之旨"。唐文治对《秋声赋》读法研究如下：

唐调流韵：古诗文吟诵探析

  点题法　此文首段摹绘一片秋声，第二段乃点出曰"此秋声也"。此等点题，首段务须将题面隐藏，以下方有画龙点睛之妙，否则索然乏味矣。

  陪衬法、慨叹法　第二段秋色、秋容、秋气、秋意俱系陪衬"声"字，下接"故其为声也"乃倍有力。第三段以乐音陪秋声，潜气内转。四段慨叹，更有神味。"思其力之所不及"两句，与"念谁为之戕贼"两句，唤醒世人知觉。彼薰心富贵，设计营求，沉溺老死于水火中者，可以鉴矣。

  选韵法、间句用韵法　古人诗赋箴铭等，凡发扬蹈厉者，多用东、阳、庚、蒸等韵，与入声韵间用。盖东、阳等韵合于宫音，故发皇；入声韵合于徵音，故激越。次之用支、先、豪、尤韵，各相题之所宜。音节之妙，绎如以成，古人三昧法，全在于此。①

  唐文治先生从点题、陪衬法及慨叹法、选韵法及音句用韵法等角度对《秋声赋》进行读文说明，意在梳理线索、划分段落、求其命意、考其声音、求其神气。因声求气、求神，正是唐调读文要义。

  用唐调吟诵古文的特点有：吟诵文章时既要依据字的平仄，平声音平些，仄声音高些，入声字音短促，又不能局限于平仄，更重要的

---

① 唐文治：《唐文治国学演讲录》，上海交通大学出版社，2017年，第176页。

第二章　唐调吟诵与语文学科核心素养的关系

是依文脉起伏；根据线索、文意划出层次，结句时用"$\dot{6}$ 1 $\dot{5}$"拖音回味，摇曳多姿，这也是唐调独特的尾音；每句起句音低一些，渐次升高，中间顿挫起伏相间，收束时渐缓回落。吟诵要吟出整散结合的错落音韵美。

唐文治先生强调：

> 文章之妙在神、气、情三字。余尝有十六字诀，曰："气生于情，情宣于气，气合于神，神传于情。"然初学未易领会，当先学运气炼气，俾之纵横奔放，高远浑灏，自有抱负不凡之概。读文最宜注意者，在顿挫之间，惟于段落顿挫之际，急将放心收敛，则我之神气始能渐与文章会合。吟诵上注重一顿一挫，这之后必然有一提或一推，细加玩味后则起承转合之法不烦言而解矣。[①]

读文是因声求气、求情、求神的过程，进入审美之境，精神可得涵养。传统古文名篇都注入了作者的人格修养，用唐调吟诵古文，可吟出文章的抑扬、徐疾、顿挫，吟出练词、音韵之妙，进而追溯作者的精神内核。

---

① 唐文治《唐蔚芝先生读文法纲要》，见《（一九四八年）唐文治先生读文灌音片（修复版）》第三部分原书部分书影、文字，中国唱片（上海）有限公司，2017年。

第二节 唐调吟诵与语文学科核心素养的关系

唐调吟诵与语文学科语言、思维、审美、文化四大素养有密切关系。唐调本身就是文学、音乐、语言、思维、审美的综合运用。

通过唐调吟诵能更好地感知古诗文汉字声韵、语言风格，进而更好地感知诗文脉络、情思、志趣。每篇古诗文独特的情感、思想是由其独特的语言表达出的，两者的高度融合使得这些诗文成为不可代替的存在，经由感知语言从而识察诗文文意、情思、志趣，让心灵得到涵养、审美趣味，进而影响吟诵者为人、为文的精神品格。所以说，唐调吟诵是融语言、思维、审美、文化为一体的语文综合教育实践活动。

一、唐调吟诵与语言建构与运用

《普通高中语文课程标准（2017年版2020年修订）》指出：

> 语言建构与运用是指学生在丰富的语言实践中，通过主动的积累、梳理和整合，逐步掌握祖国语言文字特点及其运用规律，形成个体言语经验，发展在具体语言情境中正确有效地运用祖国语言文字进行交流沟通的能力。①

把唐调引入高中古诗文教学，是用符合汉语言音韵规律的方式学

---

① 见《普通高中语文课程标准（2017年版2020年修订）》，人民教育出版社，2020年，第4页。

第二章　唐调吟诵与语文学科核心素养的关系

习古诗文。吟诵是古人阅读、鉴赏古诗文的途径,也是推敲作品、艺术创作的手段,是古人一种日常的生活方式。

古诗文由汉字构成,汉语言文字最大的特点是独体单音,每个字有声调,字与字组合成音节。叶嘉莹先生在《古典诗歌吟诵九讲》第一讲中说:

> 我们的吟诵是跟我们语言文字的特质结合在一起的……英文字有轻重音,而我们不是,我们是独体,是单音,就是一个字,而这一个字有各种不同的声调。所以我们中国的诗歌所注重的,不是轻重音,而是节奏和声调。①

叶先生这里强调吟诵与诗歌的密切关联,就在于吟诵是与语言文字的声调关联、与汉字组合的节奏关联的。不仅古诗要关注读出节奏和声调,学习古文同样要注重节奏声调,吟出作品的平仄、音韵、节奏、徐疾,感悟古诗文幽微的情意。这个过程也是课标里强调的掌握语言文字特点及其运用规律的过程。

唐调吟诵古诗文,可以用直觉感受汉字声韵之美,经由声音感受作品艺术,进而探寻作品情感、精神。用唐调吟古诗文是一种声音的追溯,吟诵需要回归四声,特别是入声字。普通话朗读已没有入声

---

① 叶嘉莹:《古典诗歌吟诵九讲》,广西师范大学出版社,2014年,第7页。

字，把格律诗词中押韵或讲究平仄处的入声字读成平声，或是韵文中押韵的、表特殊情感的入声字读成平声，便会使诗文缺失音律和谐，缺失节奏美感。

唐调吟诵古诗文，还能很好地表现汉字的对偶之美。汉字是单音节，字与字的空间整齐，就可以追求对称的整齐之美，呈现独特的艺术效果。古代词分为两类，实与虚，作诗时讲究对仗，实字对实字，虚字对虚字，如杜甫诗句"老去诗篇浑漫与，春来花鸟莫深愁"。古代散文也讲究对偶，如《论语》"有朋自远方来，不亦乐乎？人不知而不愠，不亦君子乎"。对称美读起来也有节奏美。写诗讲究对仗，写文讲究骈句，都有极大的美感。

吟诵也是创作诗文的方式，古人创作古诗文讲究平、上、去、入四声谐律好听，汉字声音中蕴藏了作家心灵密码。古人创作诗文也注重音韵之美，注重平仄及押韵字音之妙，经由文字传达心志与精神。唐文治先生在《国学演讲录》中也提及读文要读出练词、音韵之妙。

如研究《屈原列传》：①

"心害其能"，"害"字下得辣，从《国策》傀隗、严遂二人相害得来，谗人离间君子，只须一二字，曰"非我莫能为也"，而灵均死矣，小人舌锋可畏如此。

---

① 唐文治：《国文经纬贯通大义》，文史哲出版社，1987年，第118页。

第二章　唐调吟诵与语文学科核心素养的关系

研究《秋声赋》：①

古人诗赋箴铭等，凡发扬蹈厉者，多用东、阳、庚、蒸等韵，与入声韵间用。盖东、阳等韵合于宫音，故发皇；入声韵合于徵音，故激越。次之用支、先、豪、尤韵，各相题之所宜。音节之妙，绎如以成，古人三昧法，全在于此。

研究《九歌·湘君》：②

云水苍茫，烟波无际，由其用庚韵兼用入声韵也。

研究《送李愿归盘谷序》：③

文必有精神而后有精采。次段若将"愿之言曰"删去，改"呜呼"二字，下"我"字均改"李君"，末段改"昌黎与之饮酒而为之歌"，亦无不可，乃插入"愿之言曰"一句，全篇精神一振，遂觉格外生色。不知韩子布局时已有此意耶？抑润色时点缀成之耶？要知此乃画龙点睛之精神也。

---

① 唐文治：《唐文治国学演讲录》，上海交通大学出版社，2017年，第176页。
② 唐文治：《国文经纬贯通大义》，文史哲出版社，1987年，第258页。
③ 唐文治：《唐文治国学演讲录》，上海交通大学出版社，2017年，第176页。

以上研究语言的例子中，有对用字之妙的分析，有对换韵的分析，有对入声韵的分析。唐文治对诗文研究分析法，是唐调吟诵极可贵的参照，唐先生倡导"三十遍吟诵法"，是为了通过反复吟诵，不断低回、玩味、咀嚼，感悟古诗文炼字、韵律、节奏、线索、气韵、精神等要义。

唐调吟诵上承桐城派读文法。桐城刘大櫆在《论文偶记》中指出：

> 盖音节者，神气之迹也；字句者，音节之距也。神气不可见，于音节见之；音节无可准，以字句准之。音节高则神气必高，音节下则神气必下，故音节为神气之迹。一句之中，或多一字，或少一字；一字之中，或用平声，或用仄声；同一平字仄字，或用阴平、阳平、上声、去声、入声，则音节迥异，故字句为音节之距。积字成句，积句成章，积章成篇，合而读之，音节见矣；歌而咏之，神气出矣。[①]

刘大櫆这段文字表明文章的神气主要应从音节体现，而音节又是以字句为准则的，多一字或少一字，用平声或用仄声，音节就不同，由推敲字句而使音节流畅，由音节流畅而使神气显现，阐明了读诗文的三个层次，即字句、音节、神气。所以在学习和鉴赏古诗文时，要

[①] 刘大櫆：《论文偶记》，见贾文昭：《桐城派文论选》，中华书局，2008年，第67页。

第二章　唐调吟诵与语文学科核心素养的关系

由字句声音求音节，由音节求得神气。感知、理解、欣赏古诗文，必然要关注语言，探寻语言表达艺术，进而探寻作品的情感腹地，才能尽可能体验作者情感、思维、生活，回到作者生活与创作的文化逻辑、生命情境之中。

经典古诗文语言意聚神凝、言简意赅，常常言巧意新，每篇（首）经典古诗文的语言表达有其独特性与必然性，作者在遣词用字上下功夫，用独具匠心的语言表达其独特的思想情感成就了作品文与言合一的独特性。唐文治先生研究自己文章《〈英轺日记〉序》说：

> 余尝论作文法除命意外，有布局、炼气、选词三者，段落变化，特布局中之一端。而此文选词尤宜注意。选词者，化俗为雅，化陈为新，化浅为奥，化平为奇，如文中"曷兹壮佼"句，若改为"何彼壮士"，即嫩而软矣。"亘亥步"三字，若改为"遍国中"，即较俗气矣。此换字诀也。又每段中其字最宜注意，为虚字作线索法。[①]

唐文治先生用自己作品实例来说明"换字诀"，这是精通语言艺术后的创作实践，与其读文法主张一脉相承。唐文治研究自己的作品，给学习者提供新的视角，呈现自己作文时如何命意、布局、炼

---

① 唐文治：《唐文治国学演讲录》，上海交通大学出版社，2017年，第542页。

气、选词，呈现写作者创作时最真实、鲜活的感受，这在文学史、教育史上都是独特的。

唐调吟诵是对古诗文语言艺术直觉式、幽微的探寻，在这样的追溯中，读者体验文字声音之美，在对独特的语言艺术的发现、欣赏、探究中，感受其声韵，识察其情思，体味其妙趣，获得阅读的大快乐，逐步习得语言表现力与表达艺术。这也会潜移默化影响读者的言语经验及表达运用，获得有关心理、情感、思想、道德、审美等民族综合文化经验形成的语感经验，进而形成自己独特的语感，将所学内化为自己生活、生命表达方式，完成自己语言建构与运用。

二、唐调吟诵和思维发展与提升

《普通高中语文课程标准（2017年版2020年修订）》提出：

> 思维发展与提升是指学生在语文学习过程中，通过语言运用，获得直觉思维、形象思维、逻辑思维和创造思维的发展，促进深刻性、敏捷性、灵活性、批判性和独创性等思维品质的提升。[①]

在具体的课程目标里，指出这一素养需要达成的目标是：

---

① 见《普通高中语文课程标准（2017年版2020年修订）》，人民教育出版社，2020年，第4页。

第二章　唐调吟诵与语文学科核心素养的关系

增强形象思维能力。获得对语言和文学形象的直觉体验；在阅读与鉴赏、表达与交流、梳理与探究活动中运用联想和想象，丰富自己对现实生活和文学形象的感受与理解，丰富自己的经验与语言表达。

发展逻辑思维。能够辨识、分析、比较、归纳和概括基本的语言现象和文学现象，并能有理有据地表达自己的观点和阐述自己的发现；运用基本的语言规律和逻辑规则，判别语言运用的正误，准确、生动、有逻辑地表达自己的认识；运用批判性思维审视语言文字作品，探究和发现语言现象和文学现象，形成自己对语言和文学的认识。①

形象思维涵盖了直觉思维，逻辑思维涵盖了辩证思维方法，各种思维也包括了创造性思维。语言是思维的载体，也是思维的外化形式。语文活动中的"阅读与鉴赏""表达与交流""梳理与探究"都是语言的运用，其背后都是思维品质。

唐调吟诵古诗文的过程也是思维发展与提升的过程。唐文治先生担任无锡国专校长时，撰写了很多经典阅读指导纲要，其中尤以《国文经纬贯通大义》为代表。唐文治认为：

---

① 见《普通高中语文课程标准（2017年版2020年修订）》，人民教育出版社，2020年，第6页。

唐调流韵：古诗文吟诵探析

文字者，经天而纬地者也。吾曰求古文之线索，则知古书之经纬与其命意。①

读文的宗旨在于通人情、连物理、正人心。读文的关键在探求文章的线索与经纬，从而进入文章精神世界。用唐调吟诵古诗文，求得文章之法，进而通人情、连物理、正人心，这个过程也是直觉、形象、逻辑、创造思维发展与提升的过程。

唐调吟诵是以声传情、求气，经典古诗文都由具有美的情思的语言构成，唐调吟诵与语言有内在密切关联。在具有音乐性的吟诵的激发、激荡下，读者会产生生命的跃动，进入联想与想象空间。唐文治先生弟子吴霖回忆听唐先生读文：

他朗诵古文，一言以蔽之，不外乎凡是属于阳刚文章朗诵起来要慷慨激昂、气势雄壮；阴柔文章要缠绵悱恻、回肠荡气。我听过他许多次朗诵古文，咬字清楚，段落分明，特别是他多次为我们朗诵李华的《吊古战场文》，一唱三叹，潜气内敛，仿佛浔阳江头的琵琶，令人为之神驰不已。当他读到"法重心骇，威尊命贱。利镞穿骨，惊沙入面。主客相搏，山川震眩。声析江河，势崩雷电。……尸填巨港之岸，血满长城

---

① 唐文治：《国文经纬贯通大义》，文史哲出版社，1987年，第1页。

第二章　唐调吟诵与语文学科核心素养的关系

之窟。无贵无贱，同为枯骨"时，运用快板的节奏，迫促的声调，令人心弦紧扣，似乎眼前展示出一幅黄沙漠漠、天阴鬼哭、车折马仰、血肉狼藉的画卷。①

这段回忆写出唐文治先生吟诵文章的妙境，用声音传达文章的阴阳刚柔之气，"仿佛浔阳江头的琵琶""似乎眼前展示出一幅黄沙漠漠、天阴鬼哭、车折马仰、血肉狼藉的画卷"。好的吟诵能把人带入联想和想象，进入审美境界。这个过程与直觉思维、形象思维、逻辑思维、创造思维密切相关。

陈以鸿先生谈及自己的吟诵体会说道：

> 我平常也经常吟诵，作为一种消遣。我记得有一次家里只有我一个人，我把古文拿出来读了一篇《祭十二郎文》，读得泪流满面……用这种特定的调子来读文和朗诵完全是两回事。朗诵可以把每一个字的音、声调都读准，并且掌握语气，等等。用调子来读文不一样，因为朗诵诗两句之间必然有一个空白，一个停顿，可是读文的时候它不停的，一直换气读下去，所以读出了味道。②

---

① 吴霖：《唐文治大师与唐调》，见魏嘉瓒：《最美读书声：苏州吟诵采录》，长江文艺出版社，2014年，第193页。
② 陈以鸿：《陈以鸿先生谈吟诵》，见《吟诵经典、爱我中华——中华吟诵周论文集》，2009年。

陈先生的这段吟诵体会中，阐明了吟诵与朗诵的区别，吟诵是用有音乐性的调子运气、连气，在吟的过程中，有创造性的空间，个人情感与作品情感慢慢对接、激荡、共鸣，进入文章境界，产生生命的共情。这个过程，充分调动了人的直觉思维、形象思维、逻辑思维、创造思维。唐调吟诵中有直觉思维、形象思维、创造思维直接参与，同时，逻辑思维也是有极大发展与提升的。

唐文治先生用圈点法求线索。圈点法重点在线索上，重读、轻读、急读、缓读都有圈点符号标识，文章的命意所在也有标识。通过具体圈点，提示吟诵抑扬、徐疾、提顿变化，进而更好把握线索变化。

真正的唐调吟诵是建立在对古诗文研究的基础上的，唐文治先生研究一篇文章，常常先研究其线索、层次、布局，再研究音韵、旨意等。如研究李华《吊古战场文》层次：

此文自首句至"天阴则闻"止为第一段，虚冒到题。"伤心哉"至"呜呼噫嘻"止为第二段，言战祸所由始。"吾想夫"至"势崩雷电"止第三段，言战事正面。"至若穷阴"至"可胜言哉"止为第四段，入战场。"鼓衰兮"至"有如是耶"止为第五段，仿《楚辞·九歌》句法，写足战场残酷之状。"吾闻之"至"功不补患"止为第六段，本可接入吊意，偏推开作唱叹法，俾局势开展，文气纡徐有致。末段始写足吊字，揭出命意，层次井然。后代词章家文每多

第二章 唐调吟诵与语文学科核心素养的关系

蒙头盖面，当以此法矫之。[①]

再如唐文治先生研究欧阳修《伶官传序》布局：

> 此文以"盛衰"二字作主，首段以"盛衰之理"三句作总冒，中间一段盛、一段衰，末段以"方其盛也""及其衰也"作封锁，文法缜密。所以不觉板滞者，由欧公丰神妙绝千古，一唱三叹，皆出于天籁，临时随意点缀，故能化板为活耳。[②]

古文原是没有标点符号的，需要反复诵读，读出句读，把握文脉。线索的变化意味着作者思路的转变，圈点此关键处就能体会到作者的精神，把握住文章的命意所在。

唐文治先生认为读文法"能得斯境，方能作文"。将唐调引入古诗文课堂教学，有助于学生多种思维的发展与提升，"得斯境"中有欣赏古诗文语言、形象、意境的直觉思维、形象思维，有掌握线索文脉、探求事理人情的逻辑思维，这也必然是一个创造性的过程。"能作文"是各种思维提升后的现实实践与投射。

唐文治先生倡导读文后作文，其编选的《国文经纬贯通大义》收

---

① 唐文治：《唐文治国学演讲录》，上海交通大学出版社，2017年，第80页。
② 唐文治：《唐文治国学演讲录》，上海交通大学出版社，2017年，第167页。

录自己的文章十一篇,与他倡导的读文法交相辉映,对学习者有极好的指导性。无锡国专学生李尧春曾回忆:

> 他(唐文治)嗓音洪亮,文调动人。读《诗经》、《左传》、《离骚》、汉赋,有各种不同的声调;对唐宋诗词,也另有一套读法。老先生对国专历届毕业生的影响最深的,我看不是经学理学,倒是读文的"唐调"。由于"唐调"动听,学生们都争着学,就易于接受古文,文言文的写作动力,也就逐步提高。①

笔者曾多次拜访陈以鸿先生。他曾谈及人生"三乐",一乐是用毛笔写字,二乐是用吟诵法读书,三乐是用文言文写作,而这三乐又是三位一体的。他说自己的文言文写作是受益于唐调吟诵。而由读文到作文是思维品质的综合展现,通过抑扬徐疾等语气,通过音节求文章气韵、精神,其中蕴含了语言的综合感知力,如理解力、判断力、想象力、联想力等,涉及心理、情感、思想、道德、审美等诸多生命体验,也将慢慢变成自己的语感经验,进而形成独特的自我表达、创作方式。这个过程中直觉思维、形象思维、逻辑思维、创造思维都得到综合发展与提升。

---

① 陈国安等:《无锡国专史料选辑》,苏州大学出版社,2012年,第304页。

三、唐调吟诵和审美鉴赏与创造

语文新课标提出要通过语文活动培养高尚的鉴赏品位和审美情趣：

> 审美鉴赏与创造是指学生在语文活动中，通过审美体验、评价等活动形成正确的审美意识、健康向上的审美情趣与鉴赏品位，并在此过程中逐步掌握表现美、创造美的方法。[①]

在具体的课程目标里，指出这一素养需要达成的目标是：

> 鉴赏文学作品。感受和体验文学作品的语言、形象和情感之美，能欣赏、鉴别和评价不同时代、不同风格的作品，具有正确的价值观、高尚的审美情趣和审美品位。
>
> 美的表达与创造。能运用祖国语言文字表达自己的审美体验，表达自己的情感、态度和观念，表现和创造自己心中的美好形象；讲究语言文字表达的效果及美感，具有创新意识。[②]

唐调吟诵古诗文是语言的艺术，是语文审美活动，极具审美鉴赏性。唐文治先生主张读文要反复涵泳，读出阴柔阳刚之美，引导学生

[①] 见《普通高中语文课程标准（2017年版2020年修订）》，人民教育出版社，2020年，第5页。

[②] 见《普通高中语文课程标准（2017年版2020年修订）》，人民教育出版社，2020年，第6页。

体会文辞音情相得相合。唐文治先生研究诸葛亮《出师表》读法：①

> 此文处处提先帝，与《左传》宋穆公告孔父之辞，处处提先君，意虽同而情更深，所以激动孝思，真情毕露矣……试取原文往复朗诵，审其识度，绎其情韵，不觉凄然堕泪。宋欧阳永叔作《泷冈阡表》，一忠一孝，皆与日月争光矣。

唐文治先生读文注重反复吟诵，识别阴阳之气，声音情韵与文辞共振，引起共情，凄然堕泪，至于忘我的精神审美境界。

又如研究欧阳修《丰乐亭记》读法：②

> 此文余于《国文经纬贯通大义》中编入"响遏行云法"，因第二段奇峰突起，其音愈提愈高，如凤凰鸣于寥廓。曾文正所谓"其气翔于虚无之表"，又云"九天俯视，落落寡群"。学者读时，务宜体会此意，朗诵高骞，庶作文精采飞腾。《文心雕龙·神思篇》云："观山则情满于山，观海则意溢于海。我才之多少，与风云而并驱矣。"文章家乐事，无逾于此。

---

① 唐文治：《唐文治国学演讲录》，上海交通大学出版社，2017年，第285页。
② 唐文治：《唐文治国学演讲录》，上海交通大学出版社，2017年，第172页。

第二章　唐调吟诵与语文学科核心素养的关系

《（一九四八年）唐文治先生读文灌音片（修复版）》有吟诵此文的音频，在读到"及宋受天命，圣人出而四海一。向之凭恃险阻，划削消磨，百年之间，漠然徒见山高而水清"时，声音奇峰突起，"圣人出而四海一"陡然上云霄，而后愈提愈高，真如"凤凰鸣于寥廓"，精彩的吟诵之声引人想象驰骋，进入虚无之境，与风云并驾齐驱，进入高妙的审美之境。

无锡国专毕业的学生回忆起唐文治先生读文神气，都终生难忘。陈以鸿先生评论：

> 茹经先生读文时，神完气足，感情充沛，虽届耄耋之年，仍旧声若洪钟，苍劲有力。①

夏承焘先生回忆兼职无锡国专授课时多次听唐先生读古文：

> 唐蔚芝先生读《出师表》，能令人下泪。念中国文学不但诗歌有音乐性，古文品格尤高，其音乐性更微妙。②

由此可见，唐调吟诵古诗文有直接的感发力，节奏、韵律、抑

---

① 陈以鸿：《茹经先生读文法管窥》，见《唐文治先生学术思想讨论会论文集》，苏州大学，1985年，第63—64页。
② 陆阳：《唐文治年谱》，上海三联书店，2013年，第393页。

扬、顿挫等声音艺术本身就具有情趣、魅力，用有音乐性的声音来求得诗文之情之气，可使自己与听者进入诗文意境，拥有审美体验，进入审美之境。南朝刘勰在《文心雕龙》中写道："寂然凝虑，思接千载；悄然动容，视通万里；吟咏之间，吐纳珠玉之声；眉睫之前，卷舒风云之色。"刘勰非常形象地写出声音与文辞相融带来的超越性的想象境界，人可以穿行于语言之中，出入于天地之间，翱翔于诗文意境之里，这就是极为高妙的审美之境。

用唐调吟诵古诗文，还能涵养情性、感发善心、净化心灵、提升品格，中国传统儒家思想主张"兴于诗、立于礼、成于乐"，吟诵正是将诗、礼、乐三者相融的活动，将诗文的精神与美感潜移默化地影响吟诵者，是审美体验内化。宋代朱熹曾说："读诗正在于吟咏讽诵，观其委曲折旋之意，如吾自作此诗，自然足以感发善心。"通过吟咏讽诵，与诗完全相合，就像是自己所写，自然能感发人的善心，这样的审美体验使心灵和人格都得到滋养与教化，诗性的激发、提顿，使生命得到唤醒与超越。吟诵者若能从诗文中体验到情趣、品位、想象的乐趣，并将美感表达出来，甚至转化为创造美的实践活动，这便是一个开阔、综合的审美活动。

叶嘉莹先生在《从中国诗论之传统与诗风之转变谈〈槐聚诗存〉之评赏》提及：

> 人有左脑有右脑，一个是理性的思辨的，一个是感性的

第二章　唐调吟诵与语文学科核心素养的关系

直觉的。你对于字句的思考是理性的思辨,但你如果伴随着吟诵出来,那声音是感性的直感。所以,我一直认为吟诵好的人写出来的诗更好、更有韵味。①

叶先生强调了吟诵声音是"感性的直感",写诗"更有韵味"。叶先生也在此文中提及在学诗和作诗时,如果不伴随吟诵,只凭思想智力写诗,就常常会情韵不足。这里特别强调学诗、作诗与吟诵有密切关联。唐调吟诵古诗文,体会音节节奏与情感的关联,体会语言音律之美,进入想象境界,涵养情性,感发善心,由审美体验进而表达美、创作美,创造独特的审美生命,这也是语文教学追求的理想境界。

四、唐调吟诵与文化传承与理解

语文新课标提出:

文化传承与理解是指学生在语文学习中,继承和弘扬中华优秀传统文化、革命文化、社会主义先进文化,理解和借鉴不同民族和地区的文化,拓展文化视野,增强文化自觉,提升中国特色社会主义文化自信,热爱祖国语言文字,热爱中华文化,防止文化上的民族虚无主义。②

---

① 叶嘉莹,刘靓:《从中国诗论之传统及诗风之转变谈钱钟书〈槐聚诗存〉的评赏》,见《北京社会科学》,2013年4月。
② 见《普通高中语文课程标准(2017年版2020年修订)》,人民教育出版社,2020年5月,第5页。

在具体的课程目标里，指出这一素养需要达成的目标是：

> 传承中华文化。通过学习运用祖国语言文字，体会中华文化的博大精深、源远流长，体会中华文化的核心思想理念和人文精神，增强文化自信，理解、认同、热爱中华文化，继承、弘扬中华优秀传统文化和革命文化。①

唐文治先生是教育界、文化界由传统走向现代的承上启下的重要人物。在他身上既有传统士大夫的责任感，又有面向近现代的广博、开拓、务实精神。唐文治教育思想就是优秀的传统文化。

唐文治先生一生尊崇儒学和理学，学问高深，精神伟大，以修身齐家治国平天下为立身处世之目标，借诵读儒家经典阐发微言大义、借兴办教育行兴邦大计，寄托自己的胸怀抱负，他在《茹经堂文集》第五编的序中说："余行年五十后专心讲学，惟以正人心、救民命为宗旨"。唐文治先生通过办学从事教育来正人心，救民命，为后世留下了丰厚的文化遗产。

虞万里先生在《尊孔读经与治心救国》一文中引用1936年的唐文治先生一段采访：②

---

① 见《普通高中语文课程标准（2017年版2020年修订）》，人民教育出版社，2020年，第7页。
② 唐文治：《唐文治国学演讲录》，上海交通大学出版社，2017年，第2页。

第二章　唐调吟诵与语文学科核心素养的关系

问：先生对于教育本位，应以何者先入手？

答：教育是承先启后一件重要任务。教育除灌输知识而外，尤当注重人格教育。盖教育本意，无非是培养天良，消灭恶念，正心诚意，做一个堂堂正正之人。本此善良心术，然后可做轰轰烈烈事业。若人心术不正，虽有经天纬地之才，适足以殃民而祸国。明乎人格教育之旨，始可与语教育矣。

问：举世滔滔，先生将以何术挽救之？

答：挽救风气，决非一人之力所能成效，尤非在野之人所可转移。顾我当亦尽我能力以挽救之。一则训导学生，诰诫亲友，广为传布；一则著书立说，申儆当世，并示后昆。故我办学宗旨，即以此为第一义。[①]

"注重人格教育"是贯穿唐文治一生的办学理念。唐文治先生历经朝代更替、外强入侵、废经废儒，也实地考察游历欧美，他坚定去仕从教，意在通过教育唤起良知，振兴中国。唐文治先生教育思想"注重人格教育"也与当下教育"立德树人"的根本任务是一脉相承的，唐文治先生怀有经世济民、治心救国抱负，其教育思想就是优秀的传统文化，值得尊崇、传扬、发展。

唐文治先生在无锡国专选择传统经典诗文，编写教材，用唐调读

---

① 吴德明：《唐蔚芝先生访问记》，《旅行杂志》1936年第10卷第8期，第83页。

文,总结作文法,意在正人心,救民命。唐文治先生研究欧阳修《泷冈阡表》:

"祭而丰,不如养之薄"二句,可见为人子者,与其丰祭于亲殁之后,毋宁洁养于逮存之时……凡属人类,皆当互相救济。死狱求生,欧阳公之存心仁之至矣。而"耳熟能详"四字,尤见其言语之时,随时以救人命为急,厥后所以克昌也。后世为民上者,专务剥民脂膏。《孟子》"邹与鲁哄"章曰:"上慢残下,出乎尔者,反乎尔者也。"悖入悖出,杀人者无不报。呜呼!可以鉴矣![①]

此篇读文研究中,多角度涵养性情——为人子孝敬养亲、为官者存仁爱之心、警示后世不得搜刮民脂民膏,可见读文与为人、与处世有极大的关系。

又如唐文治先生研究韩愈《送李愿归盘谷序》:

吾独赏其倔强。惟有大气包举其间,乃更有浩浩落落之致,故人生必须涵养其气骨,而后作文乃有气骨。孟子云富贵不淫、贫贱不移、威武不屈,所谓傲骨嶙峋也。吾人生今之

[①] 唐文治:《唐文治国学演讲录》,上海交通大学出版社,2017年,第70页。

第二章　唐调吟诵与语文学科核心素养的关系

世，光当以气节自励。[①]

此篇读文研究中，赞赏人倔强大气，作文乃有气骨，警示当今之人以气节自励。

传承优秀的传统文化不应只停留在形式、口头上，而应该真实具体地体现在语文教学活动中，这样才能涵养性情、唤醒良知。传承唐调就是传承优秀的传统文化的具体实践。

《（一九四八年）唐文治先生读文灌音片（修复版）》中有《唐蔚芝先生读文法讲词》：

> 而究其（读文）奥旨，要在养本心正直之气。顾亭林先生谓文章之气，须与天地清明之气相接，故其要尤在修养人格。人格日高，文格亦日进，惟天下第一等人，乃能为天下第一等文，皆于读文时表现出来，故读文音节，实与社会及国家有极大关系。

唐调吟诵是唐文治教育理念的具体实践方式，实为借文之神气、人之精神，增长自己的神气、精神、见识，读文与道德修养、经世致用有密切关联，可见传承唐调就是实实在在的传承优秀传统文化的实践。

[①] 唐文治：《唐文治国学演讲录》，上海交通大学出版社，2017年，第176页。

《（一九四八年）唐文治先生读文灌音片（修复版）》后附有"唐蔚芝先生读文传播会"撰写的《国学大师唐蔚芝先生读文灌音片缘起》，提及：

> 自西学昌明，国学日渐式微，世教未免衰替。先生戚然忧之，以兴复国学为己任，涵养正气以励世，风雨如晦，砥柱中流。今我国国粹之尚能绵延不绝者，实赖于斯……近大中华唱片厂范式正先生仰副先生保存国学之意，欣然从事流传，行见家弦户诵，鸣盛和声，文以载道，诗以言志，振聋发聩，顽廉懦立，不特裨益国学，抑亦有功世教欤？

此段文字足以证明当年录制唐蔚芝先生灌音片，传播唐调，使国粹绵延不绝，不只对传承国学有益，还有功于世人教化。

传承唐调，既有唐文治1948年录制灌音片修复版可听吟、感悟，又有唐文治文章研究法理论可学习，两者结合能更好地践行传承唐调。将唐调吟诵引入语文古诗文教学，就是传承发展优秀的传统文化，不只有益于经典古诗文学习，也直指立德树人的教育目标。

吟诵这一优秀的文化遗产再不抢救和传承，真有失传的危机。当前真正能吟诵的老先生都已年逾九旬。现今百岁高龄的陈以鸿先生常说"其他活动我不参加，但只要和吟诵有关，我一定支持。""传承文化如同救火。救火还需要谈钱吗？"文化学者刘德隆先生十余年来

> 张老师转吟诵班：
>   希望在学习吟诵的同时，学会文言文写作。
>   陈以鸿 2022.10.15 于仁济西院

笔者曾于2022年10月至11月，开设上海市杨浦区"十四五"教师培训课程"如何用唐调吟诵古诗文"。陈以鸿先生给吟诵班赠言，勉励师生学习吟诵时学习文言文写作。

一直呼吁："唐调抢救，刻不容缓！"老一辈学者们对抢救吟诵的拳拳之心让人感动、敬佩。

唐调吟诵具有极高的传承意义与教学价值，只有将吟诵引入日常古诗文教学，让唐调焕发出生命力，才是真正的文化传承。

唐调吟诵与语文学科语言、思维、审美、文化四大素养的关系是融为一体不能割裂的。普通高中语文课本有大量的经典古诗文，将唐调吟诵引入语文日常课堂古诗文教学，让学生吟出最美日常读书音。读文就是精神教育，是我之精神与先哲精神契合的过程。吟诵是向内心探寻，不在于炫音色、炫技巧，而是在简单旋律中，在平仄抑扬中，在幽微的涵泳玩味中，用诗文的意境冲撞着个人的性灵与情怀，从而使内心得到激荡、净化，养己之气。学生拥有了自己独特的语感，获得心灵震荡、审美的愉悦，让自己心灵不断完善，日后在表达自我时也会自然而然地走向真善美的新境界。特级教师黄荣华在《语文学习的第一要素是生命体验》中提道：

> 体验是学习者以自己的语言、思想、情感以至整个生命不断学习对象世界的语言、思想、情感及表现出的种种生命形态发生"力的作用"，在这不断的"力的作用"下使自我不断得到升华——语言能力的升华、思想情操的升华、人格精神的

第二章　唐调吟诵与语文学科核心素养的关系

升华,最终获得新生。[①]

唐调吟诵实则也是生命体验式的学习,可使自我不断升华,是融合语言、思维、审美、文化为一体的语文综合教育实践活动。

---

① 黄荣华:《语文学习的第一要素是生命体验》,《现代语文》2000年第5期。

第三章
高中古诗文唐调吟诵探析

唐调流韵：古诗文吟诵探析

唐调吟诵与古诗文关联密切，唐调调式丰富，不同的古诗文体例有不同的调式。唐文治先生将读文与人格紧密联系，"夫读文岂有他道哉。因乎人心以合乎天籁，因乎情性以达乎声音，因乎声之激烈也，而矫其气质之刚，因乎声之怠缓也，而矫其气质之柔。由是品行文章，交修并进，始条理者所以成智，终条理者所以成圣，即以为淑人心，端风俗之具可矣"。[①]唐先生认为经由声音能矫正、综合人的刚柔性情，读文与作文关系密切，因文气而变化气质，最终成就圣德，可以使人心美善，端正风俗。唐文治先生甚至认为读文音节与社会、国家有极大关系，"人格日高，文格亦日进，惟天下第一等人，乃能为天下第一等文，皆于读文时表现出来，故读文音节，实与社会及国家有极大关系"。[②]

学习唐调吟诵并不能一蹴而就，这是一个缓慢的过程，需要反复模仿、实践，才能渐入佳境。把唐调引入古诗文学习，进而对古诗文语言、平仄、节奏、音韵、意境、脉络、文气等玩味涵泳，是对唐调最好的传承与发展。

---

① 《读文法笺注》序，见《茹经堂文集》初编卷四，1924年。
② 唐文治：《唐蔚芝先生读文法讲词》，见《（一九四八年）唐文治先生读文灌音片（修复版）》第一部分，中国唱片（上海）有限公司，2017年。

第三章　高中古诗文唐调吟诵探析

第一节　唐调学习方法概述

陈以鸿先生总结唐调四种调式，分别是《诗经》《楚辞》调、诗词调（除《诗经》《楚辞》）、上古散文调、后世散文调，与汉语有着密切关联。笔者自2012年始跟随陈以鸿先生学习唐调，至今已逾十年。根据自身及参与杨浦区唐调学习的老师们实践经验，有以下七种共性的学习方法：

掌握调式。参照陈以鸿先生《我所知道的传统吟诵》中的调式。熟悉唐调调式，依字行腔，而不是随意谱曲唱歌。《诗经》《楚辞》调是四句一循环，可以根据诗作内容选择高音起式或是低音起式，字数有变化则适当增加音或合并音以符合节奏。吟诵诗词，汉字四声分别对应的简谱要熟练，关注入声字，关注的诗词节奏点、押韵。吟诵文章，上古散文和后世散文两种收束拖音调式要体现出。

标注诗文。吟《诗经》《楚辞》篇目，直接在作品边标上简谱；诗词调可以标平仄或简谱，整体上平声平稳延长，仄声音高；划出音步节奏，双字音步，第二个字是节奏点，节奏点上的字平长仄短；吟诵文章，要依文脉找到停顿拖音处，如换韵处、语意转换处、情感凝结处等。上古散文用"２１６"拖音收束，后世散文用"６１５"拖音收束。

反复模仿感悟。在反复模仿、实践中多加揣摩、玩味。学吟《（一九四八年）唐文治先生读文灌音片（修复版）》中的唐夫子音

频,反复听吟。其中十篇文章,左丘明《吕相绝秦》、司马迁《屈原列传》、诸葛亮《出师表》、李华《吊古战场文》、韩愈《送李愿归盘谷序》、范仲淹《岳阳楼记》、欧阳修《丰乐亭记》、欧阳修《五代史·伶官传序》、欧阳修《秋声赋》、欧阳修《泷岗阡表》,是学习唐调的精华所在。另可反复学吟陈以鸿先生的吟诵音频,唐调有一脉相承的调式,但每个人可以吟出自己的特色。唐文治主张读文三十遍,反复模仿,才能举一反三吟更多的篇目。模仿时不断感悟。笔者曾在2019年3月5日拜访陈以鸿先生,陈先生模仿唐文治先生的声音吟诵岳飞《满江红》,几乎一致,但陈先生说他平时不会这样去吟,最重要的是吟出自己的味道,而非仅停留在模仿上。

运气炼气。吟诵需不断运气、炼气,自由转换各种读法,如急读、缓读、极急读、极缓读、平读,读出抑扬顿挫。唐文治先生在《读文法纲要》[①]中论及:

> 文章之妙在神、气、情三字。余尝有十六字诀,曰:"气生于情,情宣于气,气合于神,神传于情。"然初学未易领会,当先学运气炼气,俾之纵横奔放,高远浑灏,自有抱负不凡之概。而最宜注意者,在顿挫之间。盖初学读文,往往口中吟哦,而心不知其所之者,惟于段落顿挫之际,急将放心收

---

① 唐文治:《唐蔚芝先生读文法纲要》,见《(一九四八年)唐文治先生读文灌音片(修复版)》第三部分书影、文字,中国唱片(上海)有限公司,2017年。

第三章　高中古诗文唐调吟诵探析

敛，则我之神气始能渐与文章会合，且一顿一挫之后，必有一提或一推，细加玩味，则起承转合之法，不烦言而解矣。

可见运气炼气，洗净胸次，可自由顿挫提推，使"我之神气"与文章相合。

审美入境。吟诵时要进入审美趣味，吟出语言抑扬顿挫之美，吟出情韵生动之美，在深入玩味中产生共鸣，进入联想与想象的情境，进而涵养情性、提升品格。唐文治先生学生吴霖回忆道：

> 我们应该相信，任何诗文通过反复朗诵才能加深理解，进入课文的精神境界，达到"人我两忘"的程度。唐校长朗诵诸葛亮《前出师表》、欧阳修《泷冈阡表》和韩愈《祭十二郎文》时，都善于把自己的感情通过抑扬顿挫的声调和高邈的神韵婉转自如地传染给听者，使大家兴味盎然地学着他"书生咄咄"的腔调朗诵起来，此情此景恍如昨日。[①]

好的吟诵，是与作品情感对接、激荡，会产生生命的共情、共鸣，进入"人我两忘"的审美境界。1954年，唐文治先生在90高龄逝世，陈以鸿先生前往吊奠，并带去挽联："教泽记微言，最难忘致良

---

① 吴霖：《唐文治大师与唐调》，见魏嘉瓒《最美读书声：苏州吟诵采录》，长江文艺出版社，2014年，第193页。

知、道中庸、为生民立命；悲风托遗响，如闻读出师表、秋声赋、吊古战场文。"[1]陈先生对唐文治先生充满感激与敬意，对唐夫子的吟诵之声终生难忘，足以见唐调吟诵的魅力。

吟写结合。唐文治倡导读文与作文结合，吟诵中蕴含了语言的综合感知力，感知古人对生命、社会、宇宙的丰富认知，进而形成自己的语感经验及生命意识，通过创作将其表达出来。唐文治在《国文经纬贯通大义》中收入11篇自己的文章，意在说明读文法与作文法是一体的。陈以鸿先生在《大哉夫子》回忆道：

（唐文治）介绍扬州史可法祠堂联："心痛鼎湖龙，半壁江山双血泪；魂归华表鹤，二分明月万梅花。"认为这副对联之所以声音响亮，部分原因在于壁、血、鹤、月都是入声。我过去从未听到这种议论，受此启发，便在诗词联语等的写作中加以注意。果然发现，往往一句句子看看不差，读起来就是没劲，原来里面缺少入声字，把个别字换成入声，效果顿然不同，这个诀窍，使我终身受用不尽。[2]

陈先生从唐文治吟诵法中习得语言感知力，将入声字巧妙用到创作中，且终身受用，增强了自己作品的表现力。指导吟诵时，陈以鸿

---

[1]　陈以鸿：《大哉夫子》，见《国学之声》，1995年第四期。
[2]　陈以鸿：《大哉夫子》，见《国学之声》，1995年第四期。

第三章　高中古诗文唐调吟诵探析

先生也一直鼓励大家，在学习吟诵的同时写对联、写文言文。

理论学习。唐文治《国文经纬贯通大义》有读文四十八法，按每种文法选文加以诠释，共选文237篇（含《诗经》38篇，唐文治文11篇），是一部评点式的古文选本。唐文治认为其四十八法不能尽显文章之无穷法则，只是求学之人遵循之以入门，可以得文章纲要。理解文章纲要，可加深对唐调吟诵的理解。唐文治在《国文经纬贯通大义·例言》中说：

> 余尝教学生读文作文，必须辨阴阳刚柔性质之异。惟辨性质尚易，而得用法较难。是编于每法下，注明适用于某种之文。学者用心潜玩，触类旁通，自有因时制宜之妙。①

此选本评点独特之处在于：用圈点法式评文，关注文章线索，即文脉；将桐城派的阴阳刚柔抽象的文章理论，落实到具体篇目；将文章与人格修养密切联系，读文音节与文格、人格紧密相连，读文就是精神教育，熟读文章则是我之与精神与先哲精神契合；用自己11篇文章的创作实践来印证读文作文法。《国文经纬贯通大义》为吟诵实践提供了理论指导。

---

① 唐文治：《国文经纬贯通大义》，文史哲出版社，1987年，第3页。

第二节 《诗经》《楚辞》调吟诵例析

《诗经》《楚辞》调吟诵都有循环往复的调，有回环复沓之美、一唱三叹之效。

《诗经》调。在1948年录制的《唐蔚芝先生读文灌音片》，唐文治先生选了五首《诗经》作品《鸨羽》《卷阿》《常棣》《谷风》《伐木》，唐文治极为注重诗教，他认为"《诗经》者，性情教育之大宗也"[①]吟诵《诗经》诸篇时，有一个循环往复的调，有回环复沓之美。可以根据诗歌内容、情韵，运用低起音式或高起音式，不断循环。

如唐文治先生在灌音片中吟《鸨羽》，用的是低起音式：

6 1 3 5　　6 1 3 5　　2 2 1 1　　1 2 1 6 5
肃肃鸨羽　集于苞栩，王事靡盬，不能艺稷黍。

又如吟《卷阿》，用的是高起音式：

2 2 1 1　　1 2 1 6 5　　6 1 3 5　　6 1 3 5　　2 2 1 1
有卷者阿，飘风自　南，岂弟君子，来游来歌，以矢其音。

[①] 唐文治：《唐文治国学演讲录》，上海交通大学出版社，2017年，第25页。

第三章　高中古诗文唐调吟诵探析

唐文治先生注重研究《诗经》诗旨，在《唐文治国学演讲录》中多有论述。他研究《鸨羽》[①]"刺时也。昭公之后，大乱五世，君子下从征役，不得养其父母，而作是诗也。……后世为人上者，亦思我有父母，人亦有父母，何绝不知体恤耶"；研究《谷风》[②]"读此诗者，当知人伦之重，自夫妇始"。注重诗旨，通过吟诗，涵养性情，匡正人心，感发善心，提升品格。

唐文治先生研究诗旨，从点评音节、分析章节、点明要义等角度阐明，可加深吟诵时对作品的理解。如《卷阿》研究法[③]：

> 诗序　《卷阿》，召康公戒成王也，言求贤用吉士也。
>
> 诗旨此篇音节，冠绝全经。上六章皆言"岂弟君子"，七、八、九章亦皆言"君子"，盖召公以岂弟君子勉成王，亦即以任用君子勉成王也。弥性与《召诰》节性功夫相合。节者节制之义，弥者充满之义，此性学之最古者。"似先公酋"，承先也。"百神尔主"，敬神也。故能"纯嘏尔常"。五章、七章，言辅翊以爱其君。六章、八章，言慈惠以爱其民。末章形容车马君子之多可知。然全篇要义，尤重在有孝有德。惟有孝德，所以能为四方之则也。

[①] 唐文治：《唐文治国学演讲录》，上海交通大学出版社，2017年，第490页。
[②] 唐文治：《唐文治国学演讲录》，上海交通大学出版社，2017年，第497页。
[③] 唐文治：《唐文治国学演讲录》，上海交通大学出版社，2017年，第506页。

唐调流韵：古诗文吟诵探析

> 又案：……召公既有节性弥性之功，加以岂弟爱民之德，慈祥之意，溢于言表，所以历辅文、武、成、康四君，寿至二百岁也……召公因鸣鸟之祥，荐诸宗庙，为诗歌以勉成王，故末章云"诗不多，维以遂歌"也。

在此段研究法中，唐文治先生赞赏"此篇音节，冠绝全经"，"岂弟君子""君子"反复出现，"君子"之音贯穿全篇。在诗旨部分，分析了每章内容及章节之间的关联，强调君子"有孝有德"。"以岂弟君子勉成王""以任用君子勉成王"，王能得福禄，整首诗充满了和乐之气。唐文治研究法对古诗文吟诵教学有指导性，研究音节之美、章节旨意、诗旨，也是吟诵学习的内容。

将唐调中"《诗经》调"吟诵引入教学。《诗经》作品多为四言，节奏为"二二"式，韵律感、节奏感强；遇杂言句式，则可以通过加音或拖长音来调整；调式循环往复，有回环复沓之美；吟出四声抑扬之美，关注虚词调节音节、入声字顿挫之美；吟出押韵、换韵之美；在反复吟诵中品味领悟，感悟诗旨要义；通过活动设计玩味词句，进入诗歌情境。

以高中语文教材中《静女》为例，教学上可通过活动设计感悟吟诵之美：①教学生吟诵，比较朗读与唐调吟诵有何不同，如一唱三叹的效果、入声字吟诵与朗读（不、说怿、牧）的区别。②思考吟诵时去掉"其""而""之"等音节助词的效果如何。③分析诗歌押了哪

些韵,与本章情感有何关系。试着选择其中一个韵部造两个四字句。

用唐调中的"《诗经》调"吟诵如下(参照陈以鸿先生总结的"《诗经》《楚辞》调"):

```
6 1 3 5    6 1 1 3 5    2 2 1 1    1 2 1 6 5
静女其姝,   俟我于城隅。 爱而不见,  搔首踟  蹰。
6 1 3 5    6 1 3 5      2 2 1 1    1 2 1 6 5
静女其娈,   贻我彤管。   彤管有炜,  说怿女  美。
6 1 3 5    6 1 3 5      2 2 2 1 1  1 2 1 6 5
自牧归荑,   洵美且异。   匪女之为美,美人之  贻。
```

吟诵时每句多为"二二"式,用调子吟诵特别能感受到整首诗的节奏感。唐调吟诵此诗有旋律回环复沓之美,能感悟"其""而""之"等词在音节上的调节作用,通过适当拖音,更显舒缓与自在。

唐调吟诵还能更好体味押韵、换韵、交韵之美,第一节"姝""隅""蹰"押侯部韵,情感更内敛、沉静,声音中幻化出女孩看到那个男孩来到就躲起来的娇嗔、可爱的样子;第二节"娈""管"押元部韵,之后换韵"炜""美"押微脂合韵,情绪更饱满,静女"贻我彤管",使男孩子心动神摇,有幸福来袭的喜悦;第三节一、三句"荑""美"押脂韵,二、四句"异""贻"押之韵，强烈的爱恋情感在收敛的吟诵声音中更有回味，茅草呀茅草确实美，但不是你真的很美啊，只因为你是美人送的啊，用赞美"荑"来由衷赞美静女。通过吟诵，从声、情、字等多维度感受生活中男女相悦、相约、相嬉的美好的场景与情态。

在高中教材中，《无衣》、《氓》用"《诗经》调"吟诵，曹操《短歌行》为四言诗，也可用"《诗经》调"吟诵。

《楚辞》调。在1948年录制的《唐蔚芝先生读文灌音片》，唐文治选了一首《九歌·湘君》。《楚辞》吟诵有循环往复的调，具有回环复沓之美。《楚辞》以七言、六言为主，句式参差错落，用"兮"字是楚辞的特色，唐调吟诵基本简谱为"2 2 1 1 2 2 1　1 1 1 2 1 6 5　6 6 6 1 3 5　6 6 6 1 3 5"，可以根据诗歌内容转为低起音式"6 6 6 1 3 5　6 6 6 1 3 5　2 2 1 1 2 2 1　1 1 1 2 1 6 5"。唐文治在吟诵《湘君》时，用的是低起音式。

唐文治《九歌·湘君》研究法：

> 首篇（《九歌·东皇太一》）气象乔皇，次篇（《九歌·云中君》）更有凤凰翔于千仞之概，由其用阳韵也，第三篇（《九歌·湘君》）云水苍茫，烟波无际，由其用庚韵兼用入声韵也。古来言情之文，首推《离骚》，可配《葩经》，然读《离骚》，应先读《九歌》，方能领会其音节之妙。

第三章　高中古诗文唐调吟诵探析

在此篇研究法中，将此篇与《九歌》前两篇《东皇太一》《云中君》气象、用韵做比较，特别提出《湘君》用韵之妙，意境与音节完美结合，庚韵兼用入声韵。

将唐调吟诵引入《楚辞》篇目教学，可关注循环往复的调式，回环复沓之美；《楚辞》以六言、七言为主，要吟出节奏感，吟出四声抑扬之美，关注虚词调节音节、入声字顿挫之美，吟出押韵、换韵之美。学生在反复吟诵中品味领悟，感悟诗旨要义；教师通过活动设计玩味词句，帮助学生进入诗歌情境。

关于活动设计，以普通高中语文选择性必修下册书《离骚》（节选）第一章四句为例，教学上通过活动设计感悟吟诵之美：①比较朗读与唐调吟诵不同的感受；②思考吟诵时去掉"之""兮""于"等虚词效果如何；③第一章"庸""降"押东冬合韵，从音响效果感受诗人出生雍容高贵。

```
2 2 1 1 2 2 1    1 1 1 2 1 6 5
帝 高 阳 之 苗 裔 兮， 朕 皇 考 曰 伯　庸。
6 6 6 1 3 3 5    6 6 6 1 3 5
摄 提 贞 于 孟 陬 兮， 惟 庚 寅 吾 以 降。
```

《离骚》吟诵的节奏可以依据"之""曰""于"等衬字划分（具体可参看本书第二章第一节），"帝高阳之/苗裔兮，朕皇考曰/

伯庸",开篇的吟诵声调与字音结合很亮,诗人强调自己身份高贵,是楚帝的后代,王室的高贵气息扑面而来。屈原降生的日子是寅年寅月寅日,吉祥神圣。"庸""降"押东冬合韵,声音较响亮,诗人降临,光明美好,贵气尽显。

在高中教材中,屈原《离骚》(节选)、高适《燕歌行》、苏轼《赤壁赋》中"桂棹兮/兰桨,击空明兮/溯流光。渺渺兮/余怀,望美人兮/天一方"四句,均可用"《楚辞》调"吟诵。另陶渊明《归去来兮辞》虽为辞赋,但其写法源于《楚辞》,可用"《楚辞》调"吟诵。

1.《无衣》
《诗经·秦风》

扫描二维码
在线听音频

吟诵重点:用唐调中的"《诗经》调"吟诵。《无衣》为四言诗,五句一章一换韵,入声韵吟诵短促;感悟重章叠句、回环复沓之美;感悟战士们袍泽之情、同仇敌忾的大义精神。

《无衣》是秦地百姓抗击西戎入侵的一首战歌,表现了战士们踊跃参军、团结友爱、一致抗敌的精神。

《无衣》是四言诗,每句"二二"式节奏,五句一章换韵。可用唐调中的"《诗经》调"吟诵,基本四句调式为"6̇ 1 3 5 6̇ 1 3 5 2 2 1 1 1 2 1 6̇ 5̣",一章一循环。

第三章　高中古诗文唐调吟诵探析

```
6135    6135    2211    12165    6135
```
岂曰无衣，　与子同袍。王于兴师，修我戈　矛，与子同仇！

```
6135    6135    2211    12165    6135
```
岂曰无衣，　与子同泽。王于兴师，修我矛　戟，与子偕作！

```
6135    6135    2211    12165    6135
```
岂曰无衣，　与子同裳。王于兴师，修我甲　兵，与子偕行！

全诗共三章，采用问答形式，以"岂曰无衣"起问，然后作答。

第一章第一句"衣"与第三句"师"是微脂合韵（后两章同此），第二句"袍"、第四句"矛"和第五句"仇"三个字押幽部韵。吟诵时有错落之美，表达战士们同赴国难之勇毅。袍，长衣，有夹层。兴师，起兵，出兵。

第二章第二句"泽"、第四句"戟"、第五句"作"押入声铎部韵，吟诵时短促有力，更显战争的紧急，同仇敌忾的豪情。泽，贴身里衣。戟，长兵器。偕作，共同行动。

第三章第二句"裳"、第四句"兵"、第五句"行"三个字押阳部韵。由第二章的入声韵转入阳部韵，情感上饱满，情韵更充沛。裳，下衣。

此诗以重章叠句、回环复沓的形式，每章换韵。"袍""泽""裳"，从外衣、内衣，再到下衣，写出了战争的艰辛、兄弟情深、共赴国难的决心；"戈矛""矛戟""甲兵"，多样

化的武器及装备,写出战前全员磨兵砺刃、修整武器的紧张备战场景;"同仇""偕作""偕行",战士们有统一的思想也有一致的行动。吟诵时可细细玩味重章叠句的艺术效果,在一唱三叹中感悟战争中唇齿相依、同仇敌忾的大义情怀。

《左传·定公四年》记载,吴兵攻入楚国郢都,楚国大夫申包胥入秦求救,"立依于庭墙而哭,日夜不绝声,勺饮不入口,七日,秦哀公为之赋《无衣》"。秦兵就去救楚。秦哀公对申包胥诵读《无衣》,表达出兵相救之意。可见,这首《无衣》的创作时间应在鲁定公四年(公元前506)之前。后来常说的"袍泽之谊"出典于此诗,在抗击疫情的几年中,也常常可以看到救灾物资上赫然写着"与子同袍",寄予了同度患难、共克时艰的深情。

2.《静女》
《诗经·邶风》

吟诵重点:《静女》以四言为主,每句两字一停顿,四句一章,有一唱三叹之效;感悟押韵换韵之美;感悟女子送荑,男子因"美人之贻"而赞美荑的美好感情,展现男女相悦、相嬉、相约的甜蜜幸福生活场景。

这是一首以男子口吻描述幽会情景的爱情诗。《静女》以四言为主,"二二"式节奏,四句一章换韵。可用唐调中的"《诗经》调"来吟诵,此首诗用低起式,四句一章一循环,有两句五言句子,吟诵

第三章　高中古诗文唐调吟诵探析

时可加一个音符。唐调吟诵谱曲如下：

6 1 3 5　　6 1 3 5 5　　2 2 1 1　　1 2 1 6 5
静女其姝，俟我于城隅。爱而不见，搔首踟　蹰。
6 1 3 5　　6 1 3 5　　2 2 1 1　　1 2 1 6 5
静女其娈，贻我彤管。彤管有炜，说怿女　美。
6 1 3 5　　6 1 3 5　　2 2 2 1 1　　1 2 1 6 5
自牧归荑，洵美且异。匪女之为美，美人之　贻。

静女，毛传解释："静，贞静也。女德贞静，而有法度，乃可说也。"静女是一位娴雅的女子，然而活泼可爱有趣，又是"俟我于城隅"，又是"爱而不见"，又是"贻我彤管"，又是"自牧归荑"，真是生动流转。

第一章吟诵停顿为"静女/其姝，俟我/于城隅。爱而/不见，搔首/踟蹰"，"姝""隅""蹰"押阴声侯部韵。吟诵时前两句低起，叙述故事，"其"是一个衬字，用"姝"来形容这位美丽、贞静的女子，"朱"的本义是红心木，静女之美有种由内而外流溢出来的赤诚美，静女在城上的角楼等我。第三句音略高且多为仄声字，"爱而不见"，"爱"通"薆"，意为隐蔽，"而"意为"……的样子"，静女装作躲起来不让人一下子见到，"不"是入声字，音响短促，有种意料不及的转变。第四句写"我"来城楼赴约了，可是不见人影，只

好用手挠头,独自徘徊,可以想象那个故意躲在某个角落里的姑娘正在暗自偷笑呢。

第二章"娈""管"押元部韵,"炜""美"是微脂合韵。前两句,吟诵"娈""管"时字音婉转饱满,情意喜悦。静女真是美好,送给"我"一支红管竹笛。三、四句换韵,情感摇曳,"悦""怿"是入声字,吟的时候短促。这彤管色红润而光亮,"我"喜爱"你"的美丽啊。

第三章"荑""美"押脂部韵,"异""贻"是职之通韵,情感内化含蓄。女子将自野外牧场采回的嫩茅草送给男子,男子想这个茅草确实美的、新奇。荑是郊野随处可见的,就是茅针,幼苞里的花蕊渐渐膨大,破而便是茅花。第三句多一个"之"字,吟诵起来更舒缓,情意绵绵。茅草呀,不是你真的很美啊,只因为你是美人送的啊!"我"将喜爱静女的情感移到"荑"身上,"我"赞美"荑"实为赞美自己爱恋的静女啊。

此首诗吟诵重点:以四言为主,每句两字一停顿,四句一章,有一唱三叹之效;感悟押韵换韵之美。女子送男子路边的茅草,男子不断地赞荑美,又说并非荑本身美,是因为美人送的。这真是男女相悦、相恋、相嬉、相约的幸福生活片段,浪漫而真诚。诗小序说:"《静女》,刺时也。卫君无道,夫人无德。"意思是说,《静女》这首诗是一首讽刺诗,讽刺卫国的国君无道,卫夫人无德。这样的解读反而失了民间歌谣的风味,读诗应把诗还原到真实的生活情境,才更有诗味、诗情,更有人情美。

3.《氓》
《诗经·卫风》

吟诵重点:用唐调中的"《诗经》调"吟诵,在循环往复、抑扬的节奏中,感悟每章换韵与情感的关联;吟出"矣""兮""也""哉"等词蕴含的幽微感叹;感悟女子允婚、成婚、被弃的情感变化,以及最终对待男子变心的决绝之态。

这是一首叙事诗,写一个痴情女子薄情郎的故事。女子和男子从小青梅竹马,两家相邻而居,后各居淇水两边。成年后男子追求女子而成婚。女子守贫持家,三年如一日,但因男子负心而被休弃。这首诗以女子口吻抒写。第一章,叙述初相会而私订终身;第二章,叙述期盼男子到来以及慨然允婚;第三章,叙述悔恨与告诫;第四章,叙述被弃渡淇水回娘家;第五章,叙述家庭生活的不幸,回娘家后,又受兄弟嘲笑;第六章,表明决绝之意。

《氓》是四言诗,每句"二二"式节奏。可用唐调中的"《诗经》调"来吟诵,全诗六章,每章换韵,一章十句,每章十句吟诵调式相同,前四句"2 2 1 1 1 2 1 6 5 6 1 3 5 6 1 3 5",五至八句与前四句音同,最后两句可根据情感,取一组音的前两句或是后两句:

第一章写女子追忆当初恋爱时情景。

```
2 2 1 1    1 2 1 6 5    6 1 3 5    6 1 3 5
```
氓之蚩蚩，抱布贸　丝。匪来贸丝，来即我谋。
```
2 2 1 1    1 2 1 6 5    6 1 3 5    6 1 3 5
```
送子涉淇，至于顿　丘。匪我愆期，子无良媒。
```
6 1 3 5    6 1 3 5
```
将子无怒，秋以为期。

此章一、二、三、四、五、六、七、八、十句，"蚩""丝""丝""谋""淇""丘""期""媒""期"押之部韵。其中，"谋"和"媒"字依《广韵》切出的上古读音均为"mi"阳平，"丘"字依《广韵》切出的读音是"qi"平声（依据张仁贤先生所注《诗经音义》读本），与现代汉语普通话读音不同，故用普通话读起来不押韵。

"氓之蚩蚩，抱布贸丝。"男子笑嘻嘻，抱着布来换"我"的丝。氓，指民，百姓。之，音节助词。蚩蚩，通"嗤嗤"，笑嘻嘻的样子，毛传释为"敦厚之貌"，朱熹释为"无知之貌"。"蚩""丝"，开篇吟起来很有音韵美，似乎都能听到男子嗤笑声。

"匪来贸丝，来即我谋"男子其实不是来换丝的，是来和"我"商量婚事的。男子与女子其实是老相识，最后一章"总角之宴，言笑晏晏"，小时候说说笑笑、快乐和谐相处，两人曾是两小无猜嫌。"即"是入声字，音短促。"抱布贸丝""匪来贸丝"两句都有

"丝"字，吟诵时两句音一高一低，在音调转折中一种意外之趣，原来氓另有所图啊。

"送子涉淇，至于顿丘。"送男子过了淇水，一直送到顿丘。此两句吟"２２１１　１２１６５"音稍高，女子真是深情一片。

"匪我愆期，子无良媒。"音略低，如女子低喃嗔怪，不是"我"有意拖延婚期，是"你"没有找到好的媒人。虽然两人是自由恋爱，女子还是希望"氓"能找个媒人，按照婚姻礼仪来自己家里提亲，总不能抱一捆布就当聘礼、订婚约吧。

"将子无怒，秋以为期。"音略低，因为遭到拒绝，男子生气了，女子就安慰他，请对方不要生气，等秋天吧，"你"把该做的准备都做好，要请好"良媒"来啊。

男子"蚩蚩"有求而来笑嘻嘻，"怒"无功而返怒冲冲。

第二章叙写女子盼望男子来提亲，男子来告知卜筮结果，女子慨然允婚。

２２１１　１２１６５　６１３５　６１３５
乘彼垝垣，以望复　关。不见复关，泣涕涟涟。
６１３５　６１３５　２２１１　１２１６５
既见复关，载笑载言。尔卜尔筮，体无咎　言。
６１３５　６１３５
以尔车来，以我贿迁。

此章换韵，一、二、三、四、五、六、八、十句，"垣""关""关""涟""关""言""迁"押元部韵，吟诵时情韵充沛，可细细体味这一章中情感的波折。

"乘彼垝垣，以望复关。"痴情的女子每天登上那破墙头，眺望住复关的男子，等待心上的情人来和自己会面。此章连用"复关"，"复"是入声字，吟诵时短促，加强语气。

"不见复关，泣涕涟涟。"这两句音低，见不到思念中的那人，女子泪水涟涟，失望悲伤。

"既见复关，载笑载言。"等到见到家住复关的男子，又笑又说，天真和诚挚，顿感明朗。

"尔卜尔筮，体无咎言。""你"说"你"卜过（用火烧灼龟甲，根据裂纹判定吉凶）、筮过（用蓍草占卜），卦兆（用龟蓍占卜所显示的现象）上没有不吉利的话。

"以尔车来，以我贿迁。"这两句要吟出义无反顾、毅然决然出嫁之情。那就把"你"的车子驶来，把"我"的嫁妆搬过去吧。女子憧憬幸福婚姻，毅然决然嫁给男子。

第三章写"我"对自己这场恋爱与婚姻的追悔，告诫女性不要沉迷爱情太深，不要完全依赖婚姻。否则，受到伤害最深的还是女性。

2 2 1 1　1 2 1 6 5　6 1 3 5　6 1 3 5
桑之未落，　其叶沃　若。于嗟鸠兮，无食桑葚！

第三章　高中古诗文唐调吟诵探析

```
2 2 1 1    1 2 1 6 5̣    6 1̣ 3 5̣    6 1̣ 3 5̣
```
于嗟女兮，无与士　耽！士之耽兮，犹可说也。

```
6 1̣ 3 5̣    6 1̣ 3 5̣
```
女之耽兮，不可说也。

　　此章多次换韵。一、二句"落""若"铎部韵；四、六句"葚""耽"侵部韵；八、十句"说""说"入声月部韵。情感转折强烈。此章反复用"兮"字，吟诵时适当拖音，抒情、感叹意味浓郁。"落""食""说"（通"脱"）均为入声字，吟诵时短促顿挫。

　　"桑之未落，其叶沃若。"桑葚还没落，桑叶长得很茂盛。沃若，茂盛而有光泽的样子。此处用比兴手法，新婚的女子年轻光彩，陶醉在甜蜜幸福生活中。

　　"于嗟鸠兮，无食桑葚！"在低吟中有一种忠告。"于嗟"是叹词，"兮"语气词，吟时适当拖音，忠告可谓深长，斑鸠啊斑鸠，可千万别吃那桑葚，桑葚甜酸美味，多食则易致醉。此处以斑鸠食桑葚作比，劝说那些沉迷男女之情的女子，要懂得爱情虽然是美好的，女子迷恋则易上当受骗。

　　"于嗟女兮，无与士耽！""于嗟""兮"又是意味深长的忠告，姑娘啊姑娘，不要迷恋男人。这是沉痛的教训。

　　"士之耽兮，犹可说也。"男人迷醉，说甩掉马上就会绝情摆脱。"说"字是入声韵，吟诵时短促，有激愤之意。"也"字略拖

音，有哀叹之意。

"女之耽兮，不可说也。"这两句与前两句相对，吟法相同，这里有最深的告诫，女人一旦沉醉爱河，就失去了判断力与理性，就无法挣离挣脱了，不得不谨慎啊。

第四章女子诉说自己嫁到夫家，一直过着贫穷的日子，自己并没有过错，现在竟被无情抛弃，只好渡过淇水回娘家去了。

2 2 1 1　1 2 1 6 5　6 1 3 5　6 1 3 5
桑之落矣，其黄而　陨。自我徂尔，三岁食贫。
2 2 1 1　1 2 1 6 5　6 1 3 5　6 1 3 5
淇水汤汤，渐车帷　裳。女也不爽，士贰其行。
6 1 3 5　6 1 3 5
士也罔极，二三其德。

此章多次换韵，二、四句"陨""贫"是文部韵，五、六、七、八句"汤""裳""爽""行"押阳部韵，九、十句"极""德"押入声职韵。换韵表达丰富充沛的情感。此章中"落""食""不""极""德"为入声字，吟诵短促，语气加重。

"桑之落矣，其黄而陨。"桑树叶子落下了，又枯又黄任飘零。此处为比兴手法，写女子容色不再及丈夫对她的冷落。

"自我徂尔，三岁食贫。"此处是低低诉说，男子的家境艰难，自己嫁过来之后，就下定决心要和心爱的男子患难与共，用自己的双手来打造自己幸福的生活，全身心地投入这个家庭。

"淇水汤汤，渐车帷裳。"此句换阳部韵，吟诵起来由之前的低诉转而为更敞开的诉说。淇水汤汤，沾湿了我的车子两旁的布幔。女子被弃，只好渡过淇水回娘家。

"女也不爽，士贰其行。"此句低吟，女子本淳朴善良、勤劳忠贞，毫无差错，却遭此羞辱，实在是男子的过错。

"士也罔极，二三其德。"此句低吟，"极""德"是入声字，吟诵短促，似情感凝聚哽咽。男子的心没个准儿，反复无常，"我"无缘无故就这样被休弃。

第五章写女子诉说个人遭遇。为家操劳，家庭生活有了好转，但丈夫却对自己施暴。被弃回娘家，又被兄弟嘲笑，只有自己独自伤心。

2211　1216 5　613 5　613 5
三岁为妇，靡室劳　矣；夙兴夜寐，靡有朝矣。
2211　1216 5　613 5　613 5
言既遂矣，至于暴　矣。兄弟不知，咥其笑矣。
613 5　613 5
静言思之，躬自悼矣。

此章第二、四、六、八、十句中"劳""朝""笑"与

"暴""悼"是宵药通韵。此章用"矣"字脚,共五个"矣"字,吟诵时强化哀叹意味。"室""夙""不"为入声字,吟诵短促。

"三岁为妇,靡室劳矣。"女子诉说心中的委屈,多年来做"你"的妻子,没有哪件家务事不操劳。

"夙兴夜寐,靡有朝矣。"嫁给"你"后,日夜操劳,早起晚睡,每天没日没夜地干活,没有一天不是这样。

"言既遂矣,至于暴矣。""言"助词。此句两个"矣"字,吟诵时略拖音,似倾诉心中委屈,好容易日子过得顺心了些,"你"对"我"的态度就变凶暴了。

"兄弟不知,咥其笑矣。"此句低吟,"不知""笑矣"真是悲伤。女子被弃回家,兄弟不知女子的委屈和苦难,还嘲笑不停。

"静言思之,躬自悼矣。"再低吟,静下来想想,女子没有过激的言辞及情绪,只有自己暗自伤心。

第六章写女子经历了男子的负心及家庭生活的不幸后的决绝了断。

2211　12165　6135　6135
及尔偕老,老使我　怨。淇则有岸,隰则有泮。
2211　12165　6135　6135
总角之宴,言笑晏　晏。信誓旦旦,不思其反。
6135　6135
反是不思,亦已焉哉。

第三章　高中古诗文唐调吟诵探析

此章二、三、四、五、六、七、八句"怨""岸""泮""宴""宴""旦""反"押元韵，九、十句"思""哉"押之韵。"及""则""隰""角""不""亦"是入声字，吟诵短促，情韵丰富充沛。

"及尔偕老，老使我怨。""我"曾经说过要跟"你"偕老，但现在"偕老"的话使"我"心生怨。

"淇则有岸，隰则有泮。"看那淇水还有岸，沼泽还有边！此两句以"比"的方式在说明，河都有岸，"我"的苦也应当有个边。

"总角之宴，言笑晏晏。"此句"宴"与"晏"音同，又叠词"晏晏"，吟诵时音韵和美。女子怀念当初结发之时，欢乐无比，其中既有遗憾，也有对逝去美好时光的无限眷恋。

"信誓旦旦，不思其反。""你"曾经的誓言明明白白，没想到"你"这么快就违背了它。当年自己是多么无知，相信了"你"的甜言蜜语。

"反是不思，亦已焉哉。"此两句换韵，"思、哉"押之韵。吟诵时稍收敛，情感也转换。他违背誓言，竟然变了心，那就这样算了吧。真是一个敢爱敢恨的女子！

此首诗吟诵重点：在循环往复、抑扬的节奏中，感悟每章换韵与情感的关联；吟出"矣""兮""也""哉"等词蕴含的幽微感叹；感悟女子允婚、成婚、被弃、了断的情感变化。《氓》中的女子既无悔耽情，又毅然决断。人世间，痴情女子薄情郎的故事，随时都在上演,每位毅然决然、敢爱敢恨的女子都值得赞赏。

4.《离骚》(节选)

屈原

扫描二维码
在线听音频

吟诵重点:在循环往复的《楚辞》吟诵调中,感悟诗人丰富、跌宕、幽微的情感变化;通过吟诵,感悟每章换韵之美,感悟"兮"字使用的节奏美、情韵美,感悟入声字的顿挫感与情感表达的关联。在吟诵中感悟,纵时光流逝,《离骚》中奇服、香花、芳草,高洁性、爱国之心、固守之志从未有亏,在文学、历史长河中永远闪耀光芒。

《离骚》是屈原的长篇抒情诗。曾国藩在《古文四象》中将此篇归入"太阴"。司马迁在《屈原列传》里记:"屈平……故忧愁幽思而作《离骚》。'离骚'者,犹离忧也。""离骚",意为遭遇忧愁。在诗中,诗人回顾了自己现实的人生历程,也在幻想中寻求解决矛盾之路,也表明国君不足与之共行美政,但自己又不能离开国家,只好决定投江。

楚辞源于"楚声""楚歌",运用楚地的诗歌形式、方言声韵,描写楚地风土人情,具有浓郁的地方色彩。后世称这种诗体为"楚辞体"或"骚体"。屈原是楚辞创始人。汉成帝时,刘向将屈原、宋玉等人所创作的作品整理、汇编成《楚辞》。

吟诵楚辞时也有一个回环往复的调,楚辞以六言、七言为主,用"兮"字是楚辞的特色,教材中《离骚》节选部分,可用

第三章　高中古诗文唐调吟诵探析

唐调中的"《楚辞》调"吟诵，四句一章，每章换韵，基本简谱为"２２１１２２１　１１１２１６５　６６６１３５　６６６１３５"，循环往复。若句子不是六言、七言句，可做合并音或加音处理。吟诵节奏，依据"之""曰"等虚词、衬字划节奏，如"帝高阳之/苗裔兮，朕皇考曰/伯庸。摄提贞于/孟陬兮，惟庚寅/吾以降"。吟诵"兮"时略拖音，有音韵、节奏美，又渲染情感，余音袅袅。

《离骚》四句一章，共94章，374句（第12章仅存2句）。普通高中语文教材选必修下《离骚》（节选）是原诗中的1—6章、21—33章。

第一章屈原自述是古帝高阳氏的远孙，先父表字叫伯庸；自己生于寅年寅月寅日，得天地恩赐，是天赋美质。

２２１１２２１　１１１２１６５
帝高阳之苗裔兮，朕皇考曰伯　庸。
６６６１３５　６６６１３５
摄提贞于孟陬兮，惟庚寅吾以降。

二、四句"庸、降"为阴声东冬合韵。"帝高阳之苗裔兮，朕皇考曰伯庸"，开篇的吟诵声调与字音结合很亮，诗人强调自己身份高贵，是楚帝的后代，王室的高贵气息扑面而来。"摄提贞于孟陬兮，惟庚寅吾以降"，摄提，即"摄提格"，摄提格是寅年的别称；贞，正，当；孟陬，正月，孟月；庚寅，古代以干支纪日，六十日为一个周期，"庚寅"是其中的一天；降，诞生。屈原降生的日子是寅年寅月寅日，天赐吉祥，实为神圣。东冬合韵，吟起来中正平和。"曰""伯""摄"三字入声短促顿挫；"兮"字略拖音并停顿，有节奏美，吟诵时将出生的贵气、家世的自豪表达得十分充沛。

第二章写父亲赐名与字。

```
2 2 1 1 2 2 1    1 1 1 2 1 6 5
```
皇览揆余初度兮，肇锡余以嘉 名。
```
6 6 6 1 3 5    6 6 6 1 3 5
```
名余曰正则兮，字余曰 灵均。

此章换韵，二、四句"名、均"为阳声耕真合韵。皇，皇考。览揆，观察衡量。初度，初生的年月时日。肇，开始。锡，通"赐"。正则，屈原名平，"正则"公正的法则，含"平"的意思，故用"正则"代替"平"。字余，给我取字。"灵均"，公平均一。父亲仔细揣摩我出生的年月时日，于是赐我美名，给我取名为正则，成年后，又给我取字灵均。"锡""曰""则"为入声音短促。此两句吟起来端庄、中正。美名美字的加持，根植于诗人心魂，注定不凡。

第三章写自己有美好品质与卓越才能。

第三章　高中古诗文唐调吟诵探析

2 2 1 1 2 2 2 1　1 1 1 2 1 6̇ 5̇
纷吾既有此内美兮，又重之以修　能。

6̇ 6̇ 6̇ 1 3 3 5　6̇ 6̇ 6̇ 1 3 5
扈江离与辟芷兮，纫秋兰以为佩。

此章换韵，二、四句"能、佩"为阴音之部韵（据张仁贤先生反切法读书音：能，叶音读nei阳平）。纷，繁盛，形容内美之多。内美，内在的美好品质。重之，加之，给它加上。修能，卓越的才能。扈，披。江离，香草名。辟芷，长在幽隐地方的芷。纫，用线穿。我已有如此多美好品质，加之我有卓越的才能。我披着江离和芷草，连缀起秋兰佩戴在身上。司马迁在《屈原列传》中写"其质洁，故其称物芳。"用香草自比卓越才能、高贵品质。第一句有8个字，吟起来需从容、自在、自信。

第四章叹时光流逝，依然采芳草装饰自己。

2 2 1 1 2 2 1　1 1 1 2 1 6̇ 5̇
汩余若将不及兮，恐年岁之不吾与。

6̇ 6̇ 6̇ 1 3 5 5　6̇ 6̇ 6̇ 1 3 5
朝搴阰之木兰兮，夕揽洲之宿莽。

此章换韵，二、四句"与、莽"为阴声鱼部韵（据张仁贤先生反切法读书音：莽，叶音读mu上声）。汨，用水流迅速比光明流逝迅速。不吾与，不与吾，不等待我。搴，拔取。阰，山名。揽，采。洲，水中陆地。宿莽，经冬不凋的草。此章意为光阴汨汨流逝，"我"好像跟不上岁月啊，它不等待"我"。"恐"字传达时光迅速流逝，然而个体生命短暂易逝，未能竟成大业的悲叹。"我"早上采山坡上的木兰花，晚上采小洲上经冬不死的草，来装饰自己。后两句用香草自比高贵的修养及卓然的才华。在这一章中，"若""不""及""木""宿"为入声字，吟诵时短促，入声字使整个句子充满了顿挫感，也是情感凝聚处。

第五章写光阴迅速消逝，引发美人迟暮的感慨。

2 2 1 1 2 2 1　1 1 1 2 1 6̇ 5̇
日月忽其不淹兮，春与秋其代　序。
6̇ 6̇ 6̇ 1 3 3 5　6 6 6 1 3 5
惟草木之零落兮，恐美人之迟暮。

此章换韵，二、四句"序""暮"为鱼铎通韵。忽其，迅速地。淹，停留。代序，季节顺次更替。惟，思，想。迟暮，年老。"日""月""忽""不""落"为入声字，吟诵时短促，第一句入声字有四个，在顿挫衔接中，有对时光流逝无法挽回的无可奈何。"落"入声字，吟诵时加重，暗含零落之迅速、无情，"恐"字，传

第三章　高中古诗文唐调吟诵探析

达惊恐、恐惧之情。后两句由草木零落想到美人衰老，以此比喻自己来不及做一番大事业。

第六章写希望怀王改变态度任用自己。

2 2 1 1 2 2 1　1 1 1 2 1 6 5
不抚壮而弃秽兮，何不改　此　度？
6 6 6 1 3 3 5　6 6 6 1 3 5
乘骐骥以驰骋兮，来吾道夫先路！

此章二、四句"度""路"押铎韵。抚壮，趁壮盛之年。秽，荒芜，喻罪恶的行为。此度，这种态度。来，招呼之词。先路，前面的路。前两句批评楚怀王不肯趁着壮盛之年抛弃罪恶，责问为什么不肯改变这种态度。希望怀王乘骏马驰骋追随，来吧，"我"将引导"你"走向成圣之路。

第二十一章写自己因进谏而遭撤职而痛心。

2 2 1 1 2 2 1　1 1 1 2 1 6 5
长太息以掩涕兮，哀民生之　多　艰。
6 6 6 6 1 1 3 3 5　6 6 6 1 3 5
余虽好修姱以鞿羁兮，謇朝谇而夕替。

此章二、四句"艱""替"文质合韵。第三句因字数较多，吟诵可加音调整。太息，出声长叹。民生，人生。虽，唯，只。修姱，修指长远，姱指美好，意为有高远之志，美好之姿。谇，进谏。替，废弃，此处指撤职。此章意为长声叹息掩面流泪，痛心人生多灾多难。"我"只因志向高远身姿美好而受到束缚，早上进谏，晚上就被撤职。

第22章表达自己九死不悔的决心。

```
2 2 1 1 2 2 1    1 1 1 2 1 6 5
                           . .
既替余以蕙纕兮，又申之以揽 茝。
6 6 6 1 3 3 5    6 6 6 1 3 3 5
. . .            . . .
亦余心之所善兮，虽九死其犹未悔。
```

此章二、四句"茝""悔"押之部韵。替余以蕙，以蕙替余，因为蕙草佩带的缘故而废弃我。申，加。揽茝，兰茝。所善，所认为美善的事。九死，虚指，死多次。其，自己。虽因为"我"使用蕙草佩带而废弃了"我"，"我"还把兰茝加在这条佩带上，"我"心里所认为美善的，即使死多次，"我"还是不懊悔！吟诵时"亦""犹"两个字需加重，有强调之意，强调自己因为品性高洁不被容而遭撤职，但是自己还会继续注重品性的修养，九死不悔。

第二十三章指斥楚王荒唐，自己遭受小人中伤。

第三章　高中古诗文唐调吟诵探析

2 2 1 1 2 2 1　1 1 1 2 1 6 5
怨灵修之浩荡兮，终不察夫民　心。
6 6 6 1 3 3 5 5　6 6 6 1 3 3 5
众女嫉余之蛾眉兮，谣诼谓余以善淫。

此章二、四句"心""淫"押侵部韵。浩荡，放肆纵恣，心无所主。众女，喻怀王左右的小人。谣诼，造谣毁谤。善淫，好色。可恨楚王太荒唐，始终不了解人心。小人嫉妒"我"，造谣毁谤说"我"好色。

第二十四章讽刺时俗取巧迎合的风气。

2 2 1 1 2 2 1　1 1 1 2 1 6 5
固时俗之工巧兮，偭规矩而改　错。
6 6 6 1 3 5 5　6 6 6 1 3 5
背绳墨以追曲兮，竞周容以为度。

此章二、四句"错""度"押铎部韵。时俗，当时的习俗风气。工巧，善于取巧。偭，违背。规矩，喻法度。改错，变更措施。绳墨，喻法度。追，追随。周容，苟合取悦于人。度，方法，手段。本来这个时代的习俗风气就是善于取巧，违背规矩而改变措施。抛弃绳墨而追随弯曲，争着苟合取悦于国君，以保恩宠。

第二十五章表明自己宁可投水也不苟合取悦。

2 2 1 1 2 2 1　1 1 1 2 1 6 6 5
忳郁邑余侘傺兮，吾独穷困乎此时也。
6 6 6 1 3 5 5　6 6 6 1 3 3 5
宁溘死以流亡兮，余不忍为此态也！

此章二、四句"时""态"押之部韵。忳郁邑，忳、郁邑，均为忧愁，连用加重感情。侘傺，失意而精神恍惚的样子。溘死，突然死去。流亡，投水而死，随水流去。此态，那种苟合取悦之态。忧愁啊忧愁，"我"精神恍惚，"我"独此时处境困窘。宁愿投水而死，"我"也不能做苟合取悦之事。吟诵句末两个"也"加重微拖音，强化感叹之意、固守之坚决。

第二十六章表明自己不与结党营私者为伍。

2 2 1 2 2 1　1 1 1 2 1 6 5
鸷鸟之不群兮，自前世而固　然。
6 6 6 1 3 5 5　6 6 6 1 3 3 5
何方圜之能周兮，夫孰异道而相安？

此章二、四句"然""安"押元部韵。鸷鸟，猛禽。前世，古代。固然，已经这样。周，相合。猛禽不与一般的小鸟为伍，从古代就已经这样了。方的和圆的事物怎么能够合拢呢？谁能走不同的道路却相互安心地待在一起呢？吟诵时"之"适当拖音，强调"不群""何……能周"，更能表现诗人不与群鸟相合之意。

第二十七章表明自己清白的节操，可为正义而死。

2 2 1 2 2 1　1 1 2 1 6 5
屈心而抑志兮，忍尤而攘　诟。
6　6 6 1 3 5 5　6 6 6 1 3 3 5
伏　清白以死直兮，固前圣之所　厚。

此章二、四句"诟""厚"押侯部韵。尤，指责。攘诟，不把耻辱放在心里。朱熹说："虽所遭者或有耻辱，亦当以理解遣（解遣，排解），若攘却之而不受于怀。"伏，抱。死直，为正义、正直而死。厚，看重。"我"只能委屈自己，压抑自己的志向，忍受小人的指责，不把耻辱放在心里。抱着清白的节操，为正义而死，这本来就是古代圣贤所看重的。

第二十八章表明悔恨出仕从政，打算退出。

2 2 1 1 2 2 1　1 1 2 1 6 5
悔相道之不察兮，延伫乎吾将反。

6 6 6 1 3 3 5　6 6 6 1 3 5
回朕车以复路兮,及行迷之未远。

此章二、四句"反""远"押元部韵。相,看。察,看清楚。延伫,久立等待。朕,我。复路,从原路回去。行,道路。悔恨先前没有把道路看清楚,"我"久立等待,将要回去。回转我的车,从原路回去,趁着自己迷路还不算远。

第二十九章表明自己离开官场,归隐从而保持高洁的品行。

2 2 1 1 2 1　1 1 2 1 6 6 5
步余马于兰皋兮,驰椒丘且焉止息。
6 6 6 1 3 3 5　6 6 6 1 3 3 5
进不入以离尤兮,退将复修吾初服。

此章二、四句"息""服"押入声职韵。步余马,让我的马慢慢走。兰皋,长有兰草的水边地。驰,徐步驰走。椒丘,长着芳椒的山丘。焉,于是,在这里。进不入,欲进而不能入。离尤,获罪。离,遭到。初服,当初的服装,指做官前的服装。此章前两句延续"回朕车以复路",让"我"的马慢慢地走在长有兰草的水边,走向长着芳椒的山丘,并且在那里休息。想为国家效力却不能,总是获罪,"我"还是归隐吧,修好"我"当初的服装。复修初服,喻保持高洁

第三章 高中古诗文唐调吟诵探析

品质。吟诵时关注"息""服"押入声韵，短促收束，似有无可奈何的叹息、绝不从流的决绝。

第三十章写自己复修初服，保持内心的芬芳。

```
2 2 1 1 2 2 1    1 1 2 1 6 6 5
制芰荷以为衣兮，集芙蓉以为  裳。
6 6 6 1 3 3 5    6 6 6 1 3 3 5
不吾知其亦已兮，苟余情其信  芳 。
```

此章二、四句"裳""芳"押阳部韵。制，裁。芰荷，菱叶和荷叶。芙蓉，荷花。不吾知，不知吾，不理解我。苟，只要。信，的确，真的。裁制菱叶荷叶以为上衣，采集芙蓉以为下裳。人们不理解"我"，那也就算了罢，只要"我"的内心拥有真的芬芳。由上一章的入声韵转为阳部韵，吟诵起来舒缓、悠长，更能传达诗人对"芬芳"品性的执着。

第三十一章表明自己纯粹高洁的品质没有减损。

```
2 2 1 1 2 2 1    1 1 2 1 6 6 5
高余冠之岌岌兮，长余佩之陆  离。
6 6 6 1 3 3 5    6 6 6 1 3 3 5
芳与泽其杂糅兮，唯昭质其犹未亏。
```

此章二、四句"离、亏"押歌部韵（据张仁贤先生反切法读书音：离，上古叶音la阳平；亏，上古叶音ka阴平）。高，使高，加高。岌岌，高。长，使长，加长。陆离，长。泽，汗泽，污垢。杂糅，错杂，混杂。昭质，明洁纯粹的品质。戴着"我"高高的帽子，戴着"我"长长的佩带。在这芬芳与污垢混杂的时代，只有"我"的澄明纯粹的品质没有亏损。

第三十二章表明自己喜欢佩戴芳香浓郁的各种饰物。

```
2 2 1 1 2 2 1    1 1 2 1 6 6 5
                           · · ·
忽反顾以游目兮， 将往观乎四  荒。
6 6 6 1 3 3 5    6 6 6 1 3 3 5
· · ·            · · ·
佩缤纷其繁饰兮， 芳菲菲其弥  章。
```

此章二、四句"荒""章"押阳部韵。反顾，回过头看。游目，目光游转，随意瞻望。四荒，四方边远之地。芳菲菲其，香气浓郁。弥章，越来越明显。忽然回头，纵目游转、瞻望，"我"将去四方边远之地看看。往观四荒，暗喻寻找圣明的君主。"我"佩着众多的饰物，芳香浓郁，越发显著。芳香浓郁喻自己更重保持高洁的品行。

第三十三章表明自己独爱修饰自己，绝不动摇。

第三章　高中古诗文唐调吟诵探析

2 2 1 1 2 2 1　1 1 2 1 6 6 5
民生各有所乐兮，余独好修以为常。

6 6 6 1 3 3 5 5　6 6 6 1 3 3 5
虽体解吾犹未变兮，岂余心之可惩？

　　此章二、四句"常""惩"为阳蒸合韵。民生，人性。好修，喜好修饰，喻高洁品性。体解，肢解。惩，用威胁打击使之改变。人性各有所爱，"我"唯独爱修饰自己，并以此为常态。即使身体受损，"我"也不会改变，难道外在的威胁打击能够使"我"变心？

　　《离骚》节选部分为诗人回顾自己的人生历程。自述身世、名字、好修及美政理想，叙述了楚怀王昏庸，听信小人，疏远自己；奸佞小人竞进贪婪，嫉妒中伤自己；时俗谄媚，自己愿退出政治舞台，固守芬芳，修饰自我，九死犹未悔。在循环往复的"《楚辞》调"中，感悟诗人丰富、跌宕、幽微的情感变化；感悟每章换韵之美；感悟"兮"字使用的节奏美、情韵美；入声字的顿挫感与情感表达的关联。纵时光流逝，《离骚》中诗人的奇服、香花、芳草、高洁之品、爱国之心、固守之志，从未有亏，在文学、历史长河中永远闪耀光芒。

5.《短歌行》
曹操

扫描二维码
在线听音频

　　吟诵重点：感悟曹操"忧"中蕴含的丰富情感；用"《诗经》调"吟诵，感悟此四言诗的古朴坦荡、慷慨悲凉；吟诵时感悟诗歌节

奏、平仄抑扬、不断换韵、多用入声字与情感的关联。

东汉末年，诸侯纷争，建安诗歌，慷慨悲凉。

曹操用汉乐府中的《短歌行》作诗，短歌即是诗句较短，此诗为四言诗，每句节奏"二二"式，四句一章换韵。四言诗可用唐调中的"《诗经》调"吟诵，基本调式为"2 2 1 1 1 2 1 6 5 6 1 3 5 6 1 3 5"，四句一章一循环。吟诵如下：

2 2 1 1　1 2 1 6 5　6 1 3 5　6 1 3 5
对 酒 当 歌，人 生 几 何！譬 如 朝 露，去 日 苦 多。
2 2 1 1　1 2 1 6 5　6 1 3 5　6 1 3 5
慨 当 以 慷，忧 思 难 忘。何 以 解 忧？唯 有 杜 康。
2 2 1 1　1 2 1 6 5　6 1 3 5　6 1 3 5
青 青 子 衿，悠 悠 我 心。但 为 君 故，沉 吟 至 今。
2 2 1 1　1 2 1 6 5　6 1 3 5　6 1 3 5
呦 呦 鹿 鸣，食 野 之 苹。我 有 嘉 宾，鼓 瑟 吹 笙。
2 2 1 1　1 2 1 6 5　6 1 3 5　6 1 3 5
明 明 如 月，何 时 可 掇？忧 从 中 来，不 可 断 绝。
2 2 1 1　1 2 1 6 5　6 1 3 5　6 1 3 5
越 陌 度 阡，枉 用 相 存。契 阔 谈 䜩，心 念 旧 恩。

第三章　高中古诗文唐调吟诵探析

2 2 1 1　1 2 1 6 5　6 1 3 5　6 1 3 5
月 明 星 稀，乌 鹊 南 飞。绕 树 三 匝，何 枝 可 依？
2 2 1 1　1 2 1 6 5　6 1 3 5　6 1 3 5
山 不 厌 高，海 不 厌 深。周 公 吐 哺，天 下 归 心。

试着跟着简谱吟诵，节奏感豁然而出，每章的第一句声音响亮，情韵充沛。遇入声字，在吟的时候语气短促。

在曹操《短歌行》中，"忧"是全诗的诗眼，有三处出现"忧"："慨当以慷，忧思难忘""何以解忧？唯有杜康""忧从中来，不可断绝"。曹操到底为何而忧呢？

一忧时光易逝，有人生无常的恐惧与悲哀。

"对酒当歌，人生几何！譬如朝露，去日苦多。""对酒/当歌，人生/几何"起句响亮，破空而来，四字句吟诵时后一音节"当——歌——""几——何——"每个字可稍拖长，余韵无穷，后面句子吟诵同此法。"歌""何""多"押平声歌韵，颇为慷慨激昂。"日"入声短促，"去日"两仄声语气加重。诗作一开始直接写有酒有歌，一下子将人的感情带到美好的情境中，内心激动起来，但马上想到这美好快乐的日子能有多少啊，人生无常，短暂如转瞬即逝的露珠，怎能不令人生出"去日苦多"的感慨。

"慨当以慷，忧思难忘。何以解忧？唯有杜康。""慷""忘""康"押平声阳韵，感慨苍凉。曹操42岁时迎汉献帝至许昌从而取得政治优

势,46岁时官渡之战击溃了最大敌人袁绍,53岁时远征乌桓,54岁赤壁之战前写下此诗。此时已年过半百了,心中大业还遥遥无期。宴会中歌声慷慨激越,实有来日无多的紧迫感与沉重忧思,只能暂且借酒消愁。

二忧贤才难得,有求贤的急迫与真诚。

"青青子衿,悠悠我心。但为君故,沉吟至今。""青青"吟起来有音韵美,青色美好雅致,化用《诗经》之句,直抒对贤才的赞美,"你"那么美好,真是让"我"思念不已沉吟不绝。吟诵时,"衿""心""今"押平声侵韵,情绪收敛低沉。

"呦呦鹿鸣,食野之苹。我有嘉宾,鼓瑟吹笙。"欢快的宴会,鼓瑟吹笙,只为所爱之才而设。吟诵时,"鹿""瑟"入声短促。"鸣""苹""笙"押平声庚韵,缠绵低徊。

"明明如月,何时可掇?忧从中来,不可断绝。""你"如天上明月,如此明朗皎洁,如此美好,如此高远,什么时候才能靠近、摘取?转入声韵,"月""掇""绝"押入声韵,收束短促,抒发诗人无限深情。

"越陌度阡,枉用相存。契阔谈䜩,心念旧恩。""我"会等"你"穿过田间小路,来到"我"身边,共叙曾经的交往和情谊,愿"我们"珍惜旧日情谊。吟诵时,"越陌""契阔"四字入声字,吟诵时短促且加重。"存""恩"押平声元韵,情感绵密低徊。

"月明星稀,乌鹊南飞。绕树三匝,何枝可依?"良禽择木而栖,良臣择主而事,"我"就是值得"你"托付终生之所在。吟诵时,"月""鹊""匝"入声短促,"稀""飞""依"押平声微韵。曹操对贤才的渴望、呼唤、招揽,谦卑而情深,真诚而急迫。

三忧功业未成,有建立伟业的抱负与悲慨。

"山不厌高,海不厌深。周公吐哺,天下归心。"曹操使用《管子》"海不辞水,故能成其大;山不辞土石,故能成其高;明主不厌人,故能成其众"前两句,实含后一句之胸怀,即实现霸业的雄才大志,明主也从不拒绝归附他的人,希望贤才都来投奔他。吟诵时,"深""心"押平声侵韵,情感深沉。"不"为入声字,两个"不厌"语气加重。"周公吐哺"两句,曹操在这里以周公自比,像周公一样贤达明理,礼贤下士,值得贤才归心,"天下归心"这才是全诗最核心处,生命的忧思、贤才的呼唤是因为胸中有天地伟业与抱负,故而深沉悲慨。

为了更好地感受曹公诗的气韵,试着把这首诗改为五言诗,在每句中间加一个"兮"字(如:对酒兮—当歌),用唐调中"《诗经》调"吟诵:

对酒兮/当歌,人生兮/几何!譬如兮/朝露,去日兮/苦多。

是否能感受到四言与五言的情韵不同?多一个字,五言调子与气韵更缓和、悠长。曹公用四言诗表达,用最简单的语言,没有多余修饰,更显古朴、苍劲,多用入声字更显慷慨悲凉。钟嵘在《诗品》中

评《短歌行》"曹公古直，甚有悲凉之句"，也是赞赏这种古朴、坦荡、真诚之言说方式。把时光易逝，功业未成的悲慨，贤才难得，谦卑唤才的急迫与真诚，渴望建立伟业的抱负等丰富多重的"忧思"结合，显出诗人之"忧"的独特性，是与宇宙、天下相系的大情怀、大悲慨。

6.《归去来兮辞（并序）》
陶渊明

扫描二维码
在线听音频

吟诵重点：

1.用"《楚辞》调"吟诵，感受以六言为主，间以四言、七言的句式参差错落之美；感悟押韵换韵之美；吟出入声字独有的音韵美及顿挫感；感悟文中反复大呼"归去""胡不归"的复杂情感，品味"以""之""而""兮"等词舒缓情感的调节作用。

2.感悟陶渊明归田的复杂情感及田园生活的丰富、闲适。陶渊明高洁的情志、对乐天知命人生的追求，启迪人不断探寻心灵的自由。

归去，辞官场归田园。来兮，语气词。兮，用于韵文语句中间或末尾，表感叹或祈使语气。辞，古代一种有韵的抒情文体，源于战国屈原的楚辞（楚国的诗歌），楚辞以七言、六言为主，用"兮"字是楚辞的特色，句式参差错落，后常与"赋"并称"辞赋"。

陶渊明大呼"归去来兮"后，此语成了归隐之典，如唐杜甫《发刘郎浦》诗"白头厌伴渔人宿，黄帽青鞋归去来"，唐颜真卿《赠裴将军》诗，"一射百马倒，再射万夫开。匈奴不敢敌，相呼归去来", 李清照将其藏书楼命名为"归来堂", 马致远的《四块玉·酒旋沽》"酒旋沽, 鱼新买, 满眼云山画图开。清风明月还诗债。本是个懒散人, 又无甚经济才, 归去来"。

东晋安帝义熙元年（405）, 陶渊明弃官归田, 作《归去来兮辞（并序）》以明心志。陶渊明为了养家糊口, 也为了自己常有酒喝, 违心地去做了十三年小官, 从29岁起开始出仕, 中间曾三仕三隐。他在义熙元年41岁时, 最后一次出仕当彭泽县令。萧统《陶渊明传》说: "会郡遣督邮至县, 吏请曰: '应束带见之。'渊明叹曰: '我岂能为五斗米折腰向乡里小儿!'即日解绶去职, 赋《归去来》。"这篇辞前的序, 交代辞官还为了给程氏妹奔丧, 也交代了这次当彭泽令, "仲秋至冬, 在官八十余日"。

吟诵此篇需用唐调中的两种调式, 序文余用散文调吟诵, 辞赋正文用"《楚辞》调"吟诵。序文交代作者为官、辞官的经历和原因。吟诵序文时, 划分好层次, 每层结句用拖音"６１５"收束。

余家贫, 耕植不足以自给。幼稚盈室, 瓶无储粟, 生生所资, 未见其术。亲故多劝余为长吏, 脱然有怀, 求之靡途。/会有四方之事,
　　　　　　　　　　　　　　　　　　　　　　　　　　　　６１５
诸侯以惠爱为德, 家叔以余贫苦, 遂见用于小邑。于时风波未静, 心惮远役, 彭泽去家百里, 公田之利, 足以为酒。故便求之。/及少日,
　　　　　　　　　　　　　　　　　　　　　　　　　　　　　　６１５

眷然有"归欤"之情。何则？/质性自然，非矫厉所得。饥冻虽切，
                    6 1 5
违己交病。尝从人事，皆口腹自役。于是怅然慷慨，深愧平生之志。
犹望一稔，当敛裳宵逝。寻程氏妹丧于武昌，情在骏奔，自免去职。
仲秋至冬，在官八十余日。因事顺心，命篇曰《归去来兮》。乙巳岁
                                                6 1 5
十一月也。
    6 1 5

    第一层交代家境艰难。耕种不足以自给，小孩子很多（作者有五个儿子，这时长子俨13岁，次子俟11岁，三子份和四子佚都是10岁，幼子佟刚6岁），瓦瓮没有储存的粮食，也没有维持生活的办法。亲戚故旧多劝我做长吏，自己有了再去做官的念头，但是没有门路求到它。吟诵时，"耕植不足以自给"中"植""不足""给"为入声字，吟诵时短促顿挫有力，突显生活的艰难。"幼稚盈室，瓶无储粟，生生所资，未见其术"均为四字句，有节奏感，"室""粟""术"入声短促，更显生活处处艰难。"求之靡途"音渐缓，用"6 1 5"收束。

    第二层叙述自己谋官经历。适逢有建威将军江州刺史命"我"出使的事，地方大吏以爱惜人才为美德，家叔也因"我"贫苦施以援手，于是就被任用于小县。当时战乱未定，担心去远方任职，彭泽

县离家仅百里，公田的收成，足以酿酒，所以就到彭泽县来为官。此一层吟诵时，四字句吟出节奏感，"役""泽""百""足"入声短促，多方因素促成了求官之事。

第三层表达归田之意。过了不多几日，却怀念家园，生出归田之情。吟诵时"及""日""则"入声短促。"何则"处，用"$\underset{\cdot}{6}1\underset{\cdot}{5}$"收束拖音，自然引出之后的原因。

第四层写归田原因。作者述说本性喜爱自然，不能勉强改变。饥冻虽然要紧，但是违背自己的本性，身心就会痛苦。过去曾几次做官，都是因为口腹所需而役使自己。于是惆怅激动，觉得深愧平生的志向，决定辞官。只是还望再过一年，当收拾行装夜里离开。此几句四字句为主，"质""得""切""腹""役""一"等字入声短促有力，吟诵时感情较为强烈。"寻程氏妹……十一月也"，不久嫁给程氏的妹妹死于武昌，于情必须急速去吊丧，就自己辞去官职。仲秋至冬，为官八十余日。因辞官之事顺遂心意，所以给此篇取题叫《归去来兮》。乙巳岁十一月。此几句为短句，简洁质朴，吟诵时有节奏，表达坚决之意。

辞赋正文用唐调中的"《楚辞》调"来吟诵，"《楚辞》调"基本调式是"2 2 1 1 2 2 1　1 1 1 2 1 $\underset{\cdot}{6}\underset{\cdot}{5}$　$\underset{\cdot}{6}\underset{\cdot}{6}\underset{\cdot}{6}$ 1 3 5　$\underset{\cdot}{6}\underset{\cdot}{6}\underset{\cdot}{6}$ 1 3 $\underset{\cdot}{5}$"，四句一章，回环往复，吟诵时可根据衬字及语意划分节奏：

唐调流韵：古诗文吟诵探析

```
2 2 1 1   1 1 1 2 1 6 5   6 6 6 1 3 5   6 6 6 1 3 5
归去来兮，田园将芜胡不归？既自以心为形役，奚惆怅而独悲？
2 2 1 1 2 2 1   1 1 1 2 1 6 5   6 6 6 1 3 5   6 6 6 1 3 5
悟已往之不　谏，知来者之可　追。实迷途其未远，觉今是而昨非。
2 2 1 1 2 2 1   1 1 1 2 1 6 5   6 6 6 1 3 5   6 6 6 1 3 5
舟遥遥以轻　飏，风飘飘而吹　衣。问征夫以前路，恨晨光之熹微。
```

开篇"归去来兮"破空而来，一声呐喊，一语惊人，吟诵此句尤为响亮，可以更好地传达苦闷已久后的释放、畅快。"田园将芜/胡不归"，"胡不归"语气加重，反问语气态度坚定，田园将芜也有象征义，精神家园、心灵家园即将荒芜，必须离开官场回归园田。心为形役，心灵被形体驱使，被口腹之欲驱使，必然惆怅而独悲，对自己为口腹之欲而入官场的自责。"悟已往之/不谏，知来者之/可追"，"悟""知"在吟诵时可加重语气，"实"与"觉"两个入声字吟诵短促，暗含庆幸与坚定，实在是大领悟大知晓，以后的日子不能再荒废，今是昨非，迷途而返，来者可追。用"《楚辞》调"吟诵节奏感强，字音琅琅，表达时而懊悔时而庆幸等情感。

终于，踏上归程了。舟行水上，船儿摇摇；风儿吹拂，衣衫飘飞。"遥遥""飘飘"字形与声音都有画面感，这两句吟诵起来有释去重负后飘飘扬扬、轻松自在之感。作者连夜赶路，依然抱怨时间太慢，晨光微弱。心情急切，向行人打探前面的路程。吟诵时关注此段

第三章　高中古诗文唐调吟诵探析

押韵，"兮""归""悲""追""衣""徽"是齐徽支合韵，语调舒展；"不""役""实""觉""昨"为入声字，声音短促顿挫；依"以""而""之"衬字及语意划分吟诵节奏，舒缓有节奏感。

```
2 2 1 1    2 2 1 1    6 1 3 5    6 1 3 5
乃瞻衡宇，载欣载奔。 僮仆欢迎，稚子候门。
2 2 1 1    2 2 1 1    6 1 3 5    6 1 3 5
三径就荒，松菊犹存。 携幼入室，有酒盈樽。
2 2 1 1 2 2 1  1 1 1 2 1 6 5   6 6 6 1 3 5    6 6 6 1 3 5
引壶觞以自　酌，眄庭柯以怡　颜。倚南窗以寄傲，审容膝之易安。
2 2 1 1 2 2 1  1 1 1 2 1 6 5   6 6 6 1 3 5    6 6 6 1 3 5
园日涉以成　趣，门虽设而常　关。策扶老以流憩，时矫首而遐观。
2 2 1 1 2 2 1  1 1 1 2 1 6 5   6 6 6 1 3 5    6 6 6 1 3 5
云无心以出　岫，鸟倦飞而知　还。景翳翳以将入，抚孤松而盘桓。
```

归家心切，终于远远地看到自家房屋，欣然跑来，心情激动。家仆热情迎接我，小儿子在门口等我。庭院的小径快要荒芜，所幸松树菊花依旧，当一年中气候渐冷，荣耀之菊与孤傲之松的坚贞就体现出来了，松菊犹存，心志依旧。手牵小儿入室，酒已斟满。回家后有三径，三径是隐者之路、松、菊，有亲人相迎，甚为欢喜。前八句是四言，吟诵起来节奏加快，四字句节奏为"乃瞻/衡宇，载欣/载奔"；

"奔""门""存""樽"换元韵,声音敞亮。

之后描摹回到家后田园生活的场景。拿起酒壶自酌,随意闲看庭树,这样的闲散状态让自己神色愉悦。自由倚靠南窗,寄托自己的傲世情怀,更深感这容膝的小屋足以让自己安定。每天去园子走走,有独有的趣味,家里虽然有门,但常常是关着,因为没有过多的世俗的来往。拄着手杖随走随休,时时抬头看看远方。白云无心从岫峰出来,飞鸟倦飞后知道要归巢,云无心也是人心的自在,鸟倦飞正是人倦飞,田园正是知还安身之所。日影渐渐暗淡入夜,我抚摩着孤松徘徊,这棵孤独的、秀美的、坚强的松树也是人清洁高远感情皈依之所。吟诵后十二句,换为六言,节奏为"引壶觞以/自酌,眄庭柯以/怡颜",较之前四言,吟起来更舒缓;"菊""膝""日涉""设""出""入"等字为入声,音短促有力;"颜""安""关""观""还""桓"押寒删韵,整个段落元删寒合韵,情韵充沛,通过适当拖音细细玩味归田生活之舒展、无拘束。

```
2 2 1 1    1 1 1 2 1 6 5    6 6 6 1 3 5    6 6 6 1 3 5
归去来兮, 请息交以绝  游。世与我而相违, 复驾言兮焉求?
2 2 1 1 2 2 1    1 1 1 2 1 6 5
悦亲戚之情   话, 乐琴书以消   忧。
6 6 6 1 3 5 5    6 6 6 1 3 5
农人告余以春及, 将有事于西畴。
```

第三章　高中古诗文唐调吟诵探析

2 2 1 1　2 2 1 1　6 6 6 1 3 5　6 6 6 1 3 5
或命巾车，或棹孤舟。既窈窕以寻壑，亦崎岖而经丘。

2 2 1 1 2 2 1　1 1 1 2 1 6 5，
木欣欣以向　荣，泉涓涓而始　流。

6 6 6 1 3 5　6 6 6 1 3 5
善万物之得时，感吾生之行休。

  此段换韵，"游""求""忧""畴""舟""丘""流""休"押尤韵，此韵从容优游。前四句直抒胸臆，再次大呼"归去来兮"，宣告断绝与官场的各种交往。大声吟诵"归去来兮"，四六言交错，"请息交以绝游"一句中"息""绝"两字是入声字，短促坚定，深悟这是陶公心底长久以来渴望与官场世俗决裂从而躬耕园田、追求心灵自由的宣言。世俗与"我"内心所求相违，陶公曾言"误落尘网中，一去三十年"，"我"还要留恋什么，求取什么呢？"我"与亲戚说说情趣相投的话，琴书之乐足以消除各种忧虑。南朝梁代昭明太子萧统《陶渊明传》写到"渊明不解音律，而蓄无弦琴一张，每酒适，辄抚弄以寄其意"。在《五柳先生传》中有"好读书，不求甚解；每有会意，便欣然忘食"。琴与书足以用来消解"我"的精神之忧啊。到了春天，农人告诉"我"可以去田里耕作生产。"我"有时坐着有布篷的小车，经过高低不平的小丘；有时划着小船，沿着深远曲折的河道前进。正是春天，万物得时，树木欣欣向荣，泉水涓涓始流。羡慕万物蓬勃生机，不由感叹自己的生命即将结束。

吟诵时，吟出《楚辞》的节奏感；关注押韵之美；关注"息""绝""悦""戚""乐""或""物""得"等字为入声，短促顿挫；要细细玩味乐与忧的细微情感。

2 2 1　1 1 1 2 1 6 5　6 6 6 1 3 5 5　6 6 6 1 1 1 3 5
已矣乎！寓形宇内复几时？曷不委心任去留？胡为乎遑遑欲何之？
2 2 2 1 1　1 1 1 6 5　6 6 6 1 3 5　6 6 6 1 3 5
富贵非吾愿，帝乡不可期。怀良辰以孤往，或植杖而耘耔。
2 2 1 1 2 2 1　1 1 1 2 1 6 5
登东皋以舒　啸，临清流而赋　诗。
6 6 6 1 3 5　6 6 6 1 1 3 5
聊乘化以归尽，乐夫天命复奚疑！

感叹"吾生之行休"，于是感叹"算了吧"，此段换韵，"时""之""期""耔""诗""疑"押支韵，口型收束，语调更内敛，饱含了多少纠结与矛盾。连续三个追问，人活世上能有多少时日呢？为什么不任凭自己心意去留，一再地为难自己呢？你急急忙忙，心神不宁还要追求什么呢？这四句长短错落，吟诵起来，反复追问，一气呵成。越是反复追问，越能感悟内心隐含了抉择的艰难、长久的矛盾挣扎、反复的自责懊悔，以及归去的毅然决然。富贵不是"我"想要的，得道成仙也不是"我"能得到的。"我"很享受在此良辰美景中独来独往，有时放下"我"的手杖，在田间除草培苗。"我"有时会登上东坡长啸，有时坐在清溪边吟诗。"我"的生活顺应大自然的规律，顺应天命自然到老，还有什么要犹豫怀疑的呢？陶公把风光之乐、天伦之乐、归田之乐上升到新的哲学层面，乐天知命才是大自由大解放。陶公有诗"纵浪大化中，不喜亦不惧。应尽便须尽，无复独多虑"，顺应天命，顺其自然，放浪与造化合一，不因长生而喜，也不因短寿而悲。

吟诵此段，吟出杂言变化错落，调节"《楚辞》调"以适应字数变化，整体上节奏感强；吟出换韵之美；吟出"曷""不""欲""或""植"等入声字顿挫之感；特别要吟出文中"以""而"等虚词对音节的调节，更显生命舒缓、自由自在、游刃有余。

《归去来兮辞》是将归时所作。首段书写决意辞官归田的心情；中间三段则全是驰骋想象，描写归途情景和归家后情景，抒发其即将离开官场、回归自然的愉悦心情；末段则表达对"乐天知命"人生的追求。

《归去来兮辞》语言朴素，音节谐美，感情真挚，是陶渊明彻底与官场决裂的宣言，文中的归田场景是陶渊明想象的，然而正是陶渊明对田园生活的熟稔于心，描写才会如此美好、丰富。宋代李格非说："《归去来辞》沛然如肺腑中流出，殊不见有斧凿痕。"欧阳修说："晋无文章，惟陶渊明《归去来辞》而已。"归隐后的陶渊明付出了劳苦的代价，甚至生活困顿到乞食，但他始终再也没有出来为官。唐文治先生研究《归去来兮辞》：

> 皓月当空，纤云不染，是即皎洁无尘之象，然文之皎洁无尘者，必其心之皎洁无尘者也，陶公不为五斗米折腰，其性灵何等光明，其气节何等高峻，天君泰然，冰壶朗彻，故其文高洁如此，读之可以一洗俗情俗骨，凡依回于出处进退之间者，可以鉴矣，其有益于心术人品，非浅鲜也。[①]

陶渊明对"皎洁无尘"的坚守、对自由灵魂的追求，启迪无数人"洗俗情俗骨"，寻找心灵的皈依与慰藉，不断探寻心灵自由、宁静、达观之境。这样评价陶渊明"其心皎洁"的是同样弃官的唐文治先生，可谓心有灵犀吧。

这篇辞赋，多为六言，可吟出节奏美，又有四言、七言句，吟诵起来错落有致；多用虚词，如"之"（共7句）、"以"（17句）或"而"（12句），用"其"用"于"用"兮"则各1句，这些词都除了各自语意外，同时起着调整音节、舒缓语气的作用。感悟押韵换韵之美，吟出入声字独有的音韵美及顿挫感，在唐调吟诵中深味这"归去"的丰富意蕴，感受陶公"皎洁无尘"之性灵！

---

① 唐文治《国文经纬贯通大义》，文史哲出版社，1987年，第169页。

第三章　高中古诗文唐调吟诵探析

第三节　诗词吟诵例析

陈以鸿先生在《我所知道的传统吟诵》中，将《诗经》《楚辞》的吟诵调式归为一类，其他诗词归为一类。《诗经》《楚辞》有循环往复的调，"诗词调"吟诵依照汉语四声、平仄节奏。本节内容主要分析除《诗经》《楚辞》以外的古体诗及近体诗、词的吟诵。

在1948年录制的《唐蔚芝先生读文灌音片》中，唐文治先生选了四首诗词作品：其父唐若钦公的两首古体诗《迎春诗》《送春诗》及苏轼《水调歌头》、岳飞《满江红》两首词。陈以鸿先生参照唐文治先生吟诵法及多年传统吟诵实践，总结出"参照唐老夫子读文法"的"诗词调"简谱："阴平３１-，阳平１-，上声５，去声３５，入声３"。

古诗吟诵节奏。1948年灌音片中，唐文治先生吟诵的《迎春诗》《送春诗》均为七言古体，其节奏为"二二二一"。古诗吟诵的节奏与现在普通话不同，五字句节奏为"二二一"，音步划分是固定的，如"好雨/知时/节，当春/乃发/生"，不是根据意思划为"好雨/知/时节，当春/乃/发生"。"雨""时""节""春""发""生"就是节奏点，节奏点上若是平声字，吟诵平稳延长，节奏点上是仄声字，吟诵较短促，是入声字则短促顿挫。七字句节奏为"二二二一"，如"早岁/那知/世事/艰，中原/北望/气如/山"，后一句不是依据字面解释划为"中原/北望/气/如山"。诗歌四字句节奏为"二二"式，六字句节奏为"二二二"式。

唐调流韵：古诗文吟诵探析

在教学中，参照唐调吟诵古诗，可关注依字行腔，吟出四声抑扬之美，吟出韵律美，划分节奏，节奏点字平长仄短，入声字短促；多听、多吟、多玩味诗歌意境，感悟诗旨要义，通过活动设计，感悟诗歌情境。

关于活动设计，以普通高中语文必修上《涉江采芙蓉》前四句为例，可通过活动设计进入吟诵情境：①教学生吟出诗的抑扬。比较朗诵与吟诵"涉""泽""欲"（入声字）字音的不同。②押"草""道"等仄声韵，结句音上扬，传递诗人何种情绪？

吟诵这首诗，可参照唐调"诗词调"简谱，另用"—"表示平声，用"｜"表示仄声，用"！"表示入声，标注如下：

3 31- 5 1-31- 31-3 1 -31-5
涉 江　采 芙 蓉，　兰 泽 多　芳 草。
｜ —　｜ — —　　— ！ —　— ｜

5 31- 3 35 31- 5 31- 35 5 35
采 之　欲 遗 谁？所 思　在 远 道。
｜ —　！ ｜ —　｜ —　　｜ ｜ ｜

汉乐府虽没有格律诗平仄音韵的规定，但有着自然的平仄调和之美。前两句节奏为"涉江/采芙/蓉，兰泽/多芳/草"，"涉江"中"涉"是入声字，吟诵短促，"江"字平声拖长，有抑扬顿挫感，

第三章　高中古诗文唐调吟诵探析

"采芙蓉","采"仄声音高,"芙蓉"平声平稳延长,抑扬动听,这是美好的场景,踏着河水采的是洁白幽香的芙蓉。"兰泽/多芳/草",节奏点字平仄相间,有抑扬之美。"草""道"押的是仄声皓韵(整首诗同韵),吟诵起来语音上扬,思念远方之人的情绪充沛,声情婉转,感慨无限,有较强的感染力。

参照唐调吟诵格律诗,其方法与吟诵古体诗一致。近体诗之平仄声律的形成,与吟诵关系密切。在普通高中语文教材中,大量古诗都可以通过有节奏的、抑扬徐急的吟诵更好地感悟丰富、精微的情感。在教学中通过活动设计、反复吟诵,更好地感悟诗境、追溯情感。

词的吟诵节奏。词的节奏大体与诗同,在1948年录制的灌音片中,唐文治先生吟诵苏轼《水调歌头》、岳飞《满江红》时,大体为两个字一音节。词若有领字,领字可一个字、两个字、三个字,领字单独为一个音节,如《满江红》中"驾/长车/踏破/贺兰/山缺"中的"驾"字,"莫等闲/白了/少年/头"中的"莫等闲"三字,"待从头/收拾/旧山/河"中"待从头"都属于领字,单独划音步节奏。其余,词的节奏与诗大体相同。音韵学研究学者张仁贤先生在2023年3月19日讲述词的吟诵时,曾以皇甫松《忆江南·兰烬落》前两句"兰烬落,屏上暗红蕉"讲解词的节奏:

> 词吟诵,先给每句划分音步。三字句,比如"兰烬落",头二字"兰烬"是一个音步,剩下"落"一个字,也

是一个音步。五字句如"屏上暗红蕉",切分二二一,"屏上"一个音步,"暗红"一个音步,剩下"蕉"字又是一个音步。双字音步,第二个字是节奏点。如"兰烬",烬是节奏点,"暗红",红是节奏点。单字音步,当然这个字也是节奏点,如"蕉"。凡节奏点是仄声字(上声、去声、入声字,都是仄声字),吟诵时要重一点,不拖音。如"烬"字、"落"字、"上"字,念重些,不拖音。节奏点是平声字(阴平字和阳平字),如"红"和"蕉",吟得轻些,音拖长,舒缓摇曳,微动涟漪。

词的吟诵与诗基本相同,其平仄、声律的要求,与吟诵也是密不可分的。

以李清照《声声慢》为例,可通过活动设计进入情境:①比较朗诵与吟诵不同,关注"戚""息""急""识""积""摘""黑""滴""得"押韵的读音,感悟入声韵与情感表达的关联。②感悟叠词声音与情感表达契合之妙。

参照唐调吟诵简谱,吟出平仄抑扬:

(1)1 1 3 3   5 5 3 1 1   1 1 5 5 3 3
　　寻 寻 觅 觅, 冷 冷 清 清, 凄 凄 惨 惨 戚 戚。
　　— — ！！ ｜｜— — — — ｜｜！！

第三章　高中古诗文唐调吟诵探析

（2） 1 1 3531355　 35 1 31 5533
　　 梧 桐 更 兼 　细 雨，　到 　黄 昏、点点滴滴。
　　 — — ｜ — ｜ 　｜　　｜ — —　｜｜！！

　　开篇吟诵就很动人，叠词平仄相间且抑扬有致，"觅觅"是入声字，短促收束，立显寻觅无着落的悲意，"冷冷"吟诵时音高，与平音"清清"组合有自上而下的跌落感，寒意、悲戚顿时袭来，后一句"凄凄惨惨"吟诵音由低转高再突转"戚戚"的入声韵，收束急促，声情中含有出其不意的凄苦。吟诵"点点滴滴"时"点点"音高，之后陡转到短促的入声字"滴滴"，似乎听得到雨滴打在梧桐叶上，一滴一滴，滴碎人心。吟诵此首《声声慢》最特别之处，在于吟出其入声韵之妙。这首词牌历来词人多用平韵调，但李清照以"戚""息""急""识"和"积""摘""黑""滴""得"为韵，全是入声仄韵，短促速停，其声情呜咽凄切，若是用普通话读都是读成平声便体现不出这一特点，吟诵这些入声仄韵更真切地感受到李清照用仄韵要传达的悲切、落寞、凄苦、迷茫的心境，吟诵时的那种"欲泣不能"的哽噎感也才能真正品味到。

1.《梦游天姥吟留别》
李白

扫描二维码
在线听音频

　　吟诵重点：吟诵此诗，吟出句式长短错落之美；感悟不断变化的用韵之美；在平仄、抑扬、顿挫中感受一场变化离奇、光怪陆离的梦境，感悟诗人对独立人格、自由精神的追求。

天姥山在今绍兴新昌县东五十里，东接天台山。传说有登山者听到老妇歌谣声，故得名。天宝三载（744），44岁的李白被唐玄宗赐金放还，结束了他供奉翰林的三年政治生涯。离开长安后，李白曾与杜甫、高适等诗友游历梁、宋、齐、鲁。第二年他与东鲁诸公告别，准备南游吴越，临别时写下《梦游天姥吟留别》，此诗又名《梦游天姥山别东鲁诸公》。与友人告别，一般总是不免写离别的感伤与留恋，而李白却是写了一场瑰丽神奇的梦境。这场梦境使历代读者为之痴迷，不断地探寻梦的意味。

《梦游天姥吟留别》的句法灵活、多次换韵，音韵节奏美妙。因为这首诗较长，以下依据押韵及情感变化适当分层探析吟诵法。吟诵这首诗，可参照唐调"诗词调"简谱，用"—"表示平声，用"｜"表示仄声，用"！"表示入声。

海客谈瀛洲，烟涛微茫信难求；
｜！———　————｜——
越人语天姥，云霞明灭或可睹。
！—｜—｜　———！！｜｜
天姥连天向天横，势拔五岳掩赤城。
—｜——｜——　｜！｜！｜——
天台四万八千丈，对此欲倒东南倾。
——｜｜！—｜　｜｜！｜———

第三章　高中古诗文唐调吟诵探析

　　诗先写从海外来的客人谈起仙山瀛洲，烟波渺茫，实在难以寻求。越地的人谈起天姥山，云雾霞光明灭中有时还能看见。吟诵诗，平声音略低，仄声音高，前两句"洲"与"求"押尤韵，后两句"姥"与"睹"押上声麌韵。此诗开篇就很响亮有仙气，句式工整有节奏，"海客"音高，"客"字入声短促，"越人语天姥"五字平仄相间，音韵美好，"明灭或可睹"，"灭""或"两个入声，"可睹"为仄声，吟诵声音高而强，李白诗的飞扬特质顿时扑来。

　　后四句写天姥山高耸入云，连着天际，横向天外。山势高峻超过五岳，遮掩过赤城山。四万八千丈的天台山，对着天姥山好像要拜倒在它的东南方。此四句换韵，末字"横""城""倾"押庚韵，吟诵时略沉稳，略拖音，"势拔五岳掩赤城"平仄为"｜！｜！｜｜—"，多为仄声与入声相间，极有气势，"四万八千丈""对此欲倒"也多仄声与入声相间，气势逼人。诗人用夸张、衬托的手法，天姥山超越险峻的五岳，远远超越天台山。天姥山仙踪可寻，且缥渺、高峻、充满神秘色彩，真摄人心魄。吟诵时要吟出天姥高峻气势及令人神往之意。

　　　　我欲因之梦吴越，一夜飞度镜湖月。
　　　　｜！——｜—！　！｜—｜｜—！
　　　　湖月照我影，送我至剡溪。
　　　　—！｜｜｜　｜｜｜｜—

谢公宿处今尚在，渌水荡漾清猿啼。
｜－｜｜－｜｜　！｜｜｜－－－

脚著谢公屐，身登青云梯。
｜－｜－！　－－－－－

半壁见海日，空中闻天鸡。
｜！｜｜！　－－－－－

诗人因受到越人之语的触动，便梦游到吴越，一天夜里，飞渡过了明月映照的镜湖。镜湖的月光照着我的影子，一直送我到了剡溪。谢灵运住的地方现在还在，清澈的湖水荡漾，凄清的猿猴啼叫。我脚上穿着谢公发明的木鞋，攀登直上云霄的天梯。在半山腰看见了日出从海上升起，空中传来天鸡的叫声。

吟诵时感悟句式长短错落、字音平仄相间之美，感受换韵之美，读出入声字顿挫之感。"我欲"两字重读，"欲"入声顿挫，语气较强。"越""月"押入声月韵，显出"梦吴越"急切，"一夜飞度"之迅疾。"溪""啼""梯""鸡"押平声齐韵，渐入清幽之景后，语气渐舒缓。"湖月照我影，送我至剡溪"，这两句多为仄声，声音高昂，有梦游的轻盈、快意、迅捷，以平声"溪"为韵，音转低，有平仄相间、平衡之美。"谢公宿处今尚在"仄声多，音高昂，饱含追慕谢公之意。南朝谢灵运曾在剡溪岸边修营别墅，天姥山从此名声大振，李白仰慕谢灵运，两人均生性耿介有傲骨，都才华横溢，都放

第三章　高中古诗文唐调吟诵探析

浪山水、探奇览胜。"渌水荡漾"均为仄声，后"清猿啼"三平声，顿时意境清幽，吟起来整体有高低抑扬之美。"脚著谢公屐"再提及谢公，此句平仄交错相间，叙述平缓。"身登青云梯"为五平声，语气舒缓，轻松且仙气飘飘。"半壁见海日"五仄声连用，其中"壁"与"日"是入声短促，吟诵响亮，登山见海日光彩绚丽。"空中闻天鸡"，为五平声，天鸡一声打破仙界空灵、清幽，李白用平仄也是率性、自由而充满美感。

千岩万转路不定，迷花倚石忽已暝。
ーー｜｜｜！｜　ーー｜！！｜｜

熊咆龙吟殷岩泉，栗深林兮惊层巅。
ーーーー｜ーー　｜ーーーーーー

云青青兮欲雨，水澹澹兮生烟。
ーーーー！｜　｜｜｜ーーー

列缺霹雳，丘峦崩摧。
！！！！　ーーーー

洞天石扉，訇然中开。
｜ー！ー　ーーーー

青冥浩荡不见底，日月照耀金银台。
ーー｜｜！｜｜　！！｜｜ーーー

霓为衣兮风为马，云之君兮纷纷而来下。
— — — — — ｜　　— — — — — — — ｜

虎鼓瑟兮鸾回车，仙之人兮列　如麻。
｜ ｜ ！ — — — —　　— ！ — —

忽魂悸以魄动，恍惊起而长嗟。
！ — ｜ ｜ ｜ ！　　｜ — ｜ — — —

惟觉时之枕席，失　向来之烟霞。
— ｜ — — ｜ ！　　！ ｜ ｜ — — —

　　之后梦境在不断转换。山岩重叠，道路曲折，迷恋着花朵，倚靠着岩石，不觉天色很快就暗了下来。熊在咆哮，龙在长吟，声音震荡着岩石和泉水。这些声响使深林战栗，使层巅震惊。乌云黑沉沉要下雨了，水波荡漾升起烟雾。电闪雷鸣，山峦崩裂。仙府的石门，訇的一声从中间打开。洞外天空广阔浩荡，不见尽头，日月的光辉照耀着金银筑成的宫殿。云中神仙用彩虹做衣裳，把长风当作马，纷纷而来。老虎弹奏琴瑟，鸾鸟拉车回转，顿时仙人排列不计其数。猛然间我心惊肉跳，惊醒长声叹息，醒来时只有枕头床席还在，刚才梦中烟雾云霞消失了。

　　吟诵时可通过错落的句式、字音平仄相间、不断换韵之美来进一步追溯梦境传达的情趣、情感。"千岩万转路不定，迷花倚石忽已暝"，"定""暝"（依《广韵》反切音为去声）押去声径韵，

第三章　高中古诗文唐调吟诵探析

在恍惚迷离、陶醉沉浸中梦境开始跳跃、转换，吟诵时"万转路不定""倚石忽已暝"都是五仄声相连，"不""石""忽"为入声，吟诵时音高且有顿挫感，充满迷离之感。

"熊咆龙吟殷岩泉，栗深林兮惊层巅。云青青兮欲雨，水澹澹兮生烟"，此几句换韵，"巅""烟"押平声先韵，句式由七言转为六言楚辞体，节奏变化，梦境变化，情绪由紧张、惊惧渐转舒缓，云雨水烟奇幻莫测。

"列缺霹雳，丘峦崩摧。洞天石扉，訇然中开。青冥浩荡不见底，日月照耀金银台。霓为衣兮风为马，云之君兮纷纷而来下"，再换韵，"摧""开""台"押平声灰韵，"马"和"下"押马韵。全诗句式以七言、五言为主，唯有此处连用四个四字句，节奏强烈，铺垫了许久的高潮来临，"列缺霹雳"四个入声字连用，一字一顿，声音激越，似闪电迅疾。接着是闪电后的场景，一切豁然开朗，浩荡无边的天空，是日月闪耀、富丽堂皇的神仙居所。节奏感强，场景逼真，目不暇接，真是佩服诗人的用语精巧，音与义合。"青冥浩荡不见底，日月照耀金银台"，换为七言，节奏放缓，壮阔绚丽之景尽收眼底。神仙出场时"霓为衣兮风为马，云之君兮纷纷而来下"，换为楚辞体，"马""下"换押马韵，句式长短变化，节奏更缓，"云之君兮纷纷而来下"一句，连用"之""兮""而"三个虚词，吟诵起来从容悠闲，似乎眼前神仙纷纷衣霓乘风，从天而降。这是梦境中最辉煌最盛大的场景。

"虎鼓瑟兮鸾回车，仙之人兮列如麻。忽魂悸以魄动，恍惊起而长嗟。惟觉时之枕席，失向来之烟霞"，场景转换，再换韵，"麻""嗟""霞"押平声麻韵，吟诵时需吟出无限感慨、失落之意味。李白在梦游最壮丽场景时，也许是想到现实生活与神仙之境的对比太强烈，也许是想到宫廷生活的压迫，因悸动而惊醒而叹息，梦醒后，路又在何处？

世间行乐亦如此，古来万事东流水。
｜——！！—｜　｜—｜｜——｜

别君去兮何时还？
！—｜————

且放白鹿　青崖间，　须行即　骑访名山。
｜｜！！———　——！—｜——

安能摧眉折腰事权贵，使我不得　开心颜？
————！—｜—｜　｜｜！！———

诗人由梦醒引发议论与感叹：世间的行乐都是这样转瞬即逝，古来万事都像东流水一去不复返。"我"就要告别东鲁诸位朋友了，什么时候才能再回来呢？我暂且把白鹿放在青青的山崖间，要想远行时就骑上它去探访名山。怎么能低头弯腰侍奉权贵，使自己不得开心呢？

吟诵时，"世间行乐亦如此，古来万事东流水"中"此""水"

第三章　高中古诗文唐调吟诵探析

押上声纸韵，字音偏高，梦醒后发出的议论，人生如此短暂，行乐之事消逝如此之快，且一去不返。那么，人生该何去何从呢？"别君去兮何时还"，七言转为六言，由议论转到叙述，节奏放缓。之后换韵"还""间""山""颜"押平声删韵。"且放白鹿"四个仄声，"白鹿"为入声，四个字音高，憧憬骑鹿游仙，保持性灵纯洁。"安能摧眉折腰事权贵，使我不得开心颜"，诗句令人振聋发聩，"安能"吟诵时语气加重，加在两个七言句子前，变为九言加七言，句式灵活自由，表意更曲折丰富，"使我不得"四个仄声极有力量，"不得"为入声字，短促顿挫有力，喷薄而出的是不向权贵低头、拒绝尘寰污浊的心灵呐喊与生命誓言。

吟诵此首诗，关注句式长短错落之美，感悟不断变化的用韵之美，感悟平仄自由组合抑扬顿挫之美。诗人这场梦游"纵横变化，离奇光怪，吐句皆仙，着纸欲飞"（《网师园唐诗笺》）。诗中最后一声振聋发聩、喷薄而出、不事权贵、挣脱黄金樊笼的呐喊，照亮了无数的后人，让无数人找到了心灵的皈依与慰藉，看到了历史、生命中的光亮，也指引人们去寻找人格的独立、心灵的自由。

2.《登高》
杜甫

扫描二维码
在线听音频

吟诵重点：《登高》四联对仗工整，平仄音韵和谐，音节动人，吟诵时玩味抑扬及对仗之美；关注节奏点字音平长仄短；吟出"哀""回""来""台""杯"押韵之悠长与悲凉；吟出入声字顿挫

之感。深味诗中凝聚的浓情与大情，诗人将自己人生的悲苦、忧国忧民之心，糅合进了天地深秋之悲中，糅合进登高的大孤独、大潦倒中。

唐代宗大历二年（767），56岁的杜甫流寓夔州，处在极端困窘之中。在夔州的两年里，杜甫写下了大量诗作，其中就有《秋兴八首》及被誉为"七律之冠"的《登高》。而后，杜甫在770年离世。这位天才诗人，曾拥有蓬勃而饱满的生命追求与期许，天宝年间曾在《奉赠韦左丞丈二十二韵》中写道"甫昔少年日，早充观国宾。读书破万卷，下笔如有神。赋料扬雄敌，诗看子建亲。李邕求识面，王翰愿卜邻。自谓颇挺出，立登要路津。致君尧舜上，再使风俗淳"，真是豪迈与坚定。而之后事与愿违，所有的抱负一一落空。诗人暮年的一首《登高》，写尽了对人生之悲、时代之悲的大感慨。

吟诵杜甫的《登高》，参照唐调"诗词调"简谱，以下注标用"—"表示平声，用"｜"表示仄声，用"！"表示入声。诗的吟诵还要关注节奏点，每句偶字为节奏点，如首联为"风急/天高/猿啸/哀，渚清/沙白/鸟飞/回"，节奏点上若是仄声字微停顿，若是平声字则拖音。整首诗对仗工整，平仄音韵匀调，吟诵别有韵味。

风急　天高猿啸哀，渚清沙白鸟飞回。
— ！ — — — ｜ —　　｜ — —！ ｜ — —

第三章　高中古诗文唐调吟诵探析

无边落木 萧萧下，不尽长江滚滚来。
——｜！——｜　｜｜——｜｜—

万里悲秋常作客，百 年多病独 登台。
｜｜———｜｜　！——｜！——

艰难苦恨繁霜鬓，潦倒新停浊 酒杯。
——｜｜——｜　—｜——！｜—

　　首联写登高所见，"风急天高猿啸哀，渚清沙白鸟飞回"，吟诵时要关注，"急"的普通话是阳平，吟诵时要还原为入声字，属于仄声，吟起来短促有力，这也符合杜诗格律要求。此首诗属于七律中的仄起平收式，首联应是"仄仄平平仄仄平，平平仄仄仄平平"，第一句第二个字为仄声，"急"是入声字即符合平仄要求，第二句中的"白"也是入声字，符合第二句第四个字的仄声要求。暮秋时节，作者在三峡瞿塘峡口登高，"风急"的"急"字吟得短促，更显风旋急，肃杀飘零之感扑面而来，"天高"更觉个人渺小孤单。又听"猿啸哀"，吟诵时"哀"拖音，猿声凄厉哀远。"渚清"江中陆地一片凄清冷寂，"沙白"中"白"吟得短促，既是平仄音节调和的需要，也显出沙石素白惨淡。"鸟飞回"，一只孤鸟不断在急风中盘旋，无着无落，孤独无依。一片惨淡凄凉。

　　颔联"无边落木萧萧下，不尽长江滚滚来"，吟诵时关注节奏点中"无边""萧萧""长江""来"的拖音，"落木"两个字均是

入声字，宜短促，中国古典诗词里常用"木"字，提及"木"字的意境，常认为"叶"带有密密层层浓荫，"木"是干燥的、是疏朗的，更适合写秋天的落叶。这是从字形的角度分析，若从字音的角度看，"木"是入声字，吟起来急促，掷地有声，"叶"则更婉转。"落木"更有疏朗空阔之意味，加之是"无边"的，加之是"萧萧下"，似乎都能听到满山满地满心纷纷干裂落地的落叶声。"不尽"中的"不"是入声字，短促，长江浩大无边，"滚滚"两字吟时音高，有奔腾不息的浩瀚与阔大。在苍茫的宇宙时空中，一切都在不可遏制地流逝，个体生命在浩茫天地中更显悲凉。

颈联"万里悲秋常作客，百年多病独登台"，吟诵时关注节奏点"秋""年""登""台"的拖音，另关注"作""客""百""独"四个入声字，短促的声音暗藏深沉的哀叹。此联紧承颔联开阔苍茫的登高之景，进一步开拓时空境界，阔大幽深，将生命重重叠叠的悲秋写尽。诗人生命后十余年一直颠沛流离，"常作客"写尽了羁旅之苦、漂泊之悲，加上自己在"万里"空间之遥，亲朋音讯全无，加上"悲秋"，一层一层叠加之悲让人无法舒展。"独登台"形单影只，天高地阔，无依无靠，"多病"之躯，心力更加交瘁。"百年"极写时间之长，折磨之久。在偌大的时间与空间里，个体悲何如哉！

尾联"艰难苦恨繁霜鬓，潦倒新停浊酒杯"，关注节奏点平声字"难""霜""停""杯"字拖音，"浊"是入声字，短促，"浊

酒"着重。"艰难"既指自身命运艰难,又指国运艰难,诗人常常抱恨于志业无成而身已衰老。唐代宗大历二年(767),安史之乱虽已结束,但国事衰败,吐蕃入侵,藩镇割据,百姓仍然处在困苦之中。"潦倒"一句,诗人狼狈潦倒,困顿失意,本是酷爱喝酒,因长年多病也不能喝酒了,好酒自然没有,如今一杯浊酒,这唯一的、微薄的寄托物也不能慰藉自己了,真是无限凄凉。56岁的杜甫流寓夔州,极端困窘,59岁离世。明代胡应麟曾评此首诗,前六句"飞扬震动",到此处"软冷收之,而无限悲凉之意,溢于言外"。

杜诗是中国古诗集大成之谓,七律更甚,后人谓之"杜律"。吟诵此诗,要深味诗中凝聚的浓情与大情,诗人将自己人生的悲苦、忧国忧民之心,糅合进了天地深秋之悲中,糅合进登高的大孤独中。

3.《琵琶行(并序)》
白居易

吟诵重点:此诗平仄音韵与叙述表达相合,和谐动听;用韵依情转换,感悟用韵之美,关注入声韵之妙;吟出入声字顿挫感;多个平声字相连,是平稳叙述,多个仄声相连,加重语气;在声音一顿一提中玩味诗人情感流转;感悟诗人以平等之心对待歌女的高贵性、超越性,品味真正的知音相逢。

唐宪宗元和十年(815),当朝宰相武元衡意外遇刺身亡,白居易率先上书主张迅速查案,却被诬越职言事,这年七月被贬为江州司

马,被贬后的第二年秋天写下千古绝唱《琵琶行》。行,古体诗的一种体裁,也称"歌行",其音节、格律一般比较自由,本诗为七言歌行体,铺叙记事曲折动人。

白居易在诗序中交代了创作《琵琶行》的过程。

元和十年,予左迁九江郡司马。明年秋,送客湓浦口,闻舟中夜弹琵琶者,听其音,铮铮然有京都声。问其人,本长安倡女,尝学琵琶于穆、曹二善才,年长色衰,委身为贾人妇。遂命酒,使快弹数曲。曲罢悯然,自叙少小时欢乐事,今漂沦憔悴,转徙于江湖间。予出官二年,恬然自安,感斯人言,是夕始觉有迁谪意。因为长句,歌以赠之,凡六百一十六言,命曰《琵琶行》。

吟诵七言诗,节奏为"二二二一",七言诗中第二、第四、第六、第七个字均为节奏点,若是平声则平稳绵长,若是仄声则音稍短,若是入声则音短促,第七字遇仄声也可以因情感需要先顿挫再微拖音。白居易精通音律,这首诗吟起来平仄十分动听,用韵依情转换,入声韵穿插尤为精妙,诗中入声字多,顿挫感强。下面依据叙事及用韵,分层探析吟诵方法。

吟诵这首诗,参照唐调"诗词调"简谱,以下注标用"—"表示平声,用"丨"表示仄声,用"!"表示入声。

第三章　高中古诗文唐调吟诵探析

浔阳江头夜送客，枫叶荻花秋瑟瑟。
－－－－｜｜！　－！！　－－！！

主人下马客在船，举酒欲饮无管弦。
｜－｜｜！｜－　｜｜！｜－－

醉不成欢惨将别，别时茫茫江浸月。
｜！－－｜－！　！－－－－｜！

忽闻水上琵琶声，主人忘归客不发。
！－｜｜－－－　｜－｜－！！！

全诗开始一片悲凉，诗人在偏远的浔阳江边夜间送客，霜叶衰草，秋意萧瑟，有酒无乐，秋江月影，在一片清冷惨淡之境中，忽闻水上琵琶声，主客均被琵琶吸引，自然引出琵琶女。吟诵此八句，关注换三次韵，"客""瑟"押入声韵，"船""弦"押平声先韵，"别""月""发"押入声韵，入声短促顿挫。入声韵多，加重离愁别绪之悲，有哽噎感。"枫叶荻花秋瑟瑟"，"叶""荻""瑟瑟"为入声叠用，吟诵短促低沉，顿挫相连，更显秋意之悲凉浓郁。"主人下马客在船，举酒欲饮无管弦"，叙述平淡，改用平声韵，吟诵时可适当摇曳拖长，传达离别在即却无音乐助兴的凄凉。"醉不成欢惨将别，别时茫茫江浸月"，吟诵音节抑扬动听，"醉不"音高，"成欢"音低，"惨"音高，凄惨之意顿浓，两个"别"字顿挫相承，"茫茫"叠词音低，一片空旷茫然，"浸月"音高，一片清冷静谧，

"别""月"入声韵短促,更显愁绪凝结。"忽闻水上琵琶声,主人忘归客不发","忽"入声短促,水上琵琶声破空而来,"客不发"三入声字连用,琵琶声打破之前的冷寂,离别之人情绪陡转,为下文琵琶女出场蓄势。

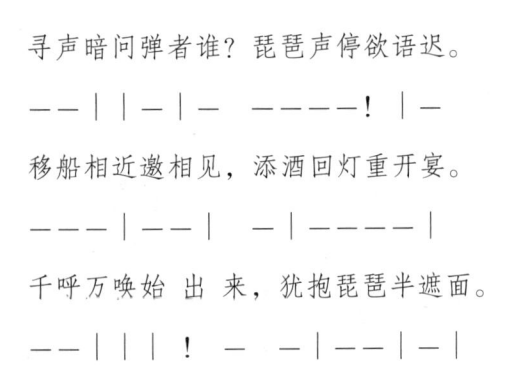

寻声暗问弹者谁？琵琶声停欲语迟。
——｜｜－｜－　－－－－！｜－
移船相近邀相见，添酒回灯重开宴。
———｜－－｜　－｜－－－｜
千呼万唤始　出　来，犹抱琵琶半遮面。
——｜｜｜　！　－　－｜－－｜－｜

在寻声暗问、移船相邀、千呼万唤中,诗人与琵琶女终于相见。"寻声暗问弹者谁？琵琶声停欲语迟"两句,"谁""迟"押平声支韵,吟出低声询问、欲语又迟的低回。后四句"见""宴""面"押去声霰韵,主客重开宴、歌女始出来,然犹半遮面,一改之前的悲戚。"千呼万唤始出来",四个仄声连用,吟起来精神一振,"犹抱琵琶半遮面",琵琶女的矜持中似有苦衷。

转轴　拨　弦三两声，未成曲　调先有情。
｜！！－－｜－　｜－！｜－｜－

第三章 高中古诗文唐调吟诵探析

弦弦掩抑 声声思,似诉平生不 得 志。
ーー｜！ーー｜　｜｜ーー！！｜

低眉信手续 续 弹,说 尽心中无限事。
ーー｜｜！！ー　！｜｜ーー｜｜

"转轴拨弦三两声,未成曲调先有情"两句,"声""情"押平声庚韵,先随手调整音弦,尚未成曲就有情韵。"弦弦掩抑声声思,似诉平生不得志。低眉信手续续弹,说尽心中无限事",换韵,"思"(读第四声)"志""事"押去声寘韵;"弦弦掩抑声声思,似诉平生不得志","弦弦""声声"叠词连用,与"掩抑""思"相接,在高低错落中,每弦每声低沉充满情思,"不得志"三仄声相连,顿挫感强,语气短促加重,能意会此情,亦可谓知音。

轻拢慢捻 抹 复挑,初为《霓裳》后《六幺》。
ー｜｜！！｜｜　ーーーー　｜　！｜

大弦嘈嘈如急 雨,小弦切 切 如私语。
｜ーーーー！｜　｜ー！｜！ーー

嘈嘈切 切 错 杂 弹,大珠小珠落玉 盘。
ーー！！　！ー　｜ー｜ー！！ー

间关莺语花底滑, 幽咽 泉流冰下难。
｜ーー｜ー｜！　ー！ーーー｜ー

唐调流韵：古诗文吟诵探析

冰泉冷涩 弦凝绝，凝绝不 通声暂歇。
——｜！——！ —！ ！——｜！

别有幽愁暗恨生，此时无声胜有声。
！｜——｜｜— ｜———｜｜—

银瓶乍破水浆迸，铁骑突 出 刀枪鸣。
——｜｜｜—｜ ！｜！ ！———

曲终收拨 当心画，四弦一 声如裂 帛。
！——！——！ ｜—！——！！

东船西舫悄无言，唯见江心秋月 白。
———｜｜—— —｜———！！

以上写琵琶女琴艺高超。"轻拢慢捻抹复挑，初为《霓裳》后《六幺》"，写琵琶女娴熟的弹奏技艺，《霓裳》和《六幺》都是唐朝名曲。关于此两句押韵，研究音韵学的学者张仁贤先生解释道："挑"上声筱韵，"幺"去声啸韵，筱啸可以通押。《全唐诗》作"六幺"，注云："一作绿腰。"《康熙字典》引《琵琶录》："绿腰即录要也。本自乐工进曲，上令录出要者，乃以为名。后转呼绿腰，又讹为六幺也。"要，《广韵》於笑切，去声啸韵；挑，上声筱韵。""挑""幺"按《广韵》是押仄韵的，与现在普通话不同。

"大弦嘈嘈如急雨，小弦切切如私语"，琵琶有四弦或五弦，"大弦"是粗的弦；"小弦"是细的弦。吟诵此两句，"雨""语"

第三章　高中古诗文唐调吟诵探析

上声麌、语韵；"嘈嘈""切切"叠词摹声，"切切"且入声叠用，顿挫轻微；嘈嘈如"急雨"，"急"字入声短促，更显急促粗重，切切如"私语"，将乐声形象化。

"嘈嘈切切错杂弹，大珠小珠落玉盘"，描述琵琶声两种旋律交错如大珠小珠落在玉盘，应接不暇。吟诵时，此两句始换韵，"弹""盘"押平声寒韵，可适当拖音摇曳有回味，"切切""错杂"四入声连用，"落""玉"入声，频繁顿挫，更显落下的声音缤纷有弹性。

"间关莺语花底滑，幽咽泉流冰下难"，弦声时而轻快宛转如黄莺花下啼声；弦声时而艰涩低沉如泉水冰下呜咽。吟诵时，"难"同"弹""盘"押平声寒韵，略拖音显琴声艰涩。"滑"入声，短促迅捷，声音流转无碍。"咽"入声，声音幽咽有阻。

"冰泉冷涩弦凝绝，凝绝不通声暂歇"，琴声凝绝，如冰下流泉冷涩冻结，暂时停歇。吟诵时，声音与意境相合，两句换韵，"绝""歇"入声韵，更显声音受阻不通停歇。两个"凝绝"顶真连用，突显声音断绝不通。

"别有幽愁暗恨生，此时无声胜有声"，琵琶声停的时刻，似有深藏的怨愤，静默之声意味无限，胜过有声之境。吟诵时，"生""声"押平声庚韵，稍加拖音，如有幽愁暗恨，平仄之声相间，在一低一提中玩味无声胜有声之境。

"银瓶乍破水浆迸，铁骑突出刀枪鸣"，声暂歇后，突然琴声爆发,如银瓶乍破,水浆裂溅,又如铁骑突冲、刀枪击鸣,雄壮激越。吟诵时,"乍破"仄声音高,"铁骑突出"均为仄声,"铁""突出"为入声短促,突显琴声暂歇抑制后,爆发迅捷强烈,锐不可当。"鸣"与前两句一样押平声庚韵,稍拖音,如鸣声回荡。

"曲终收拨当心画,四弦一声如裂帛。东船西舫悄无言,唯见江心秋月白",一曲终了,收起拨子,对弦心一划,如裂布帛,干脆清越,摄人心魄。四周悄然,唯有皎洁秋月,静静倒映江心。吟诵此四句,"画""帛""白"押入声陌韵,突显音乐戛然而止,呈现刹那宁静的无言之美。"曲""拨""画""一""裂帛"入声相间连用,顿挫感强,如琴声收束干脆利落。"无言"平声略低延长,似有余韵。"唯见"稍加重,"江心秋月"音低,"月""白"入声短促,更显清冷。听众都沉浸其中,静谧虚空,余韵无穷。

琵琶女技艺精妙,诗人用高超的语言艺术,精细描摹曲折丰富的琵琶声。吟诵时,形象感和画面感极强,想象翩跹,情韵丰富,动人心魄。

沉吟放拨　插弦中,整顿衣裳起敛容
—　—　｜　!　!　—　—　　｜　｜　—　—　｜　｜　—
自言本是京城女,家在虾蟆陵下住。
｜　—　｜　｜　—　—　｜　　—　｜　—　—　—　｜　｜
十三学　得　琵琶成,名属　教坊第一　部。
!　—　!　!　—　—　—　　—　!　｜　—　｜　｜　|

第三章　高中古诗文唐调吟诵探析

曲罢曾教善才服，妆成每被秋娘妒。
！｜ー一｜ー！　ー一｜｜ー一｜

五陵年少争缠头，一曲　红绡不　知数。
｜ー一｜ー一一　！　！ー一！ー｜

钿头银篦击节碎，　血　色　罗裙翻酒污。
｜ー一｜！　！　｜　！　！ー一一｜｜

今年欢笑复明年，秋月　春风等闲度。
ー一一｜｜ー一　ー！ー一｜ー｜

弟走从军阿　姨死，暮去朝来颜色　故。
｜｜ー一！ー｜　｜｜ー一！｜

门前冷落鞍马稀，老大嫁作　商人妇。
ー一｜！ー｜｜　｜｜｜！ー一｜

商人重利轻别　离，前月　浮梁买茶去。
ー一｜｜ー！ー　ー！ー一｜ー｜

去来江口守空船，绕船月　明江水寒。
｜ー一｜｜ー一　｜ー！ー一｜ー

夜深忽　梦少年事，梦啼妆泪红阑干。
｜ー！｜｜ー｜　ー一ー一｜

此部分为琵琶女自叙。"沉吟放拨插弦中，整顿衣裳起敛容"，琵琶女若有所思，将拨插入弦中，稍加整顿衣裳，神色端庄，站起身

来，恭敬回答诗人问话。吟诵此两句，"中""容"押平声东、冬韵，琵琶女一系列动作从容、舒缓、轻柔。

"自言本是京城女……血色罗裙翻酒污"，琵琶女自叙辉煌过往。自己本是长安女子，住长安城东南方的虾蟆陵。13岁学成琵琶，编排在教坊之中最优秀的一队。一曲弹完，乐师也佩服，妆容貌美，其他秋娘嫉妒。京师富贵子弟争着赏赐缠头，一曲弹罢，不知得多少彩绸。用首饰打拍子，碎了也不足惜；纵酒欢歌，红罗裙被酒弄脏。琵琶女红极一时，肆意纵情享乐。吟诵时，均为仄声韵，"住""妒""数""污"（依《广韵》旧读去声）字押去声遇韵，"部"字上声麌韵，可通韵，叙述个人遭遇，情绪饱满，年少时风光无限。"名属教坊第一部"中多为仄声，"属""一"入声短促加重，"第一部"三仄相连音高，极写年少得意。"善才服"中"服"入声加重，"善才"即小序所言"穆、曹二善才"，师辈心生佩服，突显琵琶女精湛技艺。"一曲红绡不知数"中"一曲""不"为入声，短促音高，吟诵句子缓急抑扬，进入情境，无数子弟为她倾倒。"钿头银篦击节碎，血色罗裙翻酒污"中，"击节碎"加重，"击节"入声短促，似乎听到首饰尽情打拍直至碎裂之声，"血色"入声短促加重，艳红罗裙被酒污，视觉冲撞画面感强。

"今年欢笑复明年，秋月春风等闲度……前月浮梁买茶去"，写琵琶女命运陡转，弟弟参军亲人死去，容颜衰老，沦落江湖，嫁作商人妇。吟诵时，均为仄声韵，"度""故"押去声遇韵，"妇"上声

第三章　高中古诗文唐调吟诵探析

麌韵（依据张仁贤先生注旧读音,《康熙字典》有引《正韵》"防父切"一读,则"妇"亦入上声麌韵）,"去"去声御韵,可通韵。仄声韵音偏高,情韵浓郁。"今年欢笑复明年,秋月春风等闲度",平声较多,整体吟诵舒缓,似缓缓诉说时光流逝的留恋与惋惜。"弟走从军阿姨死,暮去朝来颜色故","弟走""阿姨死"音偏高,这是琵琶女生命中极大的转折事件,"暮去朝来"仄声高平声低,语速稍缓慢,在无数朝暮流转中,红颜老去。"冷落"语气加重,由繁华至冷落,无限悲叹。"老大嫁作"四仄声相连,音偏高,琵琶女年纪大了,无奈嫁与重利轻别离的商人。

"去来江口守空船……梦啼妆泪红阑干"四句,写琵琶女的凄凉孤单,夜深回忆当年,梦中啼哭,泪水纵横。吟诵时,此四句换平韵,"船"平声先韵,"寒""干"平声寒韵,吟诵平稳延长,徒留清冷悲苦。"忽梦少年事"一句音稍强,真是不堪回首。"梦啼"一句多为平声,吟诵低回延长。

我闻琵琶已叹息，　又闻此语重　唧唧。
｜－－－｜｜！　｜－｜｜－！！
同是天涯沦落　人，相逢何必　曾相识！
－｜－－－！－　－－－！　－　－！
我从去年辞帝京，谪　居卧病浔阳城。
｜－｜－－｜－　！－｜｜－－－

浔阳地僻 无音乐，终岁不 闻丝竹 声。
——｜！ ——！ —｜！ ——！ —

住近湓江地低湿，黄芦苦竹 绕宅 生。
｜｜——｜—！ ——｜！｜！ —

其间旦暮闻何物？ 杜鹃啼血 猿哀鸣。
——｜｜——！ ｜——！ ———

春江花朝秋月 夜，往往取酒还独 倾。
—————！｜ ｜｜｜｜—！ —

岂无山歌与村笛？呕哑嘲哳 难为听。
｜———｜—！ ———！ ———

今夜闻君琵琶语，如听仙乐 耳暂明。
—｜————｜ ———！｜｜—

莫辞更坐弹一 曲， 为君翻作《琵琶行》。
！—｜｜—！！ ｜——！ ———

琵琶女自叙后，引发诗人"同是天涯沦落人"的强烈共情与感叹。"我闻琵琶已叹息……相逢何必曾相识"四句，"息""唧""识"押入声职韵，情绪凝结。"已叹息"音高，叹息深重。"唧唧"入声叠用，顿挫感强，加重了叹息。"同是天涯沦落人，相逢何必曾相识"，"落""必""识"入声加重，"是"仄声音高，其余十字为平声，吟诵整体平稳延长，表达同病相怜之悲戚：

第三章 高中古诗文唐调吟诵探析

琵琶女与白居易都来自京城,都经历辉煌,都沦落偏远,结局凄怆。

"我从去年辞帝京……为君翻作《琵琶行》",诗人自叙遭遇,吟诵时"京""城""声""生""鸣""倾""明""行"押平声庚韵,平稳拖音。依据所标平仄吟诵,吟出入声顿挫感,如诗人缓缓道出贬谪经历、失意心情:去年离京,贬至浔阳,经常卧病,偏僻无乐,地势低湿,黄芦苦竹绕宅,杜鹃猿啼凄婉,美景难遣寂寥,山歌村笛嘲哳。"往往取酒还独倾"有四仄声连用,"独"入声短促,纵有春江花开之美、秋月皎洁之夜,却难以遣怀,只能独自饮酌,可见苦闷与感伤。"今夜闻君琵琶语,如听仙乐耳暂明",此两句略加重语气,"暂"字音高,今夜忽听"铮铮然有京都声"的琵琶声,恍如仙乐,忽然耳为之一振,这是久违的来自长安的音乐,来自精神家园的声音,怎不让人心醉。诗人白居易曾在16岁便带着《赋得古原草送别》只身赴长安闯天下,29岁中进士,32岁以"拔萃"登科,后授翰林学士,草拟诏书,参与国家机密政事,何等意气有为。"莫辞更坐弹一曲","莫辞""一曲"入声短促稍重,诚恳相邀不要推辞,请再坐下来,弹上一曲,我愿为君按曲填词《琵琶行》。

感我此言良久立, 却 坐促 弦弦转急。
｜｜｜——｜!　!｜!——｜!

凄凄不 似向前声,满座重闻皆掩泣。
——!｜｜——　｜｜———｜!

唐调流韵：古诗文吟诵探析

座中泣下谁最多？江州司马青衫湿。
｜ — ！ ｜ — ｜ — — — ｜ — — ！

琵琶女被我这些话感动，站立良久，重回原位坐下，调紧琴弦，琴声急促，音乐凄恻哀伤，满座的人都掩面哭泣。谁的眼泪最多？就是江州司马我啊。吟诵关注，"立""急""泣""湿"押入声缉韵，顿挫感强，情绪哀切凝结。"感我""久立"仄声加重语气，琵琶女也有感于诗人"同是天涯沦落人"的遭遇及感慨，却坐、促弦、弦转急，"却""促""急"入声相间，琵琶女动作干脆连贯。"掩泣""泣下"，"泣"字入声连用，"掩泣"收束迅捷低沉，如情哽噎，"泣下"加重，似闻泣声不断。"江州司马青衫湿"，此句平声多，吟诵整体低回延长，"湿"字音低有力收束快。言尽意无穷，经由声音，进入情境，似乎感到泪湿青衫的心灵，是寂寞、悲愤、落寞、凄凉、无可奈何、无依无聊的心灵得到安慰，是获得知音的感动。

刘勰的《文心雕龙·知音》有言："知音其难哉！音实难知，知实难逢，逢其知音，千载其一乎？"诗人与琵琶女相遇，便是一次千载难逢的知音邂逅。然而白居易是失意的士大夫，琵琶女却是天涯歌女，两人社会阶层、文化修养截然不同，本无交集。白居易的高贵、超越处正在于，他以悲悯之心、平等之心对待沦落天涯的歌女，成就了真正的知音相逢。唐朝一切繁华或动荡已成为过眼烟云，这首《琵琶行》跨越时空，一声一声，从浔阳江边传来，慰藉无数孤寂、失意之人,给人以"逢其知音"的感动,给人以追寻知音的力量。

4.《声声慢》

李清照

吟诵重点:感悟词人借节候、饮酒、雁声、黄花、梧桐雨等场景表达无限悲戚之情;反复吟诵,体味字音平仄、叠词、押入声韵与情感的关联。

《声声慢》最早词名《胜胜慢》,此曲较之一般的慢曲还要曼声缠绵,后之词人又作《声声慢》。清代毛先舒《填词名解》有云:"《声声慢》,宋蒋捷赋秋声,俱用'声'字收韵,故名之。"蒋捷在《声声慢》中描绘了雨声、风声、更鼓声、檐铃声、彩角声、笳声、砧声、虫声、雁声,从深夜到拂晓,不断袭来,在太湖隐居的他能听到每一声,一声一声愁断人肠,令人惊心。李清照的《声声慢》用了入声韵,一声声愁断人肠。这是李清照后期词作,北宋灭亡后,词人南渡,不久丈夫赵明诚又死了。词人漂泊东南,无依无靠。

吟诵这首词,用陈以鸿先生总结的参照唐调的"诗词调"。以下用"—"表示平声,用"|"表示仄声,用"!"表示入声字:

寻 寻 觅觅, 冷冷 清 清,凄 凄 惨惨戚 戚。
— — ! !　　| | — —　— — | | ! !

乍暖还寒时候，最难将息。
｜｜——｜　｜——！
三杯两盏淡酒，怎敌他、晚来风急！
——｜｜｜　｜！—　｜——！
雁过也，正伤心，却是旧时相识。
｜｜｜　｜——　｜—｜——！
满地黄花堆积，憔悴损，如今有谁堪摘？
｜｜——！—｜｜　——｜——！
守着窗儿，独自怎生得黑！
｜｜——　！｜｜—！！
梧桐更兼细雨，到黄昏、点点滴滴。
——｜—｜｜　｜——｜｜！！
这次第，怎一个愁字了得！
｜｜｜　｜！｜—｜｜！

"寻寻觅觅，冷冷清清，凄凄惨惨戚戚"，开篇十四个叠词，吟诵起来高低错落，大珠小珠落玉盘，"寻寻"平声，"觅觅"是押入声韵，音短促，顿挫感立出，"冷冷"上声音高，"清清"平声，"凄凄"平声，"惨惨"上声音高，"戚戚"押入声韵，音短促，哽咽感顿出。十四个叠词将内心感觉层层推出，寻而未果的不安失落、孤寒无托的无依无聊，内心凄凉悲苦。

第三章　高中古诗文唐调吟诵探析

"乍暖还寒时候，最难将息"，秋天冷暖不匀，早上太阳出来，使人感到暖和，不久就起风，让人寒冷。吟诵时"将息"的"息"是入声字，急促低沉收束，声音凝绝亦是情感凝绝。这种外在气候的不定引人伤怀，想调养自己，却怎么都不舒服，怎么都难过，怎么都不安心。

李清照在寻觅什么，为何悲戚、难将息？

或许是因为丈夫赵明诚吧。李清照18岁嫁与赵明诚，31岁时，赵明诚为李画像题词：清丽其词，端庄其品，归去来兮，真堪偕隐。两人多年共同致力于金石、书画研究，李清照43岁那年，赵明诚任淄博知州，得白居易手书《楞严经》，"遂携归与妻共赏，相对展玩，狂喜不支"，两人琴瑟合鸣、赌书泼茶、共玩金石的时光是她一生中最安宁、幸福的日子。1129年8月，赵明诚在建康病逝，李清照46岁，赵明诚49岁。李清照51岁时，为丈夫《金石录》写《后序》时叹息道："今手泽如新，而墓木已拱，悲夫！"李清照约73岁时，将丈夫的《金石录》表进于朝廷。与赵明诚相知相爱，她必然进入一种凄凉、悲惨、哀戚的心境中。

或许是寻觅安身之所吧。她要寻觅被金人侵占的故国、京都，要寻觅被金兵蹂躏践踏的家乡故土，要寻觅在战乱中散佚的宝贵文玩，要寻觅一个安身之处，最终她却只有颠沛流离、无处安身！

或许是寻找一位绝世女子的生存空间吧。李清照虽为女性，却有着大丈夫气概，曾写下《夏日绝句》："生当作人杰，死亦为鬼雄。至今思项羽,不肯过江东。"她力主恢复中原,讽刺投降者,不断遭到中伤。战乱、国破、夫死、亡命、被中伤、被辱没……据陆游《渭南文集》载,李清照大约七十三岁时,拟将自己的才学传授给一位孙氏女子,但被以"才藻非女子事也"拒绝,可见李清照晚年景况甚是凄凉!在这样恶劣的生存环境中,李清照要寻找属于自己的尊严、生存空间何其难哉。但经历的种种使她心寒、心冷、心悲,因此"难将息"!

"三杯两盏淡酒,怎敌他、晚来风急",本想努力借烈性之酒御寒,但晚来秋风急促,酒力怎能敌这寒凉。吟诵此句高低错落,"三杯"平声,"两盏淡酒"四仄声相连,吟起来音在高处,之后突然跌落到"怎敌他、晚来风急","敌"是入声字,吟诵时低沉而短促,"急"是入声韵十分短促,相较于普通话读阳平,更能传达借酒消愁之努力与浓愁终不可解的无可奈何。

"雁过也,正伤心,却是旧时相识",伤心时,却听得空中有大雁飞过,雁本可传情,今日鸿雁从云中飞,它们应是从北方故乡飞来,该是旧时相识的吧,但为何不捎来亲人的书信啊,关爱之人已不在,再也没有人捎来问候,物依然人已非,无限悲凉。"雁过也",吟诵此句"也"字拖音,意味无穷,"却是旧时相识"低沉,"识"押入声韵,收束短促,无限怅惘。

"满地黄花堆积,憔悴损,如今有谁堪摘",寒风急促,菊花落满园,自己已是憔悴极了,如今还有什么姣容值得去簪发花面相映。在以前平常的时光里,有人怜爱,李清照常常爱拿花来自比,"奴面不如花面好。云鬓斜簪。徒要教郎比并看",这样的娇态让怜爱她的人更不舍得。在《醉花阴》中写到"东篱把酒黄昏后,有暗香盈袖。莫道不消魂,帘卷西风,人比黄花瘦",在悲愁中往往希望能得到所爱之人的关怀和抚慰。"人比黄花瘦"之句。其意固正在欲以自己之憔悴消瘦邀人怜惜,且希望对方能因此怜惜自己而早日归来也。可是如今斯人既已逝,更复向何人邀取怜惜?所以乃一任黄花之"憔悴损"而更无摘赏之、比之的兴致了,表达无人怜爱之苦,正是"一枝折得,人间天上,没个人寄。"吟诵时"积""摘"均是入声字,低沉短促,这种急切收束实为情绪压抑。

"守着窗儿,独自怎生得黑",饮酒、闻雁、看花,一连串而下,直写到守窗独坐唯盼时光流逝的孤寂无奈之境,对白日无可期待。守着窗儿,独自一人,怎么能够挨到天黑?此句口语化直抒心绪。"独自怎生得黑"一句中"独""得""黑"三个入声字,顿挫感极强,情绪凝绝低落至极。

"梧桐更兼细雨,到黄昏、点点滴滴",人的情绪本来就低落至极,又兼梧桐叶落,又兼细雨绵密,到黄昏时,空阶上点点滴滴,由白天到黄昏,孤凄寂寞无尽无休。李清照曾在《采桑子》中写道"伤心枕上三更雨,点滴霖霪,点滴霖霪,愁损北人"。又有温庭筠《更漏子》"梧桐树,三更雨,不道离情正苦。一叶叶,一声声,空阶滴到明"。正是这种点点滴滴的声音,无尽无休,更要滴碎人心。吟诵"点点滴滴"时,"点点"两字是上声,音高,"滴滴"入声字,轻且短促，有音乐性，有敲击感，真似点点滴滴都滴到人心底里。

"这次第，怎一个愁字了得"，这般情形这般光景，一个愁字怎能概括。口语化的一句，无需艺术雕琢，坦白的口吻表达这种愁绪让自己无法摆脱。自节候之伤怀、遣愁之无计、雁过之伤心、黄花之憔悴、黄昏之梧桐雨滴，总结全词所历叙的种种情事，呼应着开端的十四个叠字，种种哀感触绪纷来。故难将息，十分凄苦。

李清照是精通音律的，《声声慢》整首词吟诵时字音婉转动人，字音与字义结合巧妙，尤其是开头七组十个叠词及下片两组四个叠字，造语自然，不仅淋漓尽致地表现词人迷茫和悲戚心情，且富有音乐美感。加之押入声韵，低沉哽咽，让人吟来既悲伤又沉浸于凄美意境中。易安是李清照的号，李清照与赵明诚存放金石处名易安堂，"易安"二字出自陶渊明的《归去来兮辞》中的"倚南窗以寄傲，审容膝而易安"，然而她的一生何其不易不安。如果李清照若是个等闲之辈也就算了，但她偏偏以笔唤天。她凭借极高的艺术天赋，将漫天愁绪抽丝剥茧般，创作美词，化悲愁人生为审美人生，让人感受到哀怨中的执着坚韧。

第四节 上古散文吟诵例析

陈以鸿先生在《茹经先生读文法管窥》中论及"上古散文调"："第三类是上古散文，以经书为主，因写法古朴，读法也比较庄

第三章　高中古诗文唐调吟诵探析

重而拘谨"。^①上古散文调，在此主要指写法古朴的先秦散文，以经书为主，在结尾处用"２１６"拖音收尾，也常被称为"读经调"。

唐文治先生注重读经。他曾引用英国大使朱迩典与严复先生的一段对话倡导读经，大使谓："中国决不至于亡，读宝书足矣。"严询问何谓宝书，对曰："中国十三经是已。"唐文治先生在《读经史子集大纲及分类法》中论及："外人尊重我国经典若此，而近时我中国人不读中国经书，未免谬误。试问古今中外，有自灭其本国之文化而其国能久存者乎？固决知其必无有也。"^②唐文治先生主张读经先读《孝经》《论语》《孟子》《大学》《中庸》，后循序读《周易》《尚书》《诗经》《礼记》《春秋》五经。

唐文治先生在1948年录制灌音片时收录了先秦左丘明《左传·吕相绝秦》一文，他读此篇与其他文章不同，用的是"上古散文调"，又称"读经调"。此读文法中正、古朴、匀速，起伏不大，较之读后世散文略快，用"２１６"拖音收束。唐先生在研究《吕相绝秦》时转引了明代孙月峰的评论："通篇虽是造作语言，就文而论，最为工练。叙事婉曲有条理，字法细，句法古，章法整，篇法密，诵之数十过不厌，在辞令中又是一种格调，古今无两，可谓神品。"^③古朴、

---

① 陈以鸿：《茹经先生读文法管窥》，《唐文治先生学术思想讨论会论文集》，苏州大学，第63—64页。
② 唐文治：《唐文治国学演讲录》，上海交通大学出版社，2017年，第5页。
③ 唐文治《国文经纬贯通大义》，文史哲出版社，1987年，第161页。

中正的"上古散文调"，能展现此文的工练、条理以及"字法细，句法古，章法整，篇法密"等特性。

在教学中，可用唐调中的"上古散文调"吟诵经书篇目。吟诵时要掌握行文线索脉络，划分层次，拖音收束，融入情感吟出抑扬顿挫美，通过活动设计，体会吟诵气韵，感悟文章要义。

关于活动设计，以普通高中教材选择性必修上册《〈论语〉十二章》中一句为例，通过吟诵活动设计加深理解文意，如：吟诵练习，吟出入声字的短促顿挫感，吟出结句拖音"２１６"；比较吟诵与普通话朗读"不可以不""不亦……乎"语气表达上的不同。

在普通高中语文教材中，《子路、曾皙、冉有、公西华侍坐》《〈论语〉十章》《大学之道》《人皆有不忍人之心》《烛之武退秦师》等篇目均可以用"上古散文调"吟诵。

扫描二维码
在线听音频

1.《〈论语〉十二章》

吟诵重点：用唐调中的"上古散文调"吟诵《论语》；吟诵抑扬起伏，整体稳定、均匀、中正；感悟语录体骈句及骈散结合之情韵；感悟虚词蕴含的丰富语气，吟出入声字的着重语气。

孔子（前551—前479），名丘，字仲尼，鲁国陬邑（今山东省曲阜）人，儒家创始人。"子"是对他的尊称。近现代史学家、教育家柳诒徵曾说："孔子者，中国文化中心也。无孔子则无中国文化。自孔子以前数千年之文化，赖孔子而传；自孔子以后数千年之文化，赖

第三章 高中古诗文唐调吟诵探析

孔子而开。"这是因为对中华民族影响最大的儒家"六经"(《诗》《书》《礼》《乐》《易》《春秋》)都与孔子关联紧密。除了"六经",孔子对后世影响巨大的还有《论语》。

《论语》的"论",意思是按照一定的次序排列言论。《论语》由孔子的弟子及其再传弟子编纂而成,内容主要是孔子谈话、答弟子问及弟子间相与问答,集中体现了孔子的政治主张、伦理思想、道德观念及教育原则等,是研究孔子思想的主要资料。

《论语》的吟诵可用唐调中的"上古散文调"。"上古散文调"中正、典雅、质朴而简单,读经要一个字一个字地读清晰,吟诵时抑扬起伏,在结尾处用"２１６"(参照陈以鸿先生总结的"上古散文调")拖音收尾,此读法也常称为"读经调"。在高低中保持节奏的稳定、均匀、中正,这也正符合经书的特点。统编教材中,《子路、曾皙、冉有、公西华侍坐》、《〈论语〉十二章》、《大学之道》(选自《礼记》)、《人皆有不忍人之心》(选自《孟子》)、《〈老子〉四章》、《五石之瓠》(选自《庄子》)、《兼爱》(选自《墨子》)等篇目在教学中都可以用"上古散文调"吟诵。

下面就一一分析《〈论语〉十二章》每章的吟诵要点。

子曰:"君子食无求饱,居无求安,敏于事而慎于言,就有道而正焉,可谓好学也已。"(《学而》)
２１６

孔子说："君子吃不追求餍足肥鲜，住不追求舒适安乐，处事敏捷，说话谨慎，到有道德的人那里去请教，匡正自己的错误，这样可以称为好学。此章骈散结合，吟诵时抑扬起伏，中正、平稳，"食无求饱"音上扬，"居无求安"音低走，"敏于事而慎于言"音上扬，"就有道而正焉"音上扬，"可谓好学也已"是总结，语气加强，"学"是入声字，短促、着重，"也已"用"２１６"拖音收尾，强调君子的"好学"不仅是勤于学，还包括饮食、居住、行事、说话、求学等方面的要求。

子曰："人而不仁，如礼何？／人而不仁，如乐何？"（《八佾》）
　　　　　　　　２１６　　　　　　　　　　２１６

孔子说："人如果没有仁爱之心，礼又有什么用？人如果没有仁爱之心，乐又有什么用？"此章为工整的整句，两个"如……何"，强调没有仁，礼、乐便陷于表面形式。吟诵时，"人而不仁"音上扬，"不"入声短促，"不仁"两字着重，"如礼何"音低走，用"２１６"拖音收束，第二个"人而不仁"音上扬，"如乐何"用"２１６"拖音收束。在抑扬、拖音中，感悟孔子对不仁的批评。

第三章　高中古诗文唐调吟诵探析

子曰："朝闻道，夕死可矣。"(《里仁》)
　　　　　　　　２１６

孔子说："早上能听到道，就是晚上死也没有遗憾了。"此章句式整中有散，吟诵时，"朝闻道"音上扬，"闻道"两字着重，强调闻道的重要性。"夕死可矣"，"夕"是入声字，"夕死"吟诵短促、语气加重，"可"音高、略停顿，"矣"用"２１６"拖音收束，感悟其中对"道"的强烈追求。

子曰："君子喻于义，小人喻于利。"(《里仁》)
　　　　　　　　　２１６

孔子说："君子只晓得道义，小人只晓得利益。"此两句对仗工整，语意相对，吟诵中正、均匀，"君子喻于义"音上扬，后一句"于利"用"２１６"拖音收束。从义利的角度来区别君子与小人，体会君子对内在精神的探求。

子曰："见贤思齐焉，见不贤而内自省也。"(《里仁》)
　　　　　　　　　　　２１６

孔子说："见到贤人，就想跟他等齐；见到不贤的人，就自己反省，怕自己有这样不好的行为。"吟诵时前一句音升，后一句字数更多，有摇曳之美，"而"略停顿，"内自省"着重，"也"字用"２１６"拖音收束。勉励人们发掘自身的"贤"。

子曰："质胜文则野，文胜质则史。文质彬彬，然后君子。"２１６
（《雍也》）

孔子说："（一个人）朴实超过了文采，就显得粗陋；文采超过了朴实，就虚伪、浮夸。朴实和文采配合恰当，才是君子。"吟诵此章，"则"是入声字，短促停顿，"野""史"两字重音。"文质彬彬"音高走，强调"质"与"文"是同等重要。"君子"用"２１６"拖音收束。君子是内在品质与外在修饰统一的，是表里一致的。

曾子曰："士不可以不弘毅，任重而道远。仁以为己任，不亦重乎？死而后已，不亦远乎？"（《泰伯》）
２１６

曾子说："士不可以不刚强坚定，因为他责任重大，道途遥远。士把行仁道作为自己的责任，这责任不是很重吗？到死了才停止，这道路不是很遥远的吗？"吟诵此章，"不可以不"中"不"是入声字，吟诵短促有力，两个"不……不……"连用，在顿挫之间，双重否定，加重强调士"任重道远"。"不亦"都是入声字，"不亦重乎"音上扬，第二个"不亦远乎"用"２１６"拖音收束。两个"不亦……乎"连用，有音韵之美，在婉转口气中又有坚定的力量。

子曰："譬如为山，未成一篑，止，吾止也。／譬如平地，虽覆一
２１６

第三章 高中古诗文唐调吟诵探析

篑，进，吾往也。"(《子罕》)
　　　　２１６

孔子说："好比用土堆山，只差一筐土就完成了，如果这时停下来，那是我自己要停下来的；在平地上堆山，虽然只倒下一筐，如果继续前进，那是我自己要前进的。"此章以堆山为喻，骈体工整，吟诵时平稳、中正，每一句音渐次上升，至"吾止也""吾往也"语气加重，强调"吾止"与"吾往"，用"２１６"收束，"也"字拖音，玩味其情韵、语气，

事情的进退成败实际都在于自身的坚持。人进德修业，或止或往，都应从自身找原因。

告诫人不要"功亏一篑"。

子曰："知者不惑，仁者不忧，勇者不惧。"(《子罕》)
　　　　　　　　　　　　２１６

孔子说："明智之人不会迷乱，仁德之人不会忧愁，勇敢之人不会惧怕。"此章用工整的句式说明三种人的特性，吟诵"知者不惑"音上扬，"仁者不忧"音上扬，"勇者不惧"最后用"２１６"拖音收束。三个"不"字连用，入声短促，起强调作用，智慧的人明于事理，所以不会迷乱，仁德的人心怀天下，所以不会对个人患得患失，勇敢的人（兼具智与仁之勇）做事果敢，所以不会恐惧。

唐调流韵：古诗文吟诵探析

　　颜渊问仁。子曰："克己复礼为仁。/一日克己复礼，天下归仁
　　　　　　　　　　　　　　　２１６
焉。为仁由己，而由人乎哉？"/颜渊曰："请问其目。"子曰："非
　　　　　　　　　　２１６
礼勿视，非礼勿听，非礼勿言，非礼勿动。"/颜渊曰："回虽不敏，
　　　　　　　　　　　　　　　　　　２１６
请事斯语矣。"（《颜渊》）
　　　　２１６

　　颜渊问仁，孔子说："约束自己，言行符合于礼，就是仁。人如果能有一天约束自己，言行符合礼，天下之人都会赞许他的仁。为仁由自己，难道由别人吗？"颜渊说："请问实施的条目？"孔子说："不合礼的不看，不合礼的不听，不合礼的不说，不合礼的不做。"颜渊说："我虽然不聪慧，但愿意照这话去做！"

　　本章记孔子答颜回问仁。吟诵"克己复礼为仁"，"为仁"用"２１６"拖音收束，"克""复"是入声字，此句吟诵短促有力，观点鲜明。"而由人乎哉"，"２１６"拖音收束，在感慨、婉转的语气中有坚定的盼望，强调人应当向内完善个体。颜渊问及实施的条目，孔子用四个"非礼勿……"作答，吟诵时可以一扬一抑，节奏和谐，吟"勿动"用"２１６"拖音收束。在礼崩乐坏的春秋末期，孔子一直盼望恢复周礼，实现仁爱的政治理想，孔子是多么期待颜渊这样的弟子来践行其政治理想啊。

第三章　高中古诗文唐调吟诵探析

子贡问曰:"有一言而可以终身行之者乎?"子曰:"其'恕'乎!己所不欲,勿施于人。"(《卫灵公》)

子贡向孔子请教:"有一个字可以终身奉行的吗?"孔子回答说:"大概就是恕吧!自己不愿意的,不要强加给别人。"一问一答式,一言终身行之,真是直抵核心的问题啊。孔子"其……乎"的回答充满了深情,也是谆谆教导,最后两句是对"恕"的阐释,"不欲""勿"是入声,短促有力,回答得斩钉截铁。

子曰:"小子何莫学夫《诗》?《诗》可以兴,可以观,可以群,可以怨。迩之事父,远之事君。多识于鸟兽草木之名。"(《阳货》)

孔子说:"弟子们为什么不学《诗》呢?《诗》可以兴发感动,可以观风俗盛衰,可以让人互相交流,可以借它怨刺政治,近可以学到侍奉父母的道理,远可以学到侍奉君主的道理,还可以知道鸟兽草木的名称。"

孔子提出了诗的六项功能与作用。此章文字寓骈于散,开头一个设问句,紧接着四个"可以"排比,吟诵时可以一句音升,一句音降。再

用偶句"迩之……远之……"写处事之道,最后用一个较长点的单个句子收尾,用"２１６"拖音收束。整体错落优美,情韵充沛。

2.《大学之道》

《礼记》

扫描二维码
在线听音频

吟诵要点:用唐调中的"上古散文调"吟诵《大学之道》;感悟"在""而后""欲……先……"等词反复使用的推理及强调作用;吟出整句的抑扬节奏及读经的中正之气。

《大学》是《礼记》中的一篇。西汉时戴德传85篇,世称《大戴礼记》。戴德的侄子戴圣传49篇,世称《小戴礼记》。我们现在说的《礼记》,指的是《小戴礼记》。南宋朱熹始为之分析章节句读,把《大学》前一章文字称为"经",认为是"孔子之言,而曾子记之"。后面传十章,是曾参门人传述曾参语。朱熹把《大学》《中庸》《论语》《孟子》合称为"四书"。"大学"有二说。其一,博学,广泛学习。《礼记》孔颖达疏:"案郑(郑玄)《目录》云:名曰大学者,以其记博学可以为政也。"其二,朱熹《大学章句》:"大学者,大人之学也……教之以穷理、正心、修己、治人之道。"后多取朱子之说。

高中语文教材中的《大学之道》(节选自《礼记·大学》)即为朱熹划的"经"一章,是《大学》的总纲,后世学者常用"三纲八目"来概括。此篇用唐调中的"上古散文调"来吟诵,"上古散文

第三章　高中古诗文唐调吟诵探析

调"中正、典雅、质朴而简单，字音饱满清晰，吟诵时抑扬起伏，在结尾处用"２１６"（参照陈以鸿先生总结的"上古散文调"）拖音收尾。

　　大学之道，在明明德，在亲民，在止于至善。/知止而后有定，定
　　　　　　　　　　　　　　　　　　　 216
而后能静，静而后能安，安而后能虑，虑而后能得。物有本末，事有

终始，知所先后，则近道矣。
　　　　　　　216

　　开篇点明大学之道的根本原则，"明明德"第一个"明"字是动词，彰显。"明德"指光明的德性、完美的德性。儒家认为人生来就具有光明的德性，但后来受环境影响，渐渐昏昧，如太阳为乌云所遮、明镜为灰尘所掩，所以需要不断学习以摆脱外在的影响，让原有的光明德性得以彰明。亲民，程颐认为"亲当为新"，孔颖达认为是"亲爱"之义，朱熹认为"亲者，革其旧之谓也。言既自明其明德，又当推以及人，使之亦有以去其旧染之污也"。"大学之道，在明明德，在亲民，在止于至善"，意为大学之道就在于彰明自身光明的德性，在于使天下人去旧立新，在于使自身及人民都达到道德修养最善的境界。吟诵时，语调中正、均匀，前四句点明大学之道"三纲领"，"在……在……在……"的表达，简洁工整，三个"在"字语

气着重,"至善"用"２１６"拖音收束。

"知止而后有定……则近道矣",意为知道什么是最善的境界,然后志有定向;志有定向,然后能心静;心静,然后能心安;心安,然后能思虑周详;思虑周详,然后能达到最善的境界。物有本有末,事有终有始。"知止"为始,"能得"为终。懂得哪个在先,哪个在后,就接近于懂得事物的发展规律了。用整句表达,五个"而后"连用,运用顶针手法,语句之间联系紧密,有节奏感,吟诵时加强语气。"则近道矣","则……矣"两个虚词的使用舒缓了之前整句的节奏感,这才是懂得事物发展规律之道啊,用"２１６"拖音收束。

古之欲明明德于天下者,先治其国。欲治其国者,先齐其家。欲齐其家者,先修其身。欲修其身者,先正其心。欲正其心者,先诚其意。欲诚其意者,先致其知。致知在格物。/物格而后知至,知至而后意诚,意诚而后心正,心正而后身修,身修而后家齐,家齐而后国治,国治而后天下平。/自天子以至于庶人,壹是皆以修身为本。

此处提出了大学的八条目:"格物""致知""诚意""正心""修身""齐家""治国""平天下"。古时候想要使天下人彰

明光明德性，就要先治理自己的国家。想要治理自己的国家，就要先整治自己的家。想要整治自己的家，就要先提高自己的品德修养。想要提高自己的品德修养，就要先端正自己的心思。想要端正自己的心思，就要先使自己的态度真诚。想要使自己的态度真诚，就要先获得知识。想获得知识，就要穷究事物的原理。穷究事物的原理，而后认识才能透彻。认识透彻了，然后态度才能真诚。态度真诚了，然后心思才能端正。心思端正了，然后自己的品德修养才能得到提高。自己的品德修养提高了，然后家才能整治好。家整治好了，然后国才能治理好。国治理好了，然后天下才能太平。从天子一直到平民百姓，一律以提高自己的品德修养为根本。八目是实现儒家思想的路径，即"格物——致知——诚意——正心——修身——齐家——治国——平天下"。

吟诵此段，根据层意划出句读，"在格物""而后天下平""以修身为本"三处末字用"２１６"拖音收束。先用6个"欲……者，先……"连用，语气酣畅，运用顶真，环环相扣，推理严密，"欲"是入声字，吟诵短促、着重，"欲……者"音上扬，"先……"音下沉，抑扬起伏，中正典雅，字字饱满。再用7个"而后"，句式工整有力，运用顶真，六字句为主，一气呵成，吟诵时一句上扬、一句下沉，如"物格而后知至"音上扬，"知至而后意诚"音下沉，如此反复。在起伏抑扬中吟出"经"之中正。

"自天子以至于庶人，壹是皆以修身为本"，之前均为整句，

至此以一散句收束，节奏放缓，语气放缓，吟诵时摇曳有致，"一"是入声字，短促加重，更有强调意味。总结大学之道的实施是以"修身"为本，这也是儒家"内圣外王"统一的政治及思想理论。孙中山是主张民主与科学的，他指出："就人生对于国家的观念，中国古时有很好的政治哲学……就是《大学》中所说的'格物、致知、诚意、正心、修身、齐家、治国、平天下'那一段话。把一个人从内发扬到外，由一个人的内部做起，推到平天下止。像这样精微开展的理论，无论外国什么政治哲学家都没有见到，都没有说出，这就是我们政治哲学的知识中独有的宝贝，是应该要保存的。"大学之道阐明"明德"内化于心，以"修身"为本，振作自新，个体各成其德，各得其所，才能实现"治国平天下"的目标。

唐文治先生在《〈大学〉全体大用》中论及："格、致、诚、正植其体，修、齐、治、平扩其用。格物为开物成务之初基，至于反身而诚，则必以诚意为本。平天下者，所以平人心之不平。道莫大于絜矩，恕也，推之行政，又分用人、理财两大端。兹特揭其要于后学者，知道与学之当合一，学与政之当合一，我国庶几太平矣。"①唐文治先生阐明八目要义，学道与行政用合一，"庶几太平"方是大用。

3.《烛之武退秦师》
《左传》

---

① 唐文治：《唐文治国学演讲录》，上海交通大学出版社，2017年，第35—36页。

第三章　高中古诗文唐调吟诵探析

吟诵要点：用"上古散文调"吟诵，古朴、中正；吟诵时需揣摩人物情态、简练语言隐含的丰富内涵；领悟烛之武委婉的辞令艺术和其中蕴含的智慧；感悟入声字的顿挫之效；感悟虚词的丰富表意。

《烛之武退秦师》选自《左传·僖公三十年》。《左传》以《春秋》记事为纲，与《公羊传》《穀梁传》合称"春秋三传"，都是解释《春秋》的著作。唐文治先生分析："盖孔子周流列邦，得百二十国之宝书，丘明实亲见之，故编纂是书，至为宏博。必分类读之，方尽其妙。"[①]并将《左传》文章归为八类，其中第四类为词令类，"言语之科，圣门所重，然春秋时，辞令委婉，不若战国策士之纵横，如郑烛之武说秦伯、晋侯使吕相绝秦是。"[②]烛之武退秦师的故事在《春秋》中只有"晋人、秦人围郑"这六个字，《左传》将其扩展为375字，烛之武用委婉辞令化解国家危机，语言简练精到，叙事悬念迭出，人物形象栩栩如生。

唐文治先生在1948年灌音片中吟诵了《左传·吕相绝秦》。陈以鸿先生总结此调为"上古散文调"，稳定、均匀、中正、典雅，旋律质朴、简单，字字饱满清晰，在结尾处用"２１６"拖音收尾。《烛之武退秦师》亦可参照此调来吟诵。

[①] 唐文治：《唐文治国学演讲录》，上海交通大学出版社，2017年，第30—31页。
[②] 同上。

晋侯、秦伯围郑,以其无礼于晋,且贰于楚也。晋军函陵,秦军氾南。
216

开篇交代故事背景,僖公三十年,交代晋秦围郑原因,交代晋军、秦军驻扎情况。

文章语言简练、质朴,无修饰、有深义,用"无礼于晋""贰于楚"几个字,涵盖了诸多纷繁的史实:重耳曾过郑,郑国未以礼相待;郑楚结盟,晋楚城濮之战中,郑国曾出兵帮助楚国,结果楚国大败,郑国竟派人出使晋国,与晋结好。那秦国为何参与合围,一是有争霸野心,二是曾有秦晋之好。"晋军函陵,秦军氾南",四字整句,有节奏感,用语不动声色,其实是严密合围郑国,危在旦夕。吟诵时投入感情,虽平缓叙述,却有意味,"围郑""无礼""贰""军"稍着重,吟至"也""南"用"２１６"拖音收束。

佚之狐言于郑伯曰:"国危矣,若使烛之武见秦君,师必退。"公从之。/辞曰:"臣之壮也,犹不如人;今老矣,无能为也已。"/
216　　　　　　　　　　　　　　　　　　　　　　　　　216
公曰:"吾不能早用子,今急而求子,是寡人之过也。然郑亡,子亦有不利焉。"许之。
216

第三章　高中古诗文唐调吟诵探析

第二段写佚之狐慧眼识烛之武，郑文公说服烛之武去退师。根据语意分为三层。第一层写佚之狐推荐烛之武，"必"字用得老辣，"必"是入声字，吟诵时短促激越，这是解救危难的不二人选。第二层不写会面场景，直接写烛之武推辞之语，吟诵时特别要吟出"之""也""犹""矣""也已"等虚词的感叹意味，"不如""无能"语气稍重，这里面包含了多年不被重用的委屈与不满。第三层写郑文公动之以情，晓之以理，吟诵时"急"字入声短促，国家危难；"是寡人之过也"，屈尊自责，率直诚恳，动之以情，语气缓和；"子亦有不利焉"中"亦""不"为入声，有顿挫感，以国家大义警之，晓之以理。虽对话简洁，但人物形象跃然纸上。

夜缒而出，见秦伯，曰："秦、晋围郑，郑既知亡矣。若亡郑而有益于君，敢以烦执事。越国以鄙远，君知其难也，焉用亡郑以陪邻？邻之厚，君之薄也。/若舍郑以为东道主，行李之往来，共其乏困，君亦无所害。/且君尝为晋君赐矣，许君焦、瑕，朝济而夕设版焉，君之所知也。夫晋，何厌之有？既东封郑，又欲肆其西封，若不阙秦，将焉取之？阙秦以利晋，唯君图之。"/秦伯说，与郑人盟。使

杞子、逢孙、杨孙戍之，乃还。
216
　　

　　本段写烛之武以一己之力，成功说服秦国撤军，瓦解了秦、晋对郑国的围困。根据语意，分为四层，每一层结束时用"２１６"拖音收尾。第一层，烛之武向秦伯示弱，从利秦的入手劝说。吟诵时，"夜缒而出"中"夜缒"为去声，"出"入声字，语气稍重且顿挫，两动词相连，简洁利落暗示事出紧急；"郑既知亡矣"，"矣"稍停顿，语气卑弱，先博得对方同情；"有益"两字稍加重，对秦国来说这是决定其立场最致命的因素；"敢以烦执事"，怎敢冒昧地拿亡郑之事来麻烦您，"敢""执事"都是示弱口吻。烛之武用"亡郑陪邻""邻厚君薄"来劝说，让秦伯思考此举的利弊。吟诵时，"越国"两字入声短促，"越国以鄙远"均为仄声，语气稍重；关注虚词"也""焉"，语气缓和而诚恳；"邻之厚，君之薄也"，判断句，三字整句，有顿挫感，强化围郑的后果对秦不利，加"也"缓和语气。第二层，烛之武假设秦舍弃围郑的好处。吟诵时，"东道主"语气稍重，"亦无所"语气缓和，假若不围郑，秦有大利，围绕"利"字，具有杀伤力。第三层烛之武引用史实，秦国曾经有恩于晋惠公，惠公承诺割让焦、瑕二地，可是很快背信弃约，早上渡黄河，晚上就在黄河边筑起工事，防备秦国，由此推断，晋若灭亡了郑国，再要扩张，必攻打秦，从长远看，有损于秦国利益。吟诵时，吟出

第三章　高中古诗文唐调吟诵探析

"矣""焉""也"等虚词意味，讲述史实语气诚恳，推心置腹；"夫晋，何厌之有"一句反问语气加重；"欲""不阙""阙"入声短促，强化晋之野心；"唯君图之"，语气缓和，彻底打消了秦伯的疑虑、纠结，用"２１６"拖音收尾。第四层写秦不但退兵，且与郑结盟，在郑驻兵防守。吟诵时，"秦伯说"，用字极简，"说"通"悦"，入声高而短促，秦伯欣喜神情毕现；此层均用短句，顿挫感强；"悦"之后的结局便是"盟""戍""还"，几个动词相连，用语精炼，不加修饰，却蕴含了丰富意思，秦伯做好了一系列缜密的安排，与郑人结盟的同时，派将领戍守郑国，掌控郑国的命运，以获取真正的利益。

　　子犯请击之。公曰："不可。微夫人之力不及此。因人之力而敝之，不仁；失其所与，不知；以乱易整，不武。吾其还也。"亦去之。
２１６

此段写晋军撤军。当子犯请求出兵攻击秦军，晋文公认为"不可"，秦国曾助晋文公当上国君，出兵则不仁、不智、不讲武德。吟诵时，"不可"短促顿挫，斩钉截铁；"因人之力……不武"句式工整，有节奏感，"不仁""不知""不武"短促顿挫，态度坚决；"吾其还也"语气缓和；"亦去之"中"亦"字入声短促，简洁的三字句体现了撤军的坚决，也与开头"围"之势呼应。

烛之武对秦伯的说辞，使烛之武这一形象光彩照人。他先分析亡

郑无益于秦，再分析亡郑有害于秦，然后分析舍郑对秦有利无害，最后进一步指出秦助晋国，最终将是"阙秦以利晋"。说辞字字有力，句句动心，闪耀着智慧的光芒。佚之狐的话、郑文公的言行、秦伯的表现、晋军的"亦去之"，都起到烘托烛之武的作用。

用"上古散文调"吟诵此篇，古朴、中正，吟诵时需揣摩人物情态、简练语言隐含的丰富内涵，领悟烛之武委婉的辞令艺术和其中蕴含的智慧，感悟入声字的顿挫之效，感悟虚词的丰富表意。

第五节 后世散文吟诵例析

陈以鸿先生在《茹经先生读文法管窥》中论及后世散文："第四类是先秦诸子以次的历代散文和骈文，以及一部分韵文。随着文体的蓬勃发展，不仅句法变化多，文章结构变化亦多，相应地读法也错综复杂起来。先生读文法的博大精深，特别体现在这一类文章中。"[①]陈先生在此归纳了第四类散文的范畴、特点，并高度评价其是唐调读文法中最有特色的。陈以鸿先生在《我所知道的传统吟诵》将第四类古文归纳为"传统吟诵四——后世散文"，吟诵此类散文参考简谱"结句６１５"。此结句声调是唐调特征，但因其"句法变化多，文章变化亦多"，后世散文的吟诵又有其复杂性，需关注文章的阴阳刚柔、

[①] 陈以鸿：《茹经先生读文法管窥》，《唐文治先生学术思想讨论会论文集》，苏州大学，第63—64页。

第三章　高中古诗文唐调吟诵探析

线索布局、层次段落等，吟出顿挫缓急，吟出炼词音韵妙处，体悟文章精神命意。

唐文治先生在1948年录制的灌音片中收录散文十篇，除了《吕相绝秦》，其余九篇均用"后世散文调"吟诵。唐文治先生将读文具化为急读、缓读、极急读、极缓读、平读五种，与曾国藩四象相配：太阳气势，急读，极急读，其音高；太阴识度，缓读，极缓读，其音低；少阳趣味，平读，音平；少阴情韵，平读，音平。唐文治先生曾有形象化的表述：

> 读情韵之文，宜淅沥萧飒，如波涛夜惊之声。读气势之文，宜奔腾澎湃，如千军万马之声……读凄婉之文，宜凄然以促，如风雨夜至之声。读华贵之文，宜舒然以和，如雌雄雍雍相鸣之声。①

陈以鸿先生在《茹经先生读文法管窥》中有具体阐释：

> 太阳气势文汪洋恣肆，雄劲奔放，读时要求高亢急骤，酣畅淋漓，如长江大河，一泻千里。反之，少阴情韵文宛转缠绵，感人肺腑，读时要求曼声柔气，一唱三叹，达曲曲

---

① 唐文治：《国文大义》，《唐文治文选》，上海交通大学出版社，2005年，第203页。

传情之旨。少阳趣味文从容闲适，读时须舒展自如，不慢不急。最难读的是太阴识度文，因其大都重在说理，潜气内转，锋芒收敛，读时既不宜图快，又不可使力量减弱，必须掌握高下疾徐的分寸，将文章的深刻内容通过优美的声腔表达出来。①

在普通高中语文教材中，先秦诸子及其后历代散文、骈文、韵文极为丰富，多可用"后世散文调"吟诵，分辨阴阳刚柔，配以不同的读法。在吟诵时关注文章的段落、结句，唐文治先生在《曾涤笙〈欧阳生文集序〉研究法》论及：

> 文章积句而成段,积段而成篇。故读古人文，段落先须分明，而每段起处、结处，尤宜留意变化之法……至每段结处，句法无不变化，实则皆用"顿"字诀，当与前讲读文法参会贯通。②

唐文治先生强调读文"顿"字诀，需留意段落、结处、句法变化，在顿、提、宕中因声求气。在唐文治先生还注重研究古文线索、

---

① 陈以鸿：《茹经先生读文法管窥》，《唐文治先生学术思想讨论会论文集》，苏州大学，第63—64页。
② 唐文治：《唐文治国学演讲录》，上海交通大学出版社，2017年，第64页。

第三章　高中古诗文唐调吟诵探析

选韵、炼词、炼句、文意等。吟诵古文依据字的平仄起伏，又不能局限于平仄，更重要的是要依文脉起伏顿挫。根据线索、文意划出层次，结句拖音"６１５"回味，这也是唐调独特的尾音。起句音低一些，渐次升高，中间顿挫起伏相间，结句时渐缓回落。

在后世散文吟诵教学中，要辨析文章性质，读法得当，掌握行文线索脉络、划分层次、提顿拖音等，感悟文章选韵、用韵、炼词、炼句之妙，吟出文章句法变化，通过活动设计，感悟文章气韵、精神要义。

以普通高中语文教材苏轼《赤壁赋》第一段为例，唐文治先生将此文归为"少阳情韵"文，吟诵时宜从容闲适，参照唐调"后世散文调"吟诵（结句６１５）。可通过活动设计进入情境：①比较朗诵与吟诵不同，准确吟出结句拖音，说说自由拖音的体会；②吟出整句与散句结合的顿挫感，感受错落美，仿写句子"少焉……之间"；③品味押韵"焉""间""天""然""仙"与情感的关系。

壬戌之秋，七月既望，苏子与客泛舟游于赤壁之下。/清风徐来，６１５水波不兴。举酒属客，诵明月之诗，歌窈窕之章。/少焉，月出于东山６１５之上，徘徊于斗牛之间。白露横江，水光接天。纵一苇之所如，凌万顷之茫然。浩浩乎如冯虚御风，而不知其所止；飘飘乎如遗世独立，

羽化而登仙。
6 1 5

    吟诵文章要吟出其独有的节奏、音韵美，根据句读划出三层，结句处吟"下""章""仙"等字时用"６１５"拖音回味，摇曳多姿。第一层交代了时间、地点、人物，"之""于""之"三个虚词的使用，使句子节奏舒缓，与作者的游江的从容潇洒相应；"望"字声音上扬、朗润、美好，秋光正好。第二层先用偶句初写秋风秋水，再饮酒诵诗，呼唤月出。第三层"少焉"两字一句，节奏顿挫，紧接着两个偶句，节奏恢复舒缓；"纵""凌"两个单音词放句首，句子与其他偶句停顿略有不同，形成顿挫，形式上的独特与情感上的自在合一；其中"焉""间""天""然""仙"押删先合韵，吟诵起来字音舒缓，与人在大自然中和谐超脱之情相合。

    后世散文吟诵是唐调吟诵中最有代表性的，唐文治先生将读文与人格紧密联系，"夫读文岂有他道哉。因乎人心以合乎天籁，因乎情性以达乎声音，因乎声之激烈也，而矫其气质之刚，因乎声之怠缓也，而矫其气质之柔。由是品行文章，交修并进，始条理者所以成智，终条理者所以成圣，即以为淑人心，端风俗之具可矣"。[①]唐文治先生认为经由声音能矫正、综合人的刚柔性情，读文与作文关系密切，因文气而变化气质，可以使人心美善，端正风俗。

[①] 唐文治：《读文法笺注》序，《茹经堂文集》初编卷四，1924年。

第三章　高中古诗文唐调吟诵探析

高中语文教材中有大量的古文名篇,这些名篇都注入了作者的人格修养,将唐调吟诵引入古文教学,吟出最美读书音,实为追溯文章的文气、精神,使人心美善。

附　唐文治先生论"古文四象"分类,以供参考

第一期讲读文法,有太阳气势、太阴识度、少阳趣味、少阴情韵之别,恐诸生未能领会,且《古文四象》不易购得,兹略分目录如左。

阳刚之文:

《孟子》"庄暴"章(太阳)　《庄子·齐物论篇》(少阳)

贾生《过秦论上》(太阳)

陶渊明《桃花源记》(少阳)

韩退之《原道》(太阳)　《原毁》(太阳)　《进学解》(少阳)　《张中丞传后序》(太阳)　《送孟东野序》(太阳)　《平淮西碑》(太阳)　《南海神庙碑》(少阳)　《曹成王碑》(太阳)《柳子厚墓志铭》(太阳)　《王适墓志铭》(少阳)　《送穷文》(少阳)　《送郑尚书序》(太阳)　《送李愿归盘谷序》(少阳)

柳子厚《封建论》(太阳)　《乞巧文》(少阳)

苏明允《项籍论》(太阳)

苏子瞻《论始皇汉宣李斯》(太阳)　《赤壁赋》(少阳)

曾涤生《欧阳生文集序》(太阳)

阴柔之文：

《孟子》"致为臣而归"四章（太阴）

《庄子·秋水篇》（太阴）　《缮性篇》（太阴）

诸葛武侯《出师表》（太阴）

李遐叔《吊古战场文》（少阴）

范希文《岳阳楼记》（太阴）

欧阳永叔《五代史·伶官传序》（少阴）　《一行传序》（少阴）　《泷冈阡表》（少阴）　《秋声赋》（少阴）　《送杨寘序》（少阴）　《送徐无党南归序》（少阴）　《苏子美文集序》（少阴）《释秘演诗集序》（少阴）　《丰乐亭记》（少阴）　《有美堂记》（少阴）　《张尧夫墓志铭》（少阴）　《黄梦升墓志铭》（少阴）《张子野墓志铭》（少阴）　《石曼卿墓表》（少阴）　《徂徕先生墓志铭》（太阴）

归震川《先妣事略》（少阴）

姚姬传《覆鲁絜非书》（太阴）

曾文正选《四象》，以经史百家分目，右列不过略举大概，俾识径途。至《孟子》"尹士"章兼情韵。《史记·屈原传》，《四象》中列入气势，益专指"王听不聪"一段，窃以为亦兼有情韵。《出师表》《岳阳楼记》兼情韵。欧文各篇皆少阴，丰神兼有识度，以意逆志，

是为得之。①

1.《劝学》
荀子

扫描二维码
在线听音频

吟诵重点：文章多用整句，穿插少量散句，吟起来抑扬、徐疾有度。"也""矣""焉"等虚字反复使用，吟诵时适当拖音，有一唱三叹之效。

《劝学》是《荀子》中的第一篇，篇幅较长，共有十二段。高中语文教材中《劝学》篇节选的是其中的一小部分，它包括原文的第一段、第三段和第五段的前半部分。虽是跳跃式地节选，不足三百字，但依然结构缜密，条理清晰，加之连珠式的比喻，形式灵活，浅显通俗，深蕴哲理，是形式与内容完美融合的美文。

劝学就是劝勉人学习，荀子所倡导的学习是不断修炼，成就君子之学。荀子是战国时期著名的思想家、政治家、教育家，他认为孔子"德与周公齐，名与三王并"，始终尊孔子为师。荀子提出"人之性恶，其善者伪也"，荀子主张通过不断的学习去除恶伪，学以致圣。

关于此篇吟诵，笔者曾于2019年10月8日当面请教陈以鸿先生，陈先生谈及此篇属于先秦散文，但可用"后世散文调"吟诵，表达更灵活，情感更丰富。

---

① 唐文治：《唐文治国学演讲录》，上海交通大学出版社，2017年，第74—75页。

君子曰：学不可以已。青，取之于蓝，而青于蓝；冰，水为之，而寒于水。/木直中绳，輮以为轮，其曲中规，虽有槁暴，不复挺者，輮使
$\dot{6}1\dot{5}$
之然也。/故木受绳则直，金就砺则利，君子博学而日参省乎己，则知明
$\dot{6}1\dot{5}$
而行无过矣。
$\dot{6}1\dot{5}$

首句直陈观点。吟诵时"曰"是入声字，"君子曰"三个字吟起来短促、响亮，"已"字收尾"$\dot{6}1\dot{5}$"拖音。首句掷地有声，"君子曰"是向"君子"看齐之学，学习是不能停止的，这是君子养成之学，也是荀子对学习的信仰。

第二段根据语意，吟诵时分成三层，每层结束时用"$\dot{6}1\dot{5}$"拖音收尾。第一层是两个偶句，"青"、"冰"两字引领四字句，吟起来错落有节奏。靛青是从蓝草中提取的，但比蓝草的颜色深；冰是由水制成的，但比水更寒。靛青与冰是提纯、萃取后的结果。在此比喻学习就是一个提纯、萃取的过程，可凝聚人的生命精华。第二层六个四字句，节奏感强，吟诵时可以一抑一扬起伏摇曳，"也"字拖音舒缓语气。借助"輮以为轮""不复挺者"生活现象为喻，形象地说明学习对人有改造、约束作用。第三层推出结论，整散结合，吟诵起来舒缓自在，"矣"字拖音"$\dot{6}1\dot{5}$"，用"木受绳""金就砺"来

第三章　高中古诗文唐调吟诵探析

比"君子博学而日参省乎己",这里的学习有两个层面:一是广博学习,拓展、发展自身;一是日参省,每天对自己检查、省察。一是向外探求,一是向内约束。荀子主张性恶论,提出"君子之学也以美其身",人的本性中有恶与伪,需要后天不断学习,去掉自己的恶与伪来修身养性,到达光明境界。本文用木"直"、金"利"来比君子通过学习到达智慧明达而行为无过错境地,这便是君子之学的境地。反观现实社会,人们更注重功利、为我所用的学习,忽略了约束自我、提升自我的一面,在无序发展下,很容易走向私欲的一面。

吾尝终日而思矣,不如须臾之所学也;吾尝跂而望矣,不如登高之博见也。登高而招,臂非加长也,而见者远;顺风而呼,声非加疾也,而闻者彰。假舆马者,非利足也,而致千里;假舟楫者,非能水也,而绝江河。君子生非异也,善假于物也。
$$6\overset{\bullet}{1}\overset{\bullet}{5}$$

第三段一气呵成,阐释"学"的意义。先是一组偶句,吟诵"矣""也""矣""也"四个虚字时都有适当的拖音,有种缓缓道来的舒缓感,"不如""不"是入声,音短促,有强调意味,用登高之博见比喻学习使人学识渊博。之后多四字句,吟诵时节奏加快,穿插散句,又有适当调节。"非……也"吟诵时略拖音,有强调意味,吟"而"字略停顿,四个"而"后面的词均为仄声"见"、"闻"(按张仁贤先生根据《广韵》所注"旧读"读书音,古时"闻"读去声)"致"、"绝",所以吟诵时音略高,有语意的转换及强调。登高而招则见者远,视野更开阔;顺风而呼则闻者彰,声音更洪亮;假舆马者则致千里,行得更远;假舟楫者则绝江河,通达彼岸。以此来类比君子天性同一般人没有差别,只是善于假借外物、借助学习到达更高远的新境界。

积土成山,风雨兴焉;积水成渊,蛟龙生焉;积善成德,而神明自得,圣心备焉。故不积跬步,无以至千里;不积小流,无以成江海。/骐骥一跃,不能十步;驽马十驾,功在不舍。锲而舍之,朽木不折;锲而不舍,金石可镂。/蚓无爪牙之利,筋骨之强,上食埃土,下饮黄泉,用心一也。蟹六跪而二螯,非蛇鳝之穴无可寄托者,用心躁也。

第四段讲了积累的三个层次。吟诵划出三层,每层结句"６１５"拖音收束。第一层强调学习是不断积累的,积小成大,才能走向生命高地。用"积水成山"与"积水成渊"来比"积善成德",句式工整,穿插"而神明自得"散句,表意更丰富,节奏错落自由。其中反复出现的"不积""积"为入声,吟诵起来短促、顿挫、着重。"积善成德,而神明自得,圣心备焉","积善"就是"积学",人是在向外发展与向内约束中不断"兴风雨""生蛟龙""备圣心",这是《劝学》中关键性的句子,不断地"学"的意义在于拥有非凡的智慧、圣人的心怀,不断地抵达道德、精神、生命的高处。由"故"引出反面推理,"不积"则无以至千里、成江海、入大境。

第二层进一步写学习是一个永无止境的积累过程,而不能靠跳跃、突击的方式进行,要持之以恒、专心精进。此一层均为工整四字句,吟诵起来声音可一句低一句高,节奏感强,在相似的旋律中有摇曳。作者以"骐骥"和"驽马"、"朽木"和"金石"为喻,说明学习需要终身持之以恒。

第三层用"蚓"与"蟹"对比,整散结合,吟诵时灵活自由,在对比中论证人的先天条件一般,只要用心专一、心无旁骛地学习,也能积专为精;反之,先天条件好,若用心浮躁,则无法完善自身。"是故无冥冥之志者,无昭昭之明;无惛惛之事者,无赫赫之功"进一步诠释,冥冥之志指精诚专一的意志,昭昭之明指思想豁然贯通,惛惛之事指潜心学习研究,赫赫之功指辉煌的成绩,这两句意在表明为学要专心致志,才能贯通,才能抵达荀子的知明而行无过,神明自得,圣心备焉。

荀子全篇《劝学》的最后一句是"德操然后能定,能定然后能应。能定能应,夫是之谓成人。天见其明,地见其光。君子贵其全也"。有德性而能持守,然后就能有坚定的意志和见解,然后就具有机智地应对各种事务的本领。这就叫作成人。这样的人立于天地之间，天与地就会显现它们的大光明，君子以成为这样的全人为最宝贵。荀子讲的"成人"或"全人"，即是通过终身学习，不断打破自身种种遮蔽，成为德性与智性完美统一、走向光明之境的君子。今天很多学校高中毕业生会举行"成人仪式"，两相对照，今天对"成人"的要求较低，且常常停留于表面，并未真正领悟自我完善之要义。现在的"学"也较多停留于知识性、功利性的层面，与荀子倡导的君子之学相距甚远。

吟读《劝学》，感悟整句（以四字句居多）之节奏、气势、情感，穿插少量散句，吟起来抑扬、徐疾有度，更利于抒发情感。"也""矣""焉"等虚字反复使用，吟诵时适当拖音，有一唱三叹之效。赏析君子比德之妙，以物与事之大美，喻君子学习成就大美，如"青""冰""圆""直""利"等都是君子成为君子的一些重要品质。用"积土""积水""骐骥""驽马""朽木""金石""蚓""蟹"等鲜活的生活之例，化抽象为形象，阐明"不已"地学，是人成为君子的必由之路。人生是一场不断向"止于至善"前行的君子之学。

2.《屈原列传》（节选）

司马迁

吟诵重点： 此文属少阴情韵文，情意宛转，"王听之不聪"一段属太阳气势（唐文治先生分类）。吟诵此篇，需深味司马迁为屈原作

第三章　高中古诗文唐调吟诵探析

传用叙、议、抒情相结合的方式，寄寓的浓郁而丰富的情感。吟出文章抑扬变化之美，吟出议论句、感叹句充沛气势与情感的变化，吟出语气词、动词等或加重或感叹或低回之意，吟出入声字短促顿挫感，吟出整散句式结合错落情韵。

本文节选自《史记·屈原贾生列传》，司马迁首创人物传记体例，历代史学家沿用。先秦古籍中皆未见屈原生平事迹，司马迁是第一个为屈原立传的人，屈原高洁之志及爱国精神，与日月争光，照彻古今。在司马迁《史记》诸多列传中，此篇写屈子笔法独特，笔端饱满深情，波澜起伏，夹叙夹议，抒情浓郁，正如鲁迅高度评价"史家之绝唱，无韵之离骚"。

《屈原列传》可参照陈以鸿先生整理唐调"后世散文调"来吟诵，文章吟诵特点：整体上，平声音平些，仄声音高些，入声字音短促；吟出结句拖音"６１５"；每句起句音低一些，渐次升高，到快要收束时渐缓回落；吟出整句与散句结合的顿挫感，感受错落美。以下探析统编教材语文选择性必修中册《屈原列传》第1—3，8—12段的吟诵。

屈原者，名平，楚之同姓也。/为楚怀王左徒。博闻强志，明于治
　　　　　　　　　　　６１５
乱，娴于辞令。入则与王图议国事，以出号令；出则接遇宾客，应对
诸侯。王甚任之。
　　　　６１５

此段根据语意划成两层，结句时用"6 1 5"拖音。第一层点明屈原与王族同姓，出身高贵，理应承担国之大任。吟诵时"屈"是入声字，略短促，"也"字用"6 1 5"拖音。第二层写屈原绝世的才华，个人智慧、治国谋略、外交才能，治国理政的卓越才能完美集于一身，担任楚怀王左徒，得到楚王极度信任。此层多用整句表述，用入声字"博""入""则""国""出""接""客"，吟诵略短促，多个入声字连用，顿挫感、节奏感强，传达对屈原的才华横溢的赞叹，故而"王甚任之"，此小句结束用"6 1 5"拖音，有才能且得到重用便是得志。

上官大夫与之同列，争宠而心害其能。/怀王使屈原造为宪令，
　　　　　　　　　　　　　　　　　　　　　　　6 1 5
屈平属草稿未定，上官大夫见而欲夺之，屈平不与。因谗之曰："王使屈平为令，众莫不知。每一令出，平伐其功，曰以为'非我莫能为也'。"/王怒而疏屈平。
6 1 5　　　　　　　6 1 5

此段根据语意可划为三层，结句时用"6 1 5"拖音。第一层写上官大夫嫉妒屈原的才华，历史上从来不乏小人，他们往往妒贤嫉能，善于进谗，上官大夫便是，他与屈原位次相当，不如屈原受君王

第三章　高中古诗文唐调吟诵探析

信任,一个"害"字用得好,阴险毕现,吟诵时可加重语气。第二层写上官大夫进谗的具体事件,怀王让屈原制定法令,屈原起草尚未定稿,上官大夫见了就想要加以修改,屈原不赞同,就在怀王面前诋毁屈原说:"大王叫屈原制定法令,大家没有不知道的。每一项法令发出,屈原就夸耀自己的功劳说'除了我,没有人能做到'。"这"非我莫能为"这是最致命的一句,正中大忌,功高盖主。吟诵此层时,"欲夺"两个字是入声,短促、着重,上官大夫的诡诈毕现。"出""伐"是入声字,吟诵时短促。"非我莫能为"中"莫"为入声字,语气短促着重,吟"为"字用"６１５"拖音,似乎感受得到上官大夫在进谗时诋毁屈原居功自傲的狠毒语气。第三层楚王因听信谗言而"怒而疏"屈原,吟诵时"怒"与"疏"可着重,结句用"６１５"拖音,简练之语蕴含了不平之气。屈平由楚怀王"甚任"到"怒而疏",政治生活的不幸自此开始。

屈平疾王听之不聪也,谗谄之蔽明也,邪曲之害公也,方正之不容也,故忧愁幽思而作《离骚》。/"离骚"者,犹离忧也。/夫天者,人之始也;父母者,人之本也。人穷则反本,故劳苦倦极,未尝不呼天也;疾痛惨怛,未尝不呼父母也。/屈平正道直行,竭忠尽智,

以事其君,谗人间之,可谓穷矣。/信而见疑,忠而被谤,能无怨乎?/
　　　　　　　　　　　 6 1 5　　　　　　　　　　　　　　　6 1 5

屈平之作《离骚》,盖自怨生也。/《国风》好色而不淫,《小雅》怨
　　　　　　　　　　 6 1 5

诽而不乱。若《离骚》者,可谓兼之矣。/上称帝喾,下道齐桓,中
　　　　　　　　　　　　　　　 6 1 5

述汤、武,以刺世事。明道德之广崇,治乱之条贯,靡不毕见。其文

约,其辞微,其志洁,其行廉。其称文小而其指极大,举类迩而见义

远。其志洁,故其称物芳;其行廉,故死而不容。/自疏濯淖污泥之
　　　　　　　　　　　　　　　　　　　　　　　　　　 6 1 5

中,蝉蜕于浊秽,以浮游尘埃之外,不获世之滋垢,皭然泥而不滓者

也。/推此志也,虽与日月争光可也。
　 6 1 5　　　　　　　　 6 1 5

　　此段评述屈原创作《离骚》的原因、《离骚》的艺术风格及主要内容、作品与人格互相辉映,这是《史记》传记文中的变例。不只叙述史实,而且加以丰富的评述,情感充沛、情韵深沉、动人心魄。根据语意划为十层,每层结句用"６１５"拖音收束。第一层写屈原痛心怀王不能明辨是非,谗言谄媚之人蒙蔽了君王的英明,邪恶的小人损害了国家,端方正直的君子则不为朝廷所容,所以忧愁苦闷,写下了《离骚》。此层整散结合,吟诵时情韵摇曳,"疾"字是入声

字，短促着重，后面紧接着四个"……之……也"，罗列痛恨的具体内容，"故"字略停顿，从而推出屈原的《离骚》就是这样的发愤之作，吟"离骚"时用"６１５"拖音，感受忧愤之痛。第二层为一个判断句，"离骚"，就是遭遇忧愁的意思，吟此句时语气加重，通过"６１５"拖音，再次强调屈原遭遇忧愁作《离骚》。

  第三层表达天是人类的起始，父母是人的本源，人处境困窘就会追念本源，所以极其劳苦疲倦，没有不喊天的；遇到病痛或忧伤的时候，没有不呼父母的。此一层对句工整，两句"……者，……之……也"，续而两句"未尝……也"吟诵时节奏匀称，肯定与双重否定语气强烈，强调父母与天是人的本源，当遭遇不公、生命困窘时，便会有不断的本源追问意识，这种无解的、不断的追问也是对生命的探索。第四层写屈原行事公正，行为正直，竭尽忠诚和智慧来辅助君主，谗邪小人却来离间，真可谓处境困窘。此一层多为四字句，吟诵时有节奏感，"穷"字着重，屈原的处境困窘艰险。小人得志，君子遭疏，是非颠倒，贤愚不分，可谓恶劣之至。"可谓……矣"，情感加强，最后用"６１５"拖音，因世道险而感慨万千。第五层写屈原诚实不欺却被怀疑，忠诚一心却被毁谤，能没有怨恨吗？吟诵"能无……乎"情感加强，用"６１５"拖音，"怨"字着重，因不公而十分哀怨。第六层承上一层写屈原作《离骚》，大概是由怨愤引起的。吟诵时关注"盖……也"的表达，情感浓郁，"怨"字着重。司马迁写屈原"穷""怨"，注入了个体的共情，在吟诵时需要细细

玩味，感悟生命之"怨"。司马迁与屈原生命同声相应，司马迁世代尽心效劳国家，才华斐然，却因进言不慎，遭受"腐刑"，"每念斯耻，汗未尝不发背沾衣也"，只因《史记》"草创未就"故而"隐忍苟活"，内心已满是怨愤，故能感同身受屈原之"怨"。

第七层写《离骚》的艺术风格。《国风》虽多写恋情，但有节制不过度，《小雅》虽怨愤发牢骚，但并不宣扬作乱，像《离骚》，可以说是兼有两者的特点。《离骚》因"怨"而作，却微言大义、温柔敦厚。前两句工整，第三句散句高度概括。吟诵"可谓……矣"语气加重，用"６１５"拖音收束，尽显赞赏之意。

第八、九两层概述《离骚》的内容及对屈原高洁品质的评价。《离骚》往远处说到帝喾，近处说到齐桓公，中间则称述商汤和周武王，用来讽刺当时的政事。阐明道德的崇高，治国的条理无不充分体现。他的文辞简约，含蓄隐晦，志趣高洁，行为方正。他的文章虽写的是寻常事物，而其意旨却极博大，列举事物浅近而意义却极其深远。他志趣高洁，所以用香草美人来比喻；他行为方正，所以死也不为奸邪势力所容。他独自远离污浊，像蝉脱壳一样摆脱污秽，浮游在尘世之外，不受尘世的污染。这两层以整句为主，有节奏感，加以"以刺世事""靡不毕见""自疏……不滓者也"等散句，情韵充沛，表达作者对其作品及人格的高度赞赏，屈原尽管"穷"而"怨"，却如此赤诚为国、高洁为人。吟诵时关注"喾""述""德""约""洁""物""濯""浊""不""获"

第三章　高中古诗文唐调吟诵探析

等入声字,增添了抑扬顿挫之美。明代的杨慎曾评论道:"太史公作《屈原传》,其文便似《离骚》。其论作《离骚》一节,婉雅凄怆,真得《骚》之旨趣也。"

第十层"推此志也,虽与日月争光可也",作品与人格互相辉映。吟诵此句,"日""月"是入声字,"与日月争光"语气加重又有顿挫,"可也"用"６１５"拖音收束,感叹屈子人格可与日月争辉。

文章4—7段用大量篇幅叙楚国历史:屈原被黜,张仪行骗,怀王被惑,纵仪归秦,诸侯击楚,楚兵大败,怀王赴秦,客死异乡。接下来分析8—12段的吟诵法。

长子顷襄王立,以其弟子兰为令尹。楚人既咎子兰以劝怀王入秦而不反也。屈平既嫉之,虽放流,眷顾楚国,系心怀王,不忘欲反。冀幸君之一悟,俗之一改也。其存君兴国,而欲反覆之,一篇之中,三致志焉。/然终无可奈何,故不可以反。卒以此见怀王之终不悟也。615　　　　　　　　　　　　　　　　　　　　　　　　　　　61
/人君无愚、智、贤、不肖,莫不欲求忠以自为,举贤以自佐;然亡国
5
破家相随属,而圣君治国累世而不见者,其所谓忠者不忠,而所谓贤者不贤也。/怀王以不知忠臣之分,故内惑于郑袖,外欺于张仪,疏屈
615

平而信上官大夫、令尹子兰，兵挫地削，亡其六郡，身客死于秦，为天下笑。此不知人之祸也。

$\underset{\bullet\ \ \bullet}{6\ 1\ \underline{5}}$

第八段叙述与评议结合，根据语意划分四层，每层结句用"$\underset{\bullet\ \ \bullet}{6\ 1\ \underline{5}}$"拖音收束。第一层叙述怀王客死于秦后，怀王的长子顷襄王即位，任用他的弟弟子兰为令尹。楚国人都抱怨子兰劝怀王入秦而未能回来。屈原也怨恨子兰误国，他虽流放在外，仍眷恋楚国、心系怀王，念念不忘希望回到朝廷，国君醒悟，风气改变。屈原思念君王，想要拨乱反正，一篇作品中多次表达此想法。此一层叙述部分吟起来较平稳中正，可一扬一抑微调。"不忘欲反"，"欲反"着重，"不"和"欲"是入声字。"冀幸君之一悟，俗之一改也"中，"一悟"与"一改"着重，两个"一"字是入声字，入声短促顿挫。"其存君兴国，而欲反复之，一篇之中，三致志焉"，"欲反复之"加重语气，"欲"与"复"是入声字，另"国""一"也是入声字，"三致志焉"语气放慢，"焉"字用"$\underset{\bullet\ \ \bullet}{6\ 1\ \underline{5}}$"拖音收束。屈原以挽救楚国的危亡为己任，即使被流放，依然对国家前途忧心如焚，想要一改危难局面。在《离骚》中屈原痛恨"世溷浊而嫉贤兮，好蔽美而称恶。闺中既以邃远兮，哲王又不寤"，也依然"指九天以为正兮，夫唯灵修之故也"，对国君献出一片赤诚。"昔三后之纯粹兮，固众芳之所在"也是永久的愿望。因此屈原《离骚》"其存君兴国，而欲反复之，一篇之中，三致志焉"。

第三章　高中古诗文唐调吟诵探析

第二层"然终无可奈何，故不可以反。卒以此见怀王之终不悟也"，屈原终是无可奈何。此句吟诵时情感强烈，两个"终"字、一个"卒"字，着重并略停顿，"卒"意为最终，入声短促，"无可奈何""不可以""不悟"连用，"也"字"６１５"拖音，然怀王始终没醒悟，一切终是无可挽回。

第三层评论国君无论愚笨或明智、贤明或昏庸，没有不想求忠臣来为自己效力、选拔贤才来辅佐自己的。然而国破家亡的事接连发生，而圣明的君主、大治的社会，好几世没有出现，这是因为所谓忠臣并不忠良，所谓贤臣并不贤能啊。吟诵时关注此层否定词，"莫""不欲""不见""不忠""不贤"中否定词"莫""不"是入声字，整个句子吟起来抑扬顿挫，情感强烈。"然……者，其所谓……，而所谓……也"，语气肯定，"也"字拖音收束，整体强化提示楚国小人当道，社会颠倒黑白，是非不分，圣君治国已是遥想。

第四层紧承第三层写怀王不懂任人的祸患。他不明白忠奸，所以在国内被郑袖迷惑，在外被张仪欺骗，疏远屈原却信任上官大夫和令尹子兰，军队挫败，土地被割，失去六郡，自己客死于秦，被天下人耻笑，这是不懂用人之祸呀。此一层整散结合，由"以不知忠臣之分"导致的后果慢慢铺排，整句"故内惑……外欺……"有节奏，"疏屈平而信上官大夫、令尹子兰"节奏缓，之后连用四字句写军队、土地、自己遭受危难，吟诵时有节奏感，再用散句"此不知人之祸也"再次强调不知人之祸，情感浓郁，怨恨强烈。整散结合的句法，在错落有致中赋予文章精神与情韵。楚王"不知人"，屈原本是治国之才，却得不到重用，国君相信郑袖之言放走张仪，听信子兰盲目入秦，最后死在秦国，国事一步步滑向衰败，把屈原放在楚国由盛而衰的时代背景中，放在内部激烈的政治斗争中，在个人命运及时代的悲剧中，表达了司马迁不平之气和悲叹。

令尹子兰闻之，大怒。卒使上官大夫短屈原于顷襄王。顷襄王怒而迁之。
6 1 5

第九段叙述令尹子兰得知屈原怨恨他，大为愤怒。最终让上官大夫在顷襄王面前诋毁屈原。顷襄王发怒，放逐了屈原。吟诵时"卒"字入声短促，"怒而迁"着重，"之"拖音收束。屈原由被任到被疏到被黜，最后被流放，"存君兴国"之志终是难酬。

屈原至于江滨，被发行吟泽畔，颜色憔悴，形容枯槁。渔父见而问之曰："子非三闾大夫欤？何故而至此？"/屈原曰："举世混浊而
6 1 5
我独清，众人皆醉而我独醒，是以见放。"/渔父曰："夫圣人者，
6 1 5
不凝滞于物，而能与世推移。举世混浊，何不随其流而扬其波？众人

第三章　高中古诗文唐调吟诵探析

皆醉，何不铺其糟而啜其醨？何故怀瑾握瑜，而自令见放为？"/屈原曰："吾闻之，新沐者必弹冠，新浴者必振衣。人又谁能以身之察察，受物之汶汶者乎？宁赴常流而葬乎江鱼腹中耳，又安能以皓皓之白，而蒙世俗之温蠖乎？"/乃作《怀沙》之赋。……于是怀石，遂自投汨罗以死。

第十段司马迁用了虚笔，借渔父之口与屈原对话，交代了屈原被放逐的原因，也表明屈原在两种人生态度中，坚定地选择高洁的志趣。此段根据语意划分为五层，每层结句用"６１５"拖音收束。第一层写屈原到了江滨，披散头发，在水泽旁边走边吟，脸色憔悴，形貌枯瘦。渔父看见他，便问道："您不是三闾大夫吗？为什么来到这儿？"吟诵"颜色憔悴，面容枯槁"时，两字一顿，一扬一抑，有节奏感，这八个字里充满了孤独和悲凉，赫赫有名的三闾大夫竟然如此落魄。吟诵渔父之问时，前一句上扬，后一句下抑拖音收束。第二层写屈原的回答，全世界混浊，唯独我一人清白，众人沉醉，唯独我一人清醒，因此被流放。吟诵时关注两个"皆"字，两个"独"字并举，"独"是入声字，短促顿挫，在污秽迷乱、是非颠倒的时代中，坚守清白与清醒，真是生命的大孤独、大悲凉。

第三层渔父劝屈原随波逐流、与世推移，说道："聪明通达之人，不为外物所拘束，能够随俗变化而变化。全世界都混浊，为什么不随波逐流呢？众人都沉醉，为什么不与众人同醉呢？为什么要怀抱美玉般的才华与志向，却使自己被放逐呢？"吟诵时，"浊""啜""握""不"等字入声短促，关注"何不……，何不……，何故……为"三重反问叠加，吟诵语气加急加强，有强烈劝告之意。"为"字用"６１５"拖音收束。渔父为屈原提供随世从流、明哲保身的人生选择。

第四层屈原表明心志，说道："我听说，刚洗过头一定要弹去帽子上的灰尘，刚洗过澡一定要抖掉衣服上的灰尘。谁又能让自己清净的身躯，蒙受浑浊外物的污染呢？我宁可投入大江而葬身鱼腹，又怎能用自己光明皎洁的品质，去蒙受世俗的尘垢呢？"吟诵"新沐者必弹冠，新浴者必振衣"两句，节奏整齐，一扬一抑，"沐"与"浴"是入声字，两个"必"是入声字，均短促顿挫，语气加重，表达毋庸置疑的坚定。吟诵"人又谁能以身之察察，受物之汶汶者乎"两句，"人又谁能"语气略拖长舒缓，中间工整对句，"察察"是入声叠词，"物"是入声字，"汶汶"叠词，音韵和谐且顿挫有致。吟诵"宁赴常流而葬乎江鱼腹中耳，又安能以皓皓之白，而蒙世之温蠖乎"，"赴"与"葬"两个去声动词，加重语气，这是屈原义无反顾的选择，"腹"入声略重，葬身鱼腹是最终的决定。"安能"语气加重，其中"白""俗""蠖"三字入声短促，再次强调"赴常流而葬

第三章　高中古诗文唐调吟诵探析

乎江鱼腹中"的必然，否定了从流随俗、明哲保身的自安之道，坚持高洁志向。第五层叙述屈原作《怀沙》赋，于是抱石自沉汨罗江而死。吟诵时，"作""石""汨"三字入声短促，"于是遂自投汨罗以死"平淡的叙述中有无限悲怆与深情，屈原是用一生在践行"志洁""行廉"。

　　屈原既死之后，楚有宋玉、唐勒、景差之徒者，皆好辞而以赋见称；然皆祖屈原之从容辞令，终莫敢直谏。其后楚日以削，数十年，竟为秦所灭。

第十一段叙述屈原死了以后，楚国有宋玉、唐勒、景差等人，都爱好文学，且以善作赋被人称赞。但他们都只效法屈原善于运用辞令的一面，始终不敢直言进谏。此后，楚国一天天地削弱，几十年后，终于被秦国灭掉。吟诵此段，"莫敢直谏"语气加重，"莫"与"直"是入声，铿锵有力，后学者效仿屈原为文，然只此"莫敢直谏"一条，终是难以望其项背。国君不识人，再无如屈原者，国势衰微，积重难返，终为秦所灭。

　　太史公曰："余读《离骚》《天问》《招魂》《哀郢》，悲其

志。适长沙，观屈原自沉渊，未尝不垂涕，想见其为人。/及见贾生吊
之，又怪屈原以彼其材，游诸侯，何国不容，而自令若是！/读《鹏鸟
赋》，同死生，轻去就，又爽然自失矣。"

此段为太史公论赞。根据语意划分为三层，每层结句用
"６１５"拖音收束。第一层太史公评论："我读《离骚》《天问》
《招魂》《哀郢》，为屈原高洁正直、壮志难酬而悲愤。到长沙凭吊
屈原自沉之处，未尝不流泪，追念他的为人"。深情如此！共鸣如
此！吟诵时要感悟平淡叙述中饱含的深情，"悲"字加重，"未尝
不"双重否定，"不"入声短促，"垂涕""想见"加重，"为人"
用"６１５"拖音收束。司马迁思想情感不断变化，为屈原坚守高洁
并以死明志所感动，垂下泪来，深深追念。

第二层写太史公的疑惑，"等到看到贾谊凭吊屈的文章《吊屈原
赋》，又对屈原可凭才能到各诸侯国去，何国不会容纳他，却让自己
陷入这样的困窘境地而感到奇怪。吟诵此层，"怪"字着重，后面都
是"怪"的具体内涵，感到奇怪的同时也含有深深的敬意。"何国不
容"中"国""不"入声短促，此四字顿挫强烈，"而自令若是"语
气渐缓，"若是"用"６１５"拖音收束，感慨万千。屈原没有选择
随波逐流，也没有选择另游他国，而决绝地自沉汨罗。"怪"也是历

第三章 高中古诗文唐调吟诵探析

代无数人的共同感慨,而屈原即使活着,也不会因为世人的"怪"而改变自己,正是"深固难徙,更壹志兮"。

第三层写太史公爽然自失之叹,"读了贾谊《鵩鸟赋》,看到贾谊把生和死等同看待,认为为官和不为官是不重要的,这又使我茫然了"。吟诵此层,"同死生,轻去就",语气着重,三字句节奏感强,"爽然自失"舒缓低回,"矣"字用"６１５"拖音摇曳收束。司马迁也在悲叹自己的人生选择!司马迁为贾屈两人合传。他与屈原、贾谊三人有相似的生平际遇:有才能、有志向、遭诽谤、大志空落。近代李景星在《四史评议》中评道:"通篇多用虚笔,以抑郁难抑之气,写怀才不遇之感,岂独屈贾二人合传,直作屈贾司马三人合传读可也。"面对人生困境,屈原选择自沉汨罗,贾谊选择对"死生""去就"超然处之,然而司马迁的选择不同于他们,又该何去何从用何种方式来抗争呢?故"爽然自失"。司马迁最后选择的是看重生,以己其材成就自己的事业,甘愿受辱也要完成《史记》的撰写。这成就了司马迁式的人生。

唐文治先生在《国文经纬贯通大义》一书中将《屈原列传》归入国文"布局神化法":"三国以下史书,所以不及史记者,由布局呆滞也,《史记》则神化无方,如《伯夷列传》,前后议论,列传在中间,《屈原列传》,一段叙事,一段议论,用虚实相间法,其文义遥遥相承,尤为列传中之创格,读本法三传,可以悟史记变化之法,

后世史家，虽欧阳永叔，亦不能逮也。"[①] 吟诵此篇文章，需深味司马迁用叙议、抒情相结合的"布局神化"法，感悟其中寄寓的浓郁而丰富的情感。吟诵时要吟出文章抑扬变化之美，吟出议论句、感叹句充沛气势与情感的变化，吟出语气词、动词等或加重或感叹或低徊之意，吟出入声字短促顿挫感，吟出整散句式结合错落情韵。

司马迁感佩于屈原"与日月争光"，故"想见其为人"，从而将屈原从厚重的历史淤泥中挖掘出来。屈原的灵魂借司马迁之笔复活。司马迁为屈原鸣不平，亦是为己鸣不平；他写屈原之幽怨，亦是写己之幽怨。司马迁与屈原身上均有"苏世独立，横而不流"的伟岸与高洁，有闪耀的永不熄灭的生命光芒，历史的天空需要这样的光芒，照耀人类生存中的各种窘境与黑暗。

3.《兰亭集序》
王羲之

吟诵重点：感悟文章情感由乐转痛再转悲的丰富意蕴，由兰亭乐事延伸到表达人类共通的生命悲欢及觉醒；体味文章骈散结合、言简意丰、多用"之"字、入声字之妙与情感表达的幽微设计。

兰亭，是东晋时期会稽郡治山阴（今浙江绍兴市）城西南郊名胜。王羲之，字逸少，晋代著名书法家，有"书圣"之称。祖籍琅琊

[①] 唐文治《国文经纬贯通大义》，文史哲出版社，1987年，第117—118页。

第三章 高中古诗文唐调吟诵探析

（今山东临沂），琅琊王氏家族是魏晋南北朝时期赫赫有名的望族。公元317年，西晋皇族司马睿南迁建康（南京），建立东晋政权，这是中国历史上第一次大规模"衣冠南渡"，王羲之家族因此随之南迁。公元351年，晋穆帝永和七年，王羲之被任命为右军将军、会稽内史，王羲之因此迁居会稽（今浙江绍兴）。

晋穆帝永和九年三月三日，王羲之与孙绰、谢安、王蕴、支遁等名士，及其子王凝之、王徽之等41人，同到兰亭饮酒赋诗、消灾求福，此次宴集作诗合集为《兰亭集》，王羲之酒后以行书写就《兰亭集序》，文学与书法珠联璧合，遂成"天下第一行书"。据唐代何延之《兰亭记》记载，《兰亭集序》这篇名作原稿收存在王羲之第七世孙智永手中，唐太宗时，智永百岁圆寂，将收藏的《兰亭集序》交由弟子辩才保管。据说唐太宗曾数次召见八十高龄的辩才，打探《兰亭》下落，辩才说不知去向！唐太宗让萧翼设计骗取，萧翼伪装成落魄书生，苦练王羲之书法，后拜见辩才，言谈甚欢。后萧翼巧妙使用激将法，辩才从梁柱间取出《兰亭集序》，后萧翼偷取，辩才和尚因此"惊悸患重"，"岁余乃卒"，这就是惊心动魄的"萧翼赚（骗取）《兰亭》"的故事。

此文可以用唐调"后世散文调"来吟诵。唐调吟诵古文强调"因声求气"，根据言之长短、音之高低来探求文章之气，探寻文章幽微的情感、气韵。参照唐调"后世散文调"吟诵：整体上，平声音平些，仄声音高些，入声字音短促；吟出结句拖音６１５，自然摇曳，

回味无穷；每句起句的音低一些，渐次升高，中间可以根据情感高低起伏，将要收束时渐缓回落；吟出整句与散句结合的顿挫感，感受错落美。

永和九年，岁在癸丑，暮春之初，会于会稽山阴之兰亭，修禊事也。/ 615 群贤毕至，少长咸集。此地有崇山峻岭，茂林修竹；又有清流激湍，映带左右，引以为流觞曲水，列坐其次。虽无丝竹管弦之盛，一觞一咏，亦足以畅叙幽情。615

唐调吟诵此段，划出两层（用"/"标层次），结句时均用 615 拖音回味，摇曳多姿。第一层交代了年份、时节、地点、事件。起句就用偶句讲年份，吟诵起来很舒缓，"永和九年"是东晋穆帝年号，"岁在癸丑"是天干地支纪年法。暮春，春天最后一个月，一月孟春，二月仲春，三月季春，亦称暮春，暮春之初，指的是三月三日上巳节，是春天修禊的日子，在山水间郊游洗涤，消灾祈福。王羲之与亲友42人在会稽山阴的兰亭聚会。

第二层先用偶句介绍参与修禊活动的人，"群贤毕至"，所有的名士都来了，"少长贤集"，"长"是指作者自己和孙绰、谢

第三章 高中古诗文唐调吟诵探析

安、支遁等老一辈,"少"指王氏子弟,一个时代最风雅的人齐聚,"毕""集"是入声字,吟诵起来短促,有顿挫节奏感,这实在是盛大的活动。接着写山川风景,骈散结合,四字为主,吟诵起来舒展开阔,这里有高峻山岭,茂密树林,修长翠竹,清流激湍,山水相映,景色雅致清朗。挖好水渠,引水入渠,遂成曲水,群贤列坐曲水之旁,酒杯沿着曲水顺流而漂,漂到谁面前就拿起酒杯喝酒,虽然没有丝竹管弦音乐助兴,大家一边喝酒一边吟诗,就足够热闹了,也可借着酒兴畅快地把内心深处真实的情感表达出来。此后,兰亭"流觞曲水"成为千古以来人们不断谈论、效仿的雅集活动。

是日也,天朗气清,惠风和畅。仰观宇宙之大,俯察品类之盛,所以游目骋怀,足以极视听之娱,信可乐也。
　　　　　　　　　　６１５

此段用简洁的文字高度概述了此次活动的良辰美景赏心乐事。"是日也",强调这一天,吟诵时此三字时一顿,后面的内容吟起来一气呵成。天朗润,气清明,风和畅。"仰观宇宙之大,俯察品类之盛"真是写尽世间美好,宇宙是无限时间与无限空间的总和,庄严神秘无极,故仰观。山川草木,人与万物,依附大地,然人借神灵之眼看品类之盛,故俯瞰。眼任意移动,心畅快敞开,视听极尽享受,真是快乐啊,真是豁达与潇洒啊。"信可乐也"在吟诵时可着重,"乐"是入声字,掷地有声,"也"字"６１５"拖音要尽兴、潇洒。

唐调流韵：古诗文吟诵探析

2022年10月，意大利首位女性航天员萨曼莎·克里斯托福雷蒂，在国际空间站执行驻留任务，当国际空间站经过北京上空，她俯瞰到天地之景，拍下三张浩瀚太空图，并配文"仰观宇宙之大，俯察品类之盛，所以游目骋怀，足以极视听之娱，信可乐也"，真是妙绝。

夫人之相与，俯仰一世，或取诸怀抱，悟言一室之内；或因寄所托，放浪形骸之外。虽趣舍万殊，静躁不同，当其欣于所遇，暂得于己，快然自足，不知老之将至。及其所之既倦，情随事迁，感慨系之矣。/向之所欣，俯仰之间，已为陈迹，犹不能不以之兴怀。况修短随化，终期于尽。古人云："死生亦大矣。"岂不痛哉！

此段转到生命的思考。在丧乱年代颠沛的王羲之，难得享受到修禊之日天时地利人和的美好，但欢愉终究是不能长久的。在无限的宇宙空间里，人的一生何其有限，想到人在世间，"俯仰之间"转瞬就过去了。两个"或"引出的偶句写出两种人生态度，在吟诵时可以放缓，细细品味两种生命状态。有的人在室内晤谈，互相倾诉心里话，求得引起共鸣，照应第一段，兰亭修禊其实也是名士晤谈交流，快慰欣然；有的人把情怀寄托在所爱好的事物上，言行不受拘束，超越世

俗约束，恣情任性表达自我，《世说新语》中记载的不顾世俗、任性不羁之人便属于此类人。尽管每个人生活态度取舍各异，或是晤言一室之内之静或是放浪形骸之动，但是却有生命的共同情感，当他遇到让自己欣喜之物，就会自得、高兴、满足，不知道老将要到来这一事实。等到对所得之物、所喜之事感到厌倦，情感不一样了，感慨就随之而来。吟诵这一层时，四言为主，间以杂言，错落有致，关注6个"之"字的音节之妙，略拖音，增加抒情意味。

万事万物变化无常，曾经引以为乐的事，转瞬之间变成了过眼云烟，正如秦可卿托梦王熙凤时所说，也不过是"瞬息的繁华，一时的欢乐"，这又引起心中的感触。更何况生命长短，听凭造化，最终都要归于虚无。吟诵时，四字句有节奏，传达生命无常的事实，"犹不能"一句舒缓，引发感慨。"况"字语意进一层，吟诵时加重。王羲之引用了庄子的一句话"死生亦大矣"，强调死是一件重大的事，真是令人痛心啊，谁能逃得过生命消逝的宿命呢？纵有千年铁门槛，终须一个土馒头。世事无定数，永乐不可得，生命终归于尽，在无限的时空里，人生短暂如逆旅。"岂不痛哉！"长叹中有无限悲痛与深情，吟诵时需深入玩味这种悲叹与珍惜。

每览昔人兴感之由，若合一契，未尝不临文嗟悼，不能喻之于怀。固知一死生为虚诞，齐彭殇为妄作。后之视今，亦犹今之视昔。

悲夫！/故列叙时人，录其所述，虽世殊事异，所以兴怀，其致一也。
　　615

后之览者，亦将有感于斯文。
　　　　　615

　　此段吟诵分为两层。第一层想到人类共性情感，人都是不断追求快乐，又常由乐生痛，每次读古人触景生情，对死生发出感慨的作品，总是能像符契一样合乎自己的胸怀。契，以金玉竹木等制成，上刻文字立约，分成两半，在木板一边刻出凹凸，两块木板可以相合，履行合约时，两块木板合并。看到古人对死生发生感慨的文章，就为此悲伤感叹，也说不出是什么原因。"固知"领启偶句，吟诵起来错落有音韵美，"一死生为虚诞"即把死和生等同起来的说法是不真实的，"齐彭殇为妄作"，彭祖自尧帝起，历夏朝、商朝，活到周朝，八百岁，殇指未成年夭折，把长寿和短命等同起来的说法是虚妄之谈。王羲之反对这种虚无的理解，实指生之可贵。我们今天看从前人的作品，会哀悼他们由乐生悲、人生短暂、终期于尽的悲叹，以后的人看今天的我们，也同样会哀悼我们。古今同悲的宿命！突然一句"悲夫"，好深的悲叹，吟诵时稍加着重拖长，真是痛何如哉！

　　第二层点明写作意图，把今天参与修禊的群贤的诗编合集，留给后人看。虽然世事沧桑，时代迥异，但人的情感是相通的，后人看了我们今天的诗文，一定会有乐与悲、生与死、有限与无限的生命共鸣。《兰亭集序》至此已超越了此次修禊活动本身，超越了个体的悲喜，有了更为开阔的意义，表达出人类共通的生死悲欢及生命觉醒。

全文骈散结合，叙议融合，吟诵起来时而舒缓，时而饱满。全文20个"之"字，音节和谐，尽显幽微之情。文辞简洁，丰神有韵。"信可乐也""岂不痛哉""悲夫"直接抒情直抵人心，这也是真性情的流露。王羲之的书法作品中常有"奈何奈何""悲夫""痛哉"等沉痛的感叹，在东晋偏安、朝不保夕的时代，这一次"天朗气清，惠风和畅。仰观宇宙之大，俯察品类之盛，所以游目骋怀，足以极视听之娱，信可乐也"是多么难得的至乐至美时刻啊，让千载后的我们也心驰神往。《世说新语·容止》篇有"海西时，诸公每朝，朝堂犹暗。惟会稽王来，轩轩如朝霞举"，会稽王就是王羲之，他一来，整个朝堂都被朝霞映照得亮堂起来。他的《兰亭集序》亦如此，在书法、文学、历史的天空熠熠发光。

4.《阿房宫赋》
杜牧

扫描二维码
在线听音频

吟诵重点：感悟作者借纵横驰骋的想象力描摹阿房宫，表达直击时弊的忧患意识、谏诤精神；反复吟诵，体味此赋多用四字句、各种句式交错与情感表达的关联；关注平仄声韵转换与情感的变化；玩味"嗟乎""呜呼"等感叹语气深沉情感。

阿房宫，是秦始皇建造的一组宫殿。《史记》载："先作前殿阿房，东西五百步，南北五十丈，上可以坐万人，下可以建五丈旗。周

驰为阁道，自殿下直抵南山。"它从秦始皇时开始修造，直到秦二世还没有全部完工。这时，秦王朝就覆没了，据说阿房宫被项羽纵火焚毁，遗址在今陕西西安阿房宫村。

"赋"是介于诗歌与散文之间的有韵文体。"赋"出现于战国后期，到了汉代才形成确定的体制。唐古文运动之后，文人开始用古文笔法作赋，赋由骈俪（讲究对偶，注重声律）趋向散文化（句式参差，押韵自由），成为"文赋"。《阿房宫赋》被人们视为"文赋"的先河，更有"古来之赋，此为第一"之誉。

杜牧，字牧之，中唐名相杜佑的孙子，杜牧受祖父杜佑的教育，喜欢读经史，才思敏捷，关心国事，有志于兴邦大业。看到唐敬宗大修宫殿、生活荒淫、不重朝政，就写下了《阿房宫赋》这篇名作，假借秦始皇修阿房宫的事情来讽喻，希望皇帝接受秦灭亡的教训。

六王毕，四海一，蜀山兀，阿房出。覆压三百余里，隔离天日。骊山北构而西折，直走咸阳。二川溶溶，流入宫墙。五步一楼，十步一阁；廊腰缦回，檐牙高啄；各抱地势，钩心斗角。盘盘焉，囷囷焉，蜂房水涡，矗不知其几千万落。/长桥卧波，未云何龙？复道行空，不霁何虹？高低冥迷，不知西东。歌台暖响，春光融融；舞殿冷

第三章　高中古诗文唐调吟诵探析

袖，风雨凄凄。一日之内，一宫之间，而气候不齐。
$$6\ 1\ \dot{5}$$

唐调吟诵此段，根据换韵及语意，划出两层（用"/"标层次），结句时均用"６１５"拖音。文章开篇两组偶句，均为三字句，突兀、简洁、厚重、雄健，"毕""一""兀""出"押入声韵，节奏短促，顿挫感强。"六王""四海"均指天下，秦统一天下的放纵恣肆之举显露无遗，秦需要最雄浑的建筑来彰显帝国威严与气象，于是蜀山木尽，阿房始出，据说四川多产上等的金丝楠木，这些楠木经由蜀道翻山越岭运抵工地。建造时工程的浩大和人力物力的消耗暗含作者的讽刺与哀叹。文章接着描述阿房宫规模浩大，"覆压三百余里"，有一种巨大的压迫感，"隔离天日"，楼宇之高，遮天蔽日。建筑群顺着地形由骊山一路延长过来，直到咸阳，渭水和樊川两条河缓缓经过建筑群，"咸阳""宫墙"押阳韵，吟起来很舒缓，一山两河也涵盖在阿房宫了，可见建筑群面积极大。接下来三组四字句换韵，"阁""啄""角"押入声韵，节奏感加强。"五步一楼，十步一阁"极写楼阁众多，"廊腰缦回，檐牙高啄"写出建筑物姿态丰富，走廊像人的腰部一样曲折萦绕，檐牙像鸟首啄物。"各抱地势，钩心斗角"，建筑物各随地势的高低走向而建，屋角与屋角对峙似相斗，建筑精巧，这也是传统建筑飞檐的特点，各种建筑物与中心区相连。"盘盘焉，囷囷焉，蜂房水涡，矗不知其几千万落"，整散结合，在整齐中有变化，

吟诵起来较之前的四字句更舒缓、悠长，"盘盘焉，囷囷焉"适当拖长，"落"是入声字，收尾时先稍顿再拖音，抒情意味增强，建筑物回环曲折，像蜂房稠密层叠，像水涡回环不尽，不知有几千万座，实在是奢华到极，蕴含了作者的大惊叹、大哀叹。

第二层换韵，由之前的入声韵，换为"龙""虹""东""融"的东韵及"凄""齐"的"齐"韵，与作者的惊叹之情相合，吟诵抒情意味强。"长桥卧波，未云何龙？复道行空，不霁何虹"，阿房咸阳之间河上有三座长桥，阿房往骊山架着八十里复道，长桥和复道都有美丽的装饰，作者以"龙""虹"来比，充满离奇的想象。"歌台暖响，春光融融；舞殿冷袖，风雨凄凄"，宫殿里，歌舞非凡，乐器吹奏一片和乐，故暖响，舞蹈长袖生风，故冷袖，这里有各种感官巧妙糅合，把抽象气氛通过具体想象场景描摹出来，一日、一宫"气候不齐"，宫人的生活处境冷暖不同，用歌舞的效果来衬托阿房宫规模之大，自然过渡到下文对阿房宫宫人生活的描述。

妃嫔媵嫱，王子皇孙，辞楼下殿，辇来于秦。朝歌夜弦，为秦宫人。/明星荧荧，开妆镜也；绿云扰扰，梳晓鬟也；渭流涨腻，弃脂水也；烟斜雾横，焚椒兰也。雷霆乍惊，宫车过也；辘辘远听，杳不知其所之也。/一肌一容，尽态极妍，缦立远视，而望幸焉。有不见者，三十六年。/

第三章　高中古诗文唐调吟诵探析

燕赵之收藏，韩魏之经营，齐楚之精英，几世几年，剽掠其人，倚叠如山。一旦不能有，输来其间。鼎铛玉石，金块珠砾，弃掷逦迤。秦人视之，亦不甚惜。
　　　　　　６１５

　　根据换韵及语意，此段划出四层，每层结句时用６１５拖音。第一层交代秦国宫女的来历，六国王侯的宫妃、女儿都是战争的牺牲品，乘着辇车迫不得已入住秦宫。阿房宫收纳六国的美人，尽管这不是真实的史实，然杜牧借虚写宫女生活，让人感叹，也更能指向讽刺"秦爱纷奢"。这一层均为四字句，有节奏感，缓缓展开对宫中生活的具体描摹。第二层连用六个"也"，判断句极尽铺陈。吟诵时"明星荧荧"音略高，"开妆镜也"音收低，"也"稍停顿，语言舒缓，"荧荧""扰扰"叠词有音韵之美、夸张之效，形容美人之多。后面吟诵亦一扬一抑，在音调高低中细细品味、想象杜牧文字对美人的精美描摹。明镜如繁星闪耀，晓鬟如绿云盘绕，脂粉涨满渭水，香气飘散如烟雾，宫车往来如雷霆，一连串的比喻、铺陈，极尽夸张，具有画面感，让人应接不暇。宫女们过着豪奢的生活，整日无所事事，只是空等君王到来，"杳不知其所之也"由四字句换为七字句，宫车辘辘声渐行渐远，最终空无回声，吟诵这一句摇曳悠远，更显怅然若失。第三层换韵，"妍""焉""年"押先韵，极尽美丽却受尽摧残,在对比中更显幽怨与悲哀。幽居深宫的寂寞女子为求宠幸连一肌一容都精雕细琢。但秦始皇在位三十六年,许多宫女一生都无缘见到君王。元稹有诗《行宫》"寥落古行宫,宫花寂寞红。白头宫女在,闲坐说玄宗",描摹的正是此情状。杜牧用宫女寂寞空守讽刺君王腐化奢靡的生活。此文细致描摹众多宫女,可见秦统治者沉浸于纸醉金迷的生活,没有忧患意识。

第四层写秦王搜刮、聚敛财富。"燕赵之收藏,韩魏之经营,齐楚之精英,几世几年,剽掠其人,倚叠如山。一旦不能有,输来其间",用铺陈手法罗列六国的珍宝之多。"经营""精英"韵同,吟诵时有音韵美,更显珍宝之精美。"几世几年,剽掠其人",这些精美的宝物都是各国统治者长久地从百姓处搜刮来的,"倚叠如山",搜刮无止无休、触目惊心,不惜物,不惜民,故六国亡。可是六王灭亡后,珍宝归秦,秦人"鼎铛玉石,金块珠砾","石"和"砾"是入声字,吟诵起来短促,八个字高度浓缩以贵为贱的荒淫挥霍。把宝鼎视如铁锅,把宝玉视如石头,把黄金视如黄土,把珍珠视如碎石,不惜物,不惜福。"亦不甚惜"的"惜"是入声字,收束急促,暗含大感慨,不惜物、不惜民,秦必亡。

嗟乎!一人之心,千万人之心也。秦爱纷奢,人亦念其家。奈何取之尽锱铢,用之如泥沙。/使负栋之柱,多于南亩之农夫;架梁之

615

第三章　高中古诗文唐调吟诵探析

椽，多于机上之工女；钉头磷磷，多于在庾之粟粒；瓦缝参差，多于周身之帛缕；直栏横槛，多于九土之城郭；管弦呕哑，多于市人之言语。/使天下之人，不敢言而敢怒。独夫之心，日益骄固。戍卒叫，函谷举，楚人一炬，可怜焦土！

根据换韵及语意，此段划出三层，每层结句时用"６１５"拖音。第一层"嗟乎"一声长叹，在描摹建筑之壮丽、宫女之众多、珍宝之富庶后引发感叹。此处为散句，"家""沙"押麻韵，吟诵略缓，与前后的整句相间，有节奏顿挫感，这是赋的自由，也是抒情的自由。统治者一心只想到自己享受，完全不顾及百姓，然而人心好恶是相同的，不能将心比心，必将灭亡。正如《孟子·离娄上》所言，"桀纣之失天下也，失其民也；失其民者，失其心也。得天下有道：得其民，斯得天下矣；得其民有道：得其心，斯得民矣；得其心有道：所欲与之聚之，所恶勿施，尔也。……苟不志于仁，终身忧辱，以陷于死亡"。

第二层整句铺陈写宫殿，句式工整，吟诵节奏感加强，声音抑扬起伏。"女""粒""缕""郭""语""怒""固""举""炬""土"押仄声韵，暗含怨愤之气。一连用了六个"多于"，宫殿里的木柱比田里的农夫多，屋梁的椽木比织布的女工多，木头的铆钉比仓库里的米粒多,屋顶上的瓦缝比衣服上的针线多,宫室的栏杆比全国的城墙多,乐器的奏鸣比集市的人声还多。一边是阿房宫的豪华、奢侈,一边是普通百姓的辛勤劳作,在一一比较中,揭示统治者消耗靡费与百姓承受的苦难紧紧相连,引出第三层的议论——这一切的结果只能是自身的腐败和百姓的怨恨,百姓积怨却不敢言。《国语》曾记载厉王杀人止谤之事,"厉王虐;国人谤王;邵公告曰:'民不堪命矣。'王怒;得卫巫;使监谤者;以告;则杀之。国人莫敢言;道路以目"。很快暴动发生,百姓推翻了厉王的统治。"莫敢言""不敢言"就埋下了亡国之祸。"戍卒叫,函谷举,楚人一炬,可怜焦土",十四字短句,吟诵急促,"举""炬""土"押上声韵,音高亢,情绪激昂。"叫""举""炬"三个动词,陈胜、吴广等陷入绝境一声起义,函谷关被攻破,楚人项羽放火烧宫殿,威震四海的秦王朝、豪华壮丽的阿房宫,在摧枯拉朽之势下化为焦土。前人评论"一篇无数壮丽只以四字了之",戛然而止,收束有力,留给人无尽的感慨,写尽了王朝覆亡的迅捷与不堪,真是黄粱一梦。

呜呼!灭六国者六国也,非秦也;族秦者秦也,非天下也。/嗟乎!使六国各爱其人,则足以拒秦;使秦复爱六国之人,则递三世可至万世而为君,谁得而族灭也?/秦人不暇自哀,而后人哀之;后人哀

第三章　高中古诗文唐调吟诵探析

之而不鉴之，亦使后人而复哀后人也。
　　　　　　　　　6 1 5

　　此段吟诵分为三层。"呜呼"一声，议论蓄势待发。灭六国的是自己，灭秦的也是自己，两句判断斩钉截铁，吟诵后一个"也"时"6 1 5"拖音，有遗憾与批判之意。"嗟乎"再次感叹，假使六国各爱其人民，则不会灭亡，假使秦统一后爱六国之人，可以万代为君，始皇至万世，谁能灭秦呢？两次假设，一陈述，一反问，情感进一步增强。最后一层延伸宕开，以史为鉴，可知兴替，四个"哀"，吟诵时相互呼应，一片哀伤，一个"鉴"，这片哀伤为唐朝人提供巨大的警告，吟诵时"也"字拖音，如闻哀音，韵味无穷。

　　清人吴楚材、吴调侯《古文观止》评曰："前幅极写阿房之瑰丽，不是羡慕其奢华，正以见骄横敛怨之至，而民不堪命也，便伏有不爱六国之人意在。"可见，文章前面的铺陈是为后面的总结秦灭亡的历史教训张本，最后的议论起到了画龙点睛、言有尽而意无穷之效果。

　　《阿房宫赋》有丰富的想象力与文采，有深沉的忧患意识，更有文人敢于直击时弊的谏诤精神。此赋多用三字句、四字句，整散错落，吟诵起来节奏张弛有度、气韵生动，需玩味平声、仄声韵与情感的关联，玩味"嗟乎""呜呼""也"的深沉感叹。东坡曾在翰林读《阿房宫赋》至四鼓，老吏苦之，坡洒然不倦。苏子洒然不倦，可见此赋读来酣畅淋漓、意韵无穷。

5.《赤壁赋》

苏轼

扫描二维码
在线听音频

吟诵重点：此文属少阳趣味（唐文治先生归类），吟诵时舒展从容。感悟文章情感由乐转悲再转喜大开大阖的丰富性，以情统摄全篇，情景理浑然一体之特点；反复吟诵，体味文章不断换韵、整句与散句错落、用字灵活多变与情感表达的幽微之妙。

湖北的赤壁，有文赤壁与武赤壁之分，这一文一武，构成了灿烂无比的赤壁文化。武赤壁位于赤壁市（原蒲圻市），是三国时期周瑜与曹操鏖战之地。文赤壁位于黄州西边的赤鼻矶，因北宋著名文学家苏东坡在此写下了传颂千年的前后《赤壁赋》及《念奴娇·赤壁怀古》，故被命名为"东坡赤壁"或"文赤壁"。当年东坡弄错了地方写下有关赤壁的诗文，也正是这阴差阳错，使默默无闻之地变得赫赫有名，故有联"天生赤壁，不过周郎一炬，苏子两游"，文武赤壁相连，成就了赤壁盛事。

苏轼是宋仁宗时进士，因反对王安石变法，遭遇"乌台诗案"，乌台就是御史台，御史的衙门外有很多高大的树，树上有许多乌鸦，故称乌台。御史们从苏轼的诗文中寻章摘句，任意曲解，指控苏轼攻击朝廷，苏轼下狱百余日，几乎被判死刑，最终被从轻发落，贬为黄州团练副使。苏轼任此闲职，没有固定俸薪，甚至不能维持基本生活，自己要耕田种菜，遂选择东边坡地种菜，遂自号曰"东坡"。

第三章　高中古诗文唐调吟诵探析

在宋神宗元丰五年（1082年）的七月，黄州团练副使的苏轼游黄州赤壁，写下了《赤壁赋》。同年十月，再游赤壁写下《后赤壁赋》。为了区别，也常常在这篇《赤壁赋》的前面加一个"前"字，即为《前赤壁赋》。

用唐调吟诵品味《赤壁赋》情韵之妙。唐调吟诵古文强调"因声求气"，根据言之长短、音之高低来探求文章之气，吟诵可以更好地探寻极幽微的文章品格及作家神气。参照唐调"后世散文调"吟诵，吟诵特点：整体上，平声音平些，仄声音高些，入声字音短促；吟出结句拖音"６１５"，这是唐调独特的尾音；每句起句音低一些，渐次升高，到快要收束时渐缓回落；吟出整句与散句结合的顿挫感，感受错落美。

壬戌之秋，七月既望，苏子与客泛舟游于赤壁之下。/清风徐来，
　　　　　　　　　　　　　　　　　　　　　　６１５
水波不兴。举酒属客，诵明月之诗，歌窈窕之章。/少焉，月出于东山
　　　　　　　　　　　　　　　　　　　　　６１５
之上，徘徊于斗牛之间。白露横江，水光接天。纵一苇之所如，凌万顷之茫然。浩浩乎如冯虚御风，而不知其所止；飘飘乎如遗世独立，羽化而登仙。
　　６１５

唐调吟诵此段，根据语意，读出句读层次，划出三层（用"/"标层次），结句时用"６１５"拖音回味，摇曳多姿。第一层交代了时间、地点、人物，"之""于""之"三个虚词的使用，使句子节奏舒缓，与作者的游江的从容潇洒相应；"望"字声音上扬朗润，秋光正好，此四字吟诵起来音比前四字高一些、亮一些。

第二层先用偶句初写秋风秋水，再饮酒诵诗，呼唤月出，吟诵时"举酒""诵明月"两句音渐高，"歌窈窕"句音渐低收束。初写秋景，明月未出，先诵明月之诗为铺垫，用《诗经·月出》"月出皎兮，佼人僚兮，舒窈纠兮，劳心悄兮"，月亮出来皎洁光亮，心中美人姿容美丽、身材窈窕，让我思慕心忧。与下文月出与望美人呼应。

第三层"少焉"两字一句，节奏顿挫，紧接着两个偶句，节奏恢复舒缓，写月亮从东山出来，徘徊在斗牛星之间，月光横照江面，与湖光浑然相接；"纵""凌"两个单音词放在句首，句子与其他偶句的停顿略有不同，形成顿挫，形式上的独特与情感上的自在合一，"一苇"之小在"万顷"之大的空间里无拘无束，体现出人在月下江中飘浮之自在、自由，此句吟诵音高一些，好像在享受无边、阔大、自由的时空；"浩浩乎""飘飘乎"两句，前半句对偶，后半句节奏有变化，吟出飞仙之痛快。此段中，秋风徐来、秋江明静、白露横江、秋水充盈、秋月含情，高山流水相依，人与月相映，诗与酒相和，作者简直要飘飘欲仙、遗世独立，"焉""间""天""然""仙"押"删先"合韵，吟诵起来字音舒

第三章　高中古诗文唐调吟诵探析

缓,与人在大自然中和谐超脱之情相合。

于是饮酒乐甚,扣舷而歌之。歌曰:"桂棹兮兰桨,击空明兮溯流光。渺渺兮予怀,望美人兮天一方。"客有吹洞箫者,倚歌而和之。其声呜呜然,如怨如慕、如泣如诉,余音袅袅,不绝如缕。舞幽壑之潜蛟,泣孤舟之嫠妇。
$$\underset{\bullet\;\bullet}{615}$$

唐调吟诵此段,根据语境及换韵,读出句读,划出两层。第一层写到酒兴所至,扣舷而歌,歌曰为"楚辞体",吟诵时可用"楚辞调""2 2 1 1 2 2 1　1 1 1 2 1 $\underset{\bullet\;\bullet}{65}$　$666 1 \underline{3} \underline{5}$　$\underset{\bullet\;\bullet}{666} 1 \underline{3} \underline{5}$"。"桨""光""方"押阳韵,歌的内容是"桂木作棹,木兰作桨,都是极好之木,水天空明一色,轻拍满江月光,追寻光源,在这极美之境中,我内心辽阔空灵,只念远方的美人,内心已有淡淡幽思"。第二层写客之洞箫,悠扬凄美,一下把人带到另一气氛,洞箫声如哀怨、如思慕、如哭泣、如倾诉,声音绵延如丝线不绝,使深渊的蛟龙起舞,使孤舟上的寡妇哭泣,情境由乐全然转悲。"呜""慕""诉""缕""妇"押遇虞之韵,吟诵起来低沉呜咽,与情相应。引出下文苏子之问。

苏子愀然,正襟危坐而问客曰:"何为其然也?"/客曰:"'月
$$\underset{\bullet\;\bullet}{615}$$

唐调流韵：古诗文吟诵探析

明星稀，乌鹊南飞'，此非曹孟德之诗乎？/西望夏口，东望武昌，
　　　　　　　　　　　　　　　　615

山川相缪，郁乎苍苍，此非孟德之困于周郎者乎？/方其破荆州，下
　　　　　　　　　　　　　　　　　　　　　　　　　615

江陵，顺流而东也，舳舻千里，旌旗蔽空，酾酒临江，横槊赋诗，固

一世之雄也，而今安在哉？/况吾与子渔樵于江渚之上，侣鱼虾而友麋
　　　　　　　　　615

鹿；驾一叶之扁舟，举匏樽以相属。寄蜉蝣于天地，渺沧海之一粟。

哀吾生之须臾，羡长江之无穷。挟飞仙以遨游，抱明月而长终。知不

可乎骤得，托遗响于悲风。"
　　　　　　　615

唐调吟诵此段，根据语意及换韵读出句读，划出五层（用"/"标识），结句时用"615"拖音。第一层承上，情境由乐转悲，苏子愀然发问"何为其然也"，在此拖音，也引发读者的疑惑。一问一答是古人写文常用手法，如《渔父》中屈原与渔父、《秋声赋》中欧阳子与童子，使文章更活泼，更有情境感，更有代入感。

第二层"月明星稀"两句出自《短歌行》，原句是"月明星稀，乌鹊南飞，绕树三匝，无枝可依"，这是曹操54岁赤壁之战前写下的，他踌躇满志，渴望贤才来帮助自己建功立业。此层"稀""飞""诗"是押支微通韵。

第三章 高中古诗文唐调吟诵探析

第三层换韵,意思推进,换韵吟诵有抑扬之感,"昌""苍""郎"押阳韵,如此山川地域,如此战争之事中,曹操为周瑜所困,溃不成军。连用"此非……乎",两重疑问前后形成极大的转折,也暗写了英雄伟业也没有定势,人生也是如此无常,吟诵"$\overset{\bullet}{6}\overset{\bullet}{1}5$"时需要细细玩味这种无常。

第四层"方其"稍缓,之后便是偶句对举,"东""空""雄"押东韵,写出盖世英雄气势,兵破荆州,攻占江陵,顺江东进,战船相连千里,旌旗遮蔽天空,面对长江斟酒痛饮,横执长矛吟诵诗歌,大战前豪雄之气毕现,收束时用"固一世之雄也,而今安在哉",具有浓郁的悲情。"固……也",世人仰慕的曾不可一世的英雄人物,"而今安在哉",现在已是过眼云烟,江山依旧,幻灭悲怆,吟诵拖音"$\overset{\bullet}{6}\overset{\bullet}{1}5$"需表达这种悲情。

第五层"况"字停顿,语意转到"吾与子"。盖世英雄尚且幻灭如云烟,何况"吾与子"等凡夫俗子。在无穷无尽的时空中,我等只是打鱼砍柴、以鱼虾为侣、以麋鹿为友、乘一叶小舟、举杯劝酒的渺小之人。在无限的时间中,我们短暂得如朝生暮死的蜉蝣;在无垠的空间中,我们渺小得如大海里的一粒粟米。这里"鹿""嘱""粟"押入声屋沃合韵,吟诵时短促,更显个体渺小之悲慨。之后"哀"与"羡"对举,真是羡慕长江万古长存啊!真希望能像道家仙人一样飞升遨游,伴着明月获得永存。可是这些不是骤然能得到的,只好把悲怆寄寓于洞箫,让其在悲凉的秋风里飘荡。这里"穷""终""风"押东韵,与之前的入声韵,形成一张一弛之效。至此,客的人生悲慨可概括为"渺小""短暂",最终"虚无",这也正是人最常有的生命困境。

那么渺小的人如何寻找人生的意义呢?引出苏子作答。

苏子曰:"客亦知夫水与月乎?逝者如斯,而未尝往也;盈虚者如彼,而卒莫消长也。/盖将自其变者而观之,则天地曾不能以一瞬;
　　　　　　　　　　　　　　　　　　615
自其不变者而观之,则物与我皆无尽也,而又何羡乎!/且夫天地之
　　　　　　　　　　　　　　　　　　　　　　　615
间,物各有主,苟非吾之所有,虽一毫而莫取。/惟江上之清风,与山
　　　　　　　　　　　　　　　　　615
间之明月,耳得之而为声,目遇之而成色,取之无禁,用之不竭,是

造物者之无尽藏也,而吾与子之所共适。"
　　　　　　　　　615

唐调吟诵此段,根据语意及换韵读出句读,划出四层(用"/"标识),结句时用"６１５"拖音。第一层苏子用水月为喻,"夫""乎"使用,语气缓和,"往""长"押养韵,舒缓柔和,娓娓道来。《论语·子罕》有"逝者如斯夫,不舍昼夜",孔夫子感慨时光流逝如流水昼夜不停、一去不返。此处苏子反其意问,那水又何曾流完、断绝呢?天上的明月虽然有圆有缺,可是它本身始终没有增

加，也没有消减。"逝者……消长也"中，语意对得工整，但用字却长短错落，吟诵起来摇曳多姿。

第二层"盖"为发语词，引出后面的"变与不变"之理。此一层换韵，"瞬""尽"是震轸合韵，由之前的缓和变得更客观，吟诵略快些。如果从宇宙万物变化的角度来看，万事万物是没有一刻是停止的。如果从宇宙不变的角度来看，万物与我都是无穷尽的。一组对句后，来一句"而又何羡乎"，形成错落之美。如果从水月不变的角度看万物，人类的生命同样是无穷的，可以是子子孙孙生命及精神的延续，又何必羡慕那无穷的长江呢。

第三层"且夫"语意更进一层，天地之间万事万物各有它的归属，有它的主人，是有定数的，如是不属于我，或我得不到的，即使是一丝一毫我也不过分占有，这样就不会有患得患失之忧。"主""取"押上声麌韵，"有主""莫取"，吟诵时尽可能传达出这种参透天地的冷峻、豁达。

第四层"惟"略停顿，后面接三组对句，语意又推进一层，"江上之清风"与"山间之明月"呼应首段赤壁之景"清风徐来""月出于东山之上"，耳听到清风吹拂之声就成为悦耳的天籁，眼看到明月所照耀之光就成为悦目的美妙之色，且这美声与美色无穷无尽，可以无限享用。"是造物……共适"，散句，与之前对句相接，有音韵错落之美，这是造物者无尽的宝藏，我和你正在共享啊。"无尽藏"是佛家用语，出自《华严经》"出生业用无穷竭，故名无尽

藏",本意说人出生以后行为、功德是无穷尽的,苏子借此来说江上清风、山间明月等声色之享是无穷无尽的宝藏。吟诵时"之所——共适——"拖音可以将自得、自适、自在之情表达出。其中"月""色""竭""适"押入声月陌职合韵,收束短促,最后一个"适"读出入声后,可以适当拖音。

吟诵此段整体感悟每层换韵之妙,句子灵活错落、骈散结合之妙。苏子受佛、道思想影响,从"变与不变"两种角度来谈世间万物,化解人生的悲怨与虚无。万事万物都是道的外化,他们以千差万别之相显现于世。不被暂时的、表象的物我差别迷惑,不去奢求非己之物,尽情享受自然这个无穷宝藏,正可徜徉其间自得其乐,达到人与天地的和谐。

客人喜而笑,洗盏更酌。肴核既尽,杯盘狼籍。相与枕藉乎舟中,不知东方之既白。
　　　　　　　　615

客人欢喜而笑,于是我们洗杯再饮。肴核吃尽,肴指肉食,核指果品。"杯盘狼籍","狼籍"形容凌乱,据说狼把草垫在身下卧着睡,离开时把草弄凌乱,消除睡过的痕迹,此处指吃喝后杯盘凌乱不堪。实在是酣畅尽兴啊。客人靠着苏子,苏子靠着客人,在舟中卧着,浑然不觉东方天边已泛出白色。直抵逍遥忘我之境!此节

"酹""籍""白"押入声药陌合韵,吟诵时收束短促,最后一个"白"读出入声后可以适当拖音,余韵无穷。

在赤壁山川风月之中,苏子寻找到一条超越世俗的救赎之道,他能吸取、消化、融会儒道释三家,将三者融会于心,由定生慧,由慧入定,不执着于人世的大小、长短、有无、变与不变,逍遥于天地之间,走向旷达超脱。从此,《赤壁赋》不断引领世人超越人生得失、世俗困境,在中国文明进程中具有里程碑的意义。

6.《五代史伶官传序》
欧阳修

扫描二维码
在线听音频

吟诵重点:此文属少阴情韵(唐文治先生归类)。吟出文章整散结合、长短句结合的错落之美,在快慢、顿挫、抑扬中,感悟作者以纡回之笔触,表达的深沉而强烈的对史实盛衰的忧思、对人事得失的思考、对国事安危的忧虑;吟出文章"呜呼""哉""矣""也""欤"等语气里的深沉感慨;感悟三个反问句中凝聚的作者对历史独特、深邃的思考。

《五代史伶官传序》选自《新五代史·伶官传》,欧阳修的《五代史》为区别于薛居正等官修的《五代史》,被后人加了"新"字,是二十四史之一,记载了自后梁开平元年(907年)至后周显德七年(960年)共53年的历史,在这期间,中原有后梁、后唐、后晋、后汉、后周五个王朝更替。欧阳修是北宋古文运动的领袖,唐宋八大家之一,也是著名的史学家。欧阳修改变了《旧五代史》五代各朝分别成编的体例,打破朝代界限,将各朝本纪、列传总合在一起,体现大一统的史观。欧阳修概述五代"于此之时,天下大乱,中国之祸,篡弑相寻"(《新五代史·吴世家》),"五十三年之间,易五姓十三君,而亡国被弑者八,长者不过十余岁,甚者三四岁而亡"(《本论》),他认为"史者国家之典法也",而《旧五代史》有"繁猥失实"处,故编撰《新五代史》目的在于"垂劝戒,示后世",褒贬五代历史。《伶官传序》是《新五代史·伶官传》前的短序,旨在说明写《伶官传》的意图。

唐文治先生点评此文:"以'盛衰'二字作主,首段以'盛衰之理'三句作总冒,中间一段盛、一段衰,末段以'方其盛也''及其衰也'作封锁,文法缜密。所以不觉板滞者,由欧公丰神妙绝千古之笔,一唱三叹,皆出于天籁,临时随意点缀,故能化板为活耳。"

呜呼!盛衰之理,虽曰天命,岂非人事哉!/原庄宗之所以得天下,与其所以失之者,可以知之矣。

文章起笔一声"呜呼",饱含对乱世盛衰的无数叹息、无尽感慨。唐调吟诵时微低沉、稍拖音。欧阳修的儿子欧阳发论曰:"先公……自撰《五代史》七十四卷……褒贬善恶,为法精密。发论必以

第三章　高中古诗文唐调吟诵探析

'呜呼',曰:'此乱世之书也。'其论曰:'昔孔子作《春秋》,因乱世而立治法。余述本纪,以治法而正乱君。'此其志也。"这段话点明欧阳修写"乱世"之史"褒贬善恶",目的在于"以治法正乱君",这一声"呜呼"里是深沉的提醒。本篇"呜呼"之后,紧承议论,"盛衰之理,虽曰天命,岂非人事哉",语简意丰,连用四字句,对"盛衰之理"饱含感慨,表示将国家的盛衰全委于天命之说是不合理的。薛居正《旧五代史》把后唐的覆灭归因于天命的转移,"天命观"也是历代史学家常秉持的观点。欧阳修开头便鲜明亮出观点,盛衰之理除了天命之外,还有更重要的人事。"虽曰天命,岂非人事"八个字吟诵时加重,有强调意味,"哉"字吟诵时拖音"6̇1̇5̇",有极浓烈的抒情意味、参透历史的痛心感。论点提出,第二层紧承事实,"原庄宗之所以得天下,与其所以失之者,可以知之矣",以庄宗得天下、失天下的史实为证,此处用散句表达,吟诵时关注"之所以""与其""矣"等虚词的抒情效果,语气由之前的强烈渐转舒缓,起到一张一弛之效。

世言晋王之将终也,以三矢赐庄宗而告之曰:"梁,吾仇也;燕王吾所立,契丹与吾约为兄弟,而皆背晋以归梁。此三者,吾遗恨也。与尔三矢,尔其无忘乃父之志!"/庄宗受而藏之于庙。其后用

6̇1̇5̇

兵，则遣从事以一少牢告庙，请其矢，盛以锦囊，负而前驱，及凯旋而纳之。
615

此段根据语意，分为两层。第一层交代晋王临终赐矢，临终之言简练有力，由三矢引出梁、燕、契丹三仇敌，简练中暗含错综复杂的历史。唐调吟诵"世言……告之曰"，音由低渐起，"梁……兄弟"渐高，到"而皆背晋以归梁"一低一顿，"此三者，吾遗恨也"一提一扬，语气斩钉截铁，声音高昂，庄严郑重，"与尔三矢，尔其无忘乃父之志"吟诵音高，到结尾"之志"渐低拖音收束。这几句简短传神，"与尔三矢"干净利落，晋王言行历历在目，复仇之命责无旁贷。第二层庄宗恭敬地"受而藏之"，之后一连串的动作"遣""告""请""盛""负""前驱""凯旋""纳"，表现庄宗受遗命后励精图治，积极复仇。"盛以锦囊，负而前驱，及凯旋"，吟诵音高，四字句音速略快，之后"而纳之"渐回落拖音。

方其系燕父子以组，函梁君臣之首，入于太庙，还矢先王，而告以成功，其意气之盛，可谓壮哉！/及仇雠已灭，天下已定，一夫
615
夜呼，乱者四应，仓皇东出，未见贼而士卒离散，君臣相顾，不知所

第一章　唐调吟诵概论

归,至于誓天断发,泣下沾襟,何其衰也!/岂得之难而失之易欤?抑
　　　　　　　　　　　　　　　6̇1̇5̇
本其成败之迹,而皆自于人欤?/《书》曰:"满招损,谦得益。"忧
　　　　　　　　　　　6̇1̇5̇
劳可以兴国,逸豫可以亡身,自然之理也。
　　　　　　　　　　　　6̇1̇5̇

第一层"方其"领起一系列复仇行为"系燕父子以组,函梁君臣之首,入于太庙,还矢先王,而告以功成",概述庄宗复仇迅速,就像闪过一个个复仇画面,吟诵时渐强渐快,"其意气之盛,可谓壮哉",真是意气风发、豪壮慷慨,吟诵时关注"其""之""哉"等虚词加强的抒情意味。第二层,复仇之后情况急转直下,"及仇雠已灭,天下已定,一夫夜呼,乱者四应,仓皇东出,未及见贼而士卒离散,君臣相顾,不知所归,至于誓天断发,泣下沾襟,何其衰也",又是一系列的衰败画面,以四字句为主,多为仄声韵,语句铿锵,更显情势紧张急促,其中"灭""出""发"是入声韵,吟诵时短促,此一层写尽了由盛而衰的狼狈,"何其衰也"吟诵时拖长,"衰"字加重,读来让人痛心叹惋。清人沈德潜曾评论欧阳修文章"文情感喟唏嘘,最足动人"(《唐宋八大家文读本》卷十一),这一"盛"一"衰"的表达中就有无限深情,真可谓"六一风神",以情韵胜。

第三层由史实进一步感慨"岂得之难而失之易欤?抑本其成败之迹,而皆自于人欤"。唐调吟诵此句时,"岂……欤?抑……欤"两

个反诘,"抑"字稍顿挫,在看似委婉、推测、询问的语气中再次郑重亮出自己的观点。前一句呼应史实中的盛衰现实,呼应"天命";后一句"抑"则提出自己观点,"皆自于人欤"呼应观点中的"岂非人事"。

第四层用《书》中"满招损,谦受益",得出"忧劳可以兴国,逸豫可以亡身,自然之理也"的结论,呼应全文的"盛衰"之理,进一步阐释"人事",而这也正是庄宗得天下与失天下的根源。这一层有两组整句,其中"忧劳"与"逸豫"、"兴国"与"亡身"平仄相对,吟诵时有节奏感,语音掷地有声,"自然之理也"中"也"字拖音,语气缓和,更显此理之客观,语重心长。

故方其盛也,举天下之豪杰莫能与之争;及其衰也,数十伶人困之,而身死国灭,为天下笑。/夫祸患常积于忽微,而智勇多困于所溺,岂独伶人也哉!
　　　　　　　　　　　　　　6 1 5
　　　　　　　　　　　　　6 1 5

"故方其盛也……"与"及其衰也……"两层,整散结合,"故"字承上启下,语气婉转,内心强烈的感情以曲折委婉的方式表达出来,情韵丰沛,再次回应盛衰之理,庄宗得失之史实,"举天下"一句音高昂,其中"杰"和"莫"是入声字,音着重短促

第三章　高中古诗文唐调吟诵探析

显出"方其盛"之势不可挡的气势，"而身死国灭，为天下笑"中"国""灭"是入声字，急促、顿挫，"为天下笑"吟诵缓慢、结尾拖音，如此急促的盛衰转折让人唏嘘痛心。第二层，"祸患常积于忽微""智勇多困于所溺"，再次照应庄宗衰败的史实，整句中加以"夫""而"两虚词，吟时略停顿拖音，加强抒情意味。祸患常常积蓄在忽微处，忽微指一寸的十万分之一甚至百万分之一，实在是细小之极啊。智勇之人，也常沉溺于所爱之物。一个极细小的所爱之物就能将智勇之人毁灭，将一个时代毁灭，多么值得警醒啊。文章至此已可完结，但最后紧接一句反诘"岂独伶人也哉"将文意引向更深广的境界。"独"字是入声字，吟诵时短促、着重，意味深长，不独独是溺爱伶人导致身死国灭，为天下笑。"也哉"两个虚词连用结句，实在是深情款款，欧阳修在此忧国情深，提醒北宋统治者，宋朝表面上"盛"，实则危机四伏，更要注意防微杜渐啊。

欧阳修的文章被誉为"六一风神"，林纾在《春觉斋论文》说"凡情之深者，流韵始远……故世人之论文者恒以风神推六一，殆即服其情韵之美"，欧阳修的文章有淳厚的深情，风采神韵皆因情而生，内蓄深情则外显为神韵。用唐调吟诵此篇时，吟出各种"感慨"，如"呜呼""哉""矣""也""欤"等一系列感叹词随处可见，有一唱三叹之效；关注文章中三处反问句，"岂非人事哉""岂得之难而失之易欤？抑本其成败之迹,而皆于人欤""岂独伶人也哉"将全文的议论贯通，凝聚着作者对历史的独特深邃的思考，情感真挚淳厚；吟出文章整散结合、长短句结合的错落之美，在快慢、顿挫、抑扬中，感悟作者以纡回之笔触，表达出深沉而强烈的对史实盛衰的忧思、对人事得失的思考、对国事的忧虑。

7.《登泰山记》

姚鼐

扫描二维码
在线听音频

吟诵重点：作者用简练明快的语言，表达走出京师、走出世俗的急切、豪迈，以及不断转换视角描写泰山大光彩、大安静之境，作者追求生命大光明之境；吟诵时，吟出短句的节奏感与情韵，吟诵入声字的顿挫之美，感悟融明朗、激越、静穆、柔美为一体的阳刚阴柔糅合之美。

泰山，五岳之首。东汉应劭在《风俗通义》中记载："泰山之尊一曰岱宗。岱，始也；宗，长也。万物之始，阴阳交代，故为五岳长。"泰山一直被古人视为直通天帝之所，是历代文人游历、百姓崇拜、帝王告祭的神山。

姚鼐是清乾隆二十八年（1763）进士，与方苞、刘大櫆并称"桐城三祖"。1774年，44岁的姚鼐辞去刑部郎中及《四库全书》纂修官职务。有人认为他是因病乞归，也有人认为他是因为与戴震、纪昀等人的学术观点不合。姚鼐归故里前专程去泰安，与挚友泰安知府朱孝纯（字子颖）同上泰山。两人在除夕观泰山日出。选择除夕登泰山观日，还有天气原因。姚鼐到泰安后所作《晴雪楼记》中说："余之来

第三章 高中古诗文唐调吟诵探析

也,大风雪数日,崖谷皆满";在《于朱子颖郡斋值仁和申改翁见示所作诗题赠一首》中说"拟将雪霁上日观,当为故人十日留";在登上泰山后所作《题子颖所作登日观图》中说"岂有神灵通默祷?偶逢晴霁漫怀欣"。可知,他们是等到除夕才等到这个"雪霁上日观"的天机。下山后,姚鼐写下了《登泰山记》。

用唐调吟诵《登泰山记》是对桐城派主张"因声求气"的回应。唐调创始人唐蔚芝先生讲究读文法,上承清桐城派曾国藩、吴汝伦等。唐调是与桐城派读书法一脉相传的,桐城派读文强调"因声求气",根据言之长短、音之高低来探求文章之气。

泰山之阳,汶水西流;其阴,济水东流。阳谷皆入汶,阴谷皆入济。当其南北分者,古长城也。最高日观峰,在长城南十五里。

文章先用偶句介绍泰山之阳、之阴有两条河流,汶、济两水东西夹流,吟诵时吟出两个"皆"字的强调意味。"皆"字点出了山南山北众多支流纵横交叉、终归一河的景色,齐鲁大地上山水盘绕的壮丽地形跃然纸上。然后用一个判断句介绍古长城界分南北,吟诵"也"时略拖音,古长城与泰山相连,增添了历史厚重感及雄浑色彩。再点明最高的日观峰在长城南十五里,日观峰是最早看到太阳升起的地方,这也是姚鼐观日出处。此段用简笔勾勒写出了山、水、古长城、日观峰等主要景观,轮廓清晰、层次感强。第一段语言简洁精练,多

为短句，平实质朴。

余以乾隆三十九年十二月，自京师乘风雪，历齐河、长清，穿泰山西北谷，越长城之限，至于泰安。/是月丁未，与知府朱孝纯子颍由南麓登。四十五里，道皆砌石为磴，其级七千有余。泰山正南面有三谷。中谷绕泰安城下，郦道元所谓环水也。/余始循以入，道少半，越中岭，复循西谷，遂至其巅。/古时登山，循东谷入，道有天门。东谷者，古谓之天门溪水，余所不至也。/今所经中岭及山巅，崖限当道者，世皆谓之天门云。道中迷雾冰滑，磴几不可登。及既上，苍山负雪，明烛天南。望晚日照城郭，汶水、徂徕如画，而半山居雾若带然。

用唐调吟诵第二段，根据语意，可划出五层（用"/"标层次），结句用"６１５"拖音。第一层交代了出行时间及行程，乾隆三十九年（1774）十二月，正值岁末，姚鼐从繁华热闹的京师出发。"乘风雪，历江河、长清，穿泰山西北谷，越长城之限，至于泰安"，将一段长途跋涉写得简洁潇洒，"乘""历""穿""越""至于"一

第三章　高中古诗文唐调吟诵探析

系列动词，"乘"和"至"为去声，吟诵时音高昂激越，"历"和"越"是入声字，短促有力，这一路坚定洒脱，风尘仆仆。这一层多为短句，吟诵节奏感、顿挫感较强。姚鼐从官场出走，首选去泰山、登日观峰，自有"复得返自然"的急切与期待。

第二层写姚鼐登泰山的时间，丁未日是当年除夕前一天，同行者是泰安知府子颖。山路四十五里，登山石阶有七千余级，行路难，更显专注与坚定。中谷水绕至泰安城下，即郦道元所说的环水。

第三层"道少半，越中岭，复循西谷，遂置其巅"。三字句与四字句结合，既有变化，又有节奏感，"越"为入声，"道""复""置"为去声，吟诵时高扬，尽管登山天气严寒、路途艰难，但姚鼐登山依然脚步笃定。

第四层介绍古人常登山之路，而自己并未循古人常走之路。第五层写登上泰山山巅，从中岭到山巅，有不少横在路上的像门槛挡路一样的山崖，人们称之为天门，可见地形险要。道中寒雾弥漫，不辨方向，山路险峻，风雪严寒，举步维艰。"及既上"，真是举重若轻，吟诵此三字时，"既上"均为去声，连续微拖音，一切的险要都被平实的三个字湮没，人人都期待着泰山之巅的别样风景。只有在巅峰，才一览无遗，"苍山负雪，明烛天南"，八个字遒劲精妙，苍山默默，座座负雪矗立，积雪莹莹，光芒洞烛南天，真是一个神妙静谧的仙境世界。吟诵此八字，"负雪"中"负"字音高，"雪"是入声字，吟时短促，"烛"是入声字，短促有力，"天南"舒缓，在平仄抑扬声中有一种自在的气

象。"望晚日照城郭,汶水、徂徕如画,而半山居雾若带然",泰山之巅,纵目远眺,日照城郭,山水流光如画,半山居雾如练。姚鼐俯仰天地,超尘脱凡,天地大美,胸中大快。

　　戊申晦,五鼓,与子颖坐日观亭,待日出。大风扬积雪击面。亭东自足下皆云漫。稍见云中白若樗蒲数十立者,山也。/极天云一线异色,
$\underset{\bullet\ \ \bullet}{615}$
须臾成五采。日上,正赤如丹,下有红光动摇承之。或曰,此东海也。/
$\underset{\bullet\ \ \bullet}{615}$
回视日观以西峰,或得日或否,绛皓驳色,而皆若偻。
$\underset{\bullet\ \ \bullet}{615}$

　　戊申是丁未的第二天,晦日就阴历月末最后一天,这一天就是除夕日。五鼓即五更,古人把黄昏到拂晓的一夜长度分为五个更次,每个更次为两个小时,一更指晚上八时左右,二更指夜间十时左右,五更指夜四时左右,即拂晓时分。姚鼐与子颖坐观日亭待日出。泰山之巅,大风劲急,积雪扑面而来。"积雪击面"中"积雪""击"均为入声,短促有力,更显风雪弥漫与飞扬的力度。日观亭东面,从山巅向下俯瞰,浓雾弥漫,一片混沌。"稍见云中白若樗蒲数十立者,山也","也"字吟"$\underset{\bullet\ \ \bullet}{615}$"拖音,慢镜头缓缓移动,终于等到浓雾散开,因为是俯瞰,渐渐地可以看到下面白色如骰子的事物,原来是

第三章 高中古诗文唐调吟诵探析

一座座负雪之山在脚下静默矗立。

第二层写日出光华。"极天云一线异色"中"极""一""色"三个字为入声字,故此句吟诵干净利落,天的尽头,一线云层,一线不断幻化,瞬间五彩斑斓。伴随着五彩,终于"日上"。吟"日上"两字,"日"为入声字,"上"字音高,声音清脆高扬,如日光突然朗照,天地一瞬大开,日出颜色红赤,正如丹砂,日照之下,红波摇动,上下光辉,交映腾挪,天地彤彤然。红波所自,有人说是东海,"也"字吟诵时拖音回味,日已出矣。姚鼐终于从繁华的京师、热闹的人间出走,终于如愿在除夕之日看到神往的泰山日出,精神荡漾,胸中光明,得到神启。姚鼐用寥寥数语写下泰山日出过程,至此"苍山负雪,明烛天南""极天云一线异色,须臾成五彩""正赤如丹"便定格在文学史上,永远熠熠发光。

第三层写回望日观峰以西负雪诸峰。日出东方,天地上下动摇赤红交映,西边负雪山峰色彩又是另一番景象,光照处,山色绛红,未有光照处,山色素白,红白斑驳,在日观峰看西面诸峰,均为俯视,故诸峰如偻,恭敬而立。此几句看似漫不经心,"回视"所见,更添泰山日出丰富性、开阔性、层次感。"皆若偻"中"皆"字吟诵时加重语音并微拖音,"若偻"均为去声,音偏高。西面诸峰之"偻"与前面诸峰之"负"、之"立"一起,在这个神仙世界,无一不是恭敬而安静地侍候前来探访的"我","我"遗世独立。

姚鼐这天在日观峰上完成长诗《岁除日与子颖登日观观日出作

歌》，写得逸兴酣畅，"男儿自负乔岳身，胸中大海光明暾。即今同立岱宗顶，岂复犹如世上人。……驭气终超万物表，东岱西峨何复论"。"胸中大海光明暾"，是说胸中有了天地大光明；"岂复犹如世上人"，是说自己已超越人世，怎能如俗世之人那样活着呢；"驭气终超万物表，东岱西峨何复论"，是说自己已超越天地万物，不再有东泰山西峨眉之分别，不再有俗世的纠结与束缚了。诗文互证，姚鼐看到泰山之巅的"大光明"，生命有了大觉悟，更坚定自己的生命选择。

亭西有岱祠，又有碧霞元君祠。皇帝行宫在碧霞元君祠东。/是日观
道中石刻，自唐显庆以来；其远古刻尽漫失。僻不当道者，皆不及往。

吟诵此段分两层，写泰山厚重的文化历史。第一层姚鼐只轻轻提及山上的岱祠、碧霞元君祠、皇帝行宫，这也是泰山五岳之尊的象征、历朝帝王封禅之处。第二层略提道中石刻，点明存废情况，笔调凝练简约。吟诵时无多抑扬，质朴简洁。

山多石，少土。石苍黑色，多平方，少圜。少杂树，多松，生石罅，皆平顶。冰雪，无瀑水，无鸟兽音迹。至日观数里内无树，而雪与人膝齐。/桐城姚鼐记。

此段文字明净洗练，清峻硬朗，均为短句，匠心独运，吟诵时顿挫感强。"山多石"音高，"少土"音低，"多平方"音高，"少圜"音高，如此不断抑扬。短句中又有"石""黑色""杂""雪""迹"多个入声，吟诵时短促，更显硬朗，在顿挫中不断转换视角，笔走龙蛇，摇曳生姿，写了泰山的"三多三少"，写出泰山"无鸟兽音迹"浩阔空茫的安静世界。

除夕观泰山日出，姚鼐认为"有神灵通默祷"，在除旧布新的日子，在光明、安静的泰山之巅，姚鼐真正从热闹的人世间"出走"，走向他"胸中大海光明暾"的新历程！此次辞官，直至四十一年后的1815年离开这个世界，姚鼐从未再入仕。他先后在扬州梅花书院、安庆敬敷书院、歙县紫阳书院、江宁钟山书院讲学，著书立说，构建"阴柔阳刚理论"的散文美学，认为"阴阳刚柔并行而不容偏废"（《海愚诗抄序》），成为清代桐城派散文的集大成者。《登泰山记》就是融阳刚之美与阴柔之美于一体的典范。

吟读《登泰山记》，感受作者用简练明快的语言，传达自京师径直来泰山的急切、豪迈，不断转换视角描写泰山光彩、安静之境；吟出短句的节奏感与情韵；吟诵入声字的顿挫之美；吟出泰山之景的明朗、静穆等意境，感悟此文阳刚阴柔糅合之美；景与情相融，感悟作者坚定走出世俗，寻心中"大海光明暾"之意。

我的吟诵之路
（代后记）

2012年10月，我参加了杨浦区教育学院刘德隆、杨先国两位老师开设的"古诗文吟诵"课，该课程特聘唐调创始人唐文治先生亲授弟子陈以鸿先生教授吟诵，开启了我的古诗文吟诵之路。之后几年，我反复聆听陈以鸿先生的系列吟诵音频，从熟练吟诵，到举一反三吟诵各类古诗文。

2014年始，我开始探索将吟诵引入课堂教学。6月，参与刘德隆教授策划的《唐调吟诵古诗文》光盘录制。

2015年10月，我与陈悦、王立群、陈皓俊、张赟华老师跟随刘德隆、杨先国两位老师赴江苏太仓，参加"唐文治诞辰150周年——传承娄东文化唐调吟诵会"。11月，参加由刘德隆、杨先国两位老师组织的第一次"潺潺的吟诵"座谈会，与大家交流将吟诵引入语文教学的心得。

2016年5月，我参观上海楹联学会主办"弓冶箕裘——陈氏父子联墨展"（陈文无与陈以鸿父子），听了陈以鸿先生《十八般武艺》

的传统文化讲座，感佩陈先生的国学功底；8月，在杨浦区暑期语文学科专题培训上，教研员王玮老师请我做了《慢处声迟情更多——古诗文吟诵》专题讲座。11月，在上海市文化阅读推广学术论坛与教学展示活动中，我做了题为《传译中国传统文化优秀基因》的交流。11月，我与孙蕴芳、陈皓俊老师在中原中学共同组织了第二次"潺潺的吟诵"座谈交流会。12月，参观刘德隆教授收藏的二百余种版本《老残游记》，初步了解"丹徒刘氏大有堂家传吟诵调"。

2017年2月，参加上海楹联学会活动，正逢无锡电视台采访陈以鸿先生。陈先生谈起格律诗、对联、诗钟、吟诵等，眉飞色舞，乐在其中，观众真切感受到陈先生对传统文化的热爱。3月，我和章凌华老师随刘德隆教授拜访陈以鸿先生，陈先生家中约20平方米的居室，从屋顶到地面层层叠叠堆满了各种书、杂志、报刊等，三五人就把屋子挤得密不透风，在狭小的空间，陈先生指点我们吟诵古文，听者如沐春风。4月，我开设了"慢处声迟情更多——古诗文吟诵"公开课，上海离退休高级专家联谊会30余位教师来听课，并赠联"杨浦群英迎盛世，中原俊杰诵华章"。

2017年11月，我参加刘德隆、杨先国老师开设的杨浦区教育学院"唐蔚芝先生读文法"骨干班，由陈以鸿先生指导吟诵。1月4日吟诵骨干班考核，由陈以鸿先生评价，11位教师获得吟诵骨干班结业证书。我还参加杨先国老师开设的杨浦区教育学院"诗联创作班"，尝试将吟诵与诗联创作结合，学习格律诗词创作。

我的吟诵之路（代后记）

2018年9月，我负责申请的上海市中原中学"非遗传承项目古诗文吟诵工作室"由市教委审批成立。吟诵工作室的成立，旨在传承与发展吟诵这一优秀的文化遗产。其主要工作有：将吟诵融入语文教学，开发吟诵校本课程；录制系列吟诵光盘；开展市区级吟诵展示交流活动；采访、录制名家吟诵音频，保存吟诵资料。

2018年11月，中原中学举办了"唐调吟诵古诗文交流研讨活动暨古诗文吟诵工作室启动仪式"，活动得到了区、校领导的大力支持，吸引了常州、太仓、丽水、宁波、上饶等地及上海各区县吟诵界同仁踊跃参与，还特邀陈以鸿先生参加。上午由刘德隆、杨先国老师主持，各地吟诵团队交流座谈；下午我开设"古诗文传统吟诵"公开课，有幸请到陈以鸿先生课堂上示范吟诵欧阳修《秋声赋》；之后各地吟诵组织进行吟诵展示；最后陈以鸿先生发言，谈到唐调吟诵学习一定要参照《唐蔚芝先生读文灌音片》，陈先生特别强调："我们目前的工作最主要的是抢救，但抢救的同时也要实事求是。"

2018年12月，我与孙蕴芳、陈悦、王立群老师跟随刘德隆教授参加四川大学主办的"四川省2018年国学吟诵教育发展研讨会暨四川吟诵抢救·整理·研究"课题汇报会，我介绍了中原中学吟诵工作室概况。

2019年1月18日，我与孙蕴芳、黄翰韫老师跟随刘德隆教授拜访唐文治先生亲授弟子94岁的萧善芗先生，萧先生谈及唐文治先生录制灌音片的20篇古诗文，并谈及唐调与文化底蕴、修养人格的关系。1月25日，我与陈悦、孙蕴芳、徐静、王立群、陈皓俊老师跟随刘德隆、杨先

国老师去拜访百岁老人王淑均先生，王先生是唐文治先生创办的无锡国专的学生，也是上海市最早的语文教研员。1月29日，我与孙蕴芳、陈悦、张赟华、刘晖、王立群、陈皓俊、袁丽丽老师跟随刘德隆、杨先国老师到上海交通大学浩然咖啡厅给陈以鸿先生拜年，陈先生论及社会上唐调吟诵乱象，强调唐调传承不要空封名头，应实事求是。

2019年，我与孙蕴芳老师多次拜访陈以鸿先生，请教唐调吟诵有关问题。3月，去上海交大浩然咖啡厅向陈以鸿先生请教《（一九四八年）唐文治先生读文灌音片（修复版）》部分篇目吟诵，为中原中学吟诵工作室出版系列吟诵光盘作准备。6月，陈先生为吟诵工作室撰联"句酌字斟循矩矱，金声玉振具规模"。同时我喜得个人嵌名联"妍质慧心能继缵，群英众志共传承"。8月，陈先生为吟诵工作室录制的系列吟诵光盘写文言文序。10月，向陈以鸿先生请教高中教材部分古诗文吟诵法。12月，向陈以鸿先生请教王国维"人生三境界"的吟诵法。

2019年3月，刘德隆教授来中原中学指导高二年级吟诵拓展课。4月，与刘德隆教授、孙蕴芳及王立群老师一同去采访毕业于无锡国专的百岁刘衍文先生，其长子刘永翔先生也在，父子两位学者都用浙江龙游调吟诵，刘衍文先生狂吟、刘永翔先生微吟，各有韵味。5月，邀请上海师范大学王澧华教授来中原中学做讲座"曾国藩的读书经"，王教授详细阐释曾国藩所提"古文四象"的内涵，帮助理解唐调阴阳刚柔之气。6月，参加上海大学组织的首届吟诵艺术论坛，并做了《我为何把唐调吟诵引入古诗文教学》的发言。7月，刘德隆教授、陈悦老

我的吟诵之路（代后记）

师及四川吟诵课题负责人陈洪老师来中原中学吟诵工作室座谈。

2019年9月，我参加教育部首届"迦陵杯·诗教中国"诗词讲解大赛，获得高中组一等奖。决赛在南开大学举行，叶嘉莹先生为决赛选手上了一堂课，大家齐声诵读先生的诗作："中华诗教播瀛寰，李杜高峰许再攀。喜见旧邦新气象，要挥彩笔写江山。"叶先生强调希望把吟诵这一宝贵的文化遗产留给后人。这也是此次参赛最难忘的片段。

2019年11月，刘德隆教授和王令之老师（王国维孙女）来吟诵工作室畅谈。王老师深情朗读了她自己的诗作，读了王国维《人间词话》中的"有我之境"和"无我之境"。王老师与叶嘉莹先生是多年好友，她鼓励我们把吟诵带入课堂。

2019年3至11月，吟诵工作室录制并出版"传统吟诵系列光盘"四份（上海教育音像出版社）：《张妍群唐调学吟》《孙蕴芳唐调学吟》《中原中学师生唐调学吟》《丹徒刘氏大有堂家传调吟诵》。《张妍群唐调学吟》光盘内容主要参照《（一九四八年）唐文治先生读文灌音片（修复版）》，包含了《修复版》中的散文十篇、诗词十首，特增加吟诵唐文治先生的文章《英韶日记序》、陈以鸿先生的文章《徐子风画集序》、陈以鸿先生的词《水调歌头·中华吟诵周志盛》，试图串起"唐调"发展脉络。《孙蕴芳唐调学吟》吟诵篇目参照《（一九四八年）唐文治先生读文灌音片（修复版）》，特别处在于吟诵均用沪语（张仁贤先生读书音）。《中原中学师生唐调学吟》，语文组老师陈美莲、孙蕴芳、于海梅、施蕾、金文英、沈麟、

朱春云、高绪燕、黄翰韫、苏璇、张妍群均参与吟诵音频录制，另吟诵班学生崔翊雯、高秋旋、许诺等16名学生参加了音频录制，吟诵调参照《唐文治先生读文灌音片修复版》及陈以鸿先生的诗文吟诵调。《丹徒刘氏大有堂家传调吟诵》中的"丹徒刘氏大有堂"即著名小说《老残游记》、首部甲骨文著作《铁云藏龟》的作者刘鹗的堂号，这是目前由家族传承的吟诵调的第一个正式出版的光盘，丹徒刘氏在我国近代文化史上有深远影响，这一家族的数代人的境遇，几乎就是中国近代知识分子家庭历史的缩影。"传统吟诵系列光盘"得到陈以鸿、萧善芗两位先生的肯定。

　　2019年12月5日下午，杨浦区"诗联创作和诗文吟诵联盟"成立会议暨上海市中原中学吟诵课程展示活动在中原中学三楼阶梯教室顺利开展。与会嘉宾有上海市教材语管处凌晓凤处长、杨浦区教育学院朱清一书记、上海大学文学院副院长姚蓉教授、杨浦区教育学院陆卫忠副院长、上海楹联学会学术总监杨先国老师、刘鹗研究者刘德隆教授、复旦附中特级教师黄荣华、上海交大附中特级教师乐燎原、杨浦区语文教研员王玮老师、王国维研究者王令之女士、"诗联创作和诗文吟诵联盟"成员校校长（上海市中原中学赵亦兰校长、上海市复旦实验中学张田岚校长、上海市包头中学张晓明校长、上海市杨浦区教育学院附中翟立安校长、上海市黄兴中学李津校长、杨浦区工农新村小学吕建骅校长）及杨浦区教育局徐春华科长、余娟科长、刘兴海老师，杨浦区艺术教育专职干部吴蕴老师，杨浦区语委办董雁老师。此

我的吟诵之路（代后记）

外，与会者还有杨浦区语言文字工作协会会员、部分高中语文老师、媒体记者、各市区吟诵爱好者。此次活动有三部分内容。一是我和孙蕴芳老师进行古诗文吟诵教学展示。二是介绍中原中学"非遗传承项目古诗文吟诵工作室"及"传统吟诵系列光盘"。三是杨浦区"诗联创作和诗文吟诵联盟"（简称"诗盟"）成立仪式，该活动由中原中学的党支部书记陈美莲（现任校长）主持。"诗盟"是在杨浦区教育局领导下，由教育系统内热爱诗联创作和诗文吟诵的单位自愿组成的公益性组织，致力于传承和弘扬中华优秀传统文化，将诗联创作和古诗文传统吟诵融入教学，提高语文学科的教学水平，营造交流互鉴、共同提高的学术氛围。之后由"诗盟"单位教师杨浦区工农新村小学陈悦老师、张赟华老师，复旦实验中学徐静老师分别上台做吟诵展示。《新民晚报》《少年日报》《青年报》等多家媒体报道了此次活动。

2020年8月，上海市"渊雷基金会"组织"钵水斋古诗文与唐调吟诵"雅集交流活动，张强理事介绍其外公苏渊雷先生及其家族诸多往事，并共商推广吟诵的公益活动。9月，上海市第十届公益伙伴日活动，"渊雷基金会"以"传承雅文化，温暖这座城"为主题，组织"钵水斋吟诵沙龙"，并为杨浦吟诵团队十位教师颁发志愿者聘书。

2020年10月，我与孙蕴芳老师跟随刘德隆教授拜访学者张人凤先生（商务印书馆第一任馆长张元济先生之孙）。听张先生谈及有关张元济年谱、商务印书馆、上海文史馆、昆曲艺术、文化传承的掌故。10月，吟诵工作室组织了"有朋远来，不亦乐乎——潺潺的吟诵"交

流活动，北京中华吟诵学会的徐健顺、朱立侠携团队来访。

2021年7月，吟诵工作室师生参加上海大学第五届中华诗词吟诵大会，孙蕴芳、黄翰韫两位老师及崔翊雯、高秋璇两位同学吟诵了"山水情思"系列古诗文篇目。9月，中原中学吟诵工作室组织了"明月几时有，把酒问青天——辛丑中秋潺潺的吟诵（十）"雅集活动，胡中行教授、刘德隆教授、杨先国老师、林美霞老师来吟诵工作室，商议参加玉佛寺的中秋诗会。

2021年9月，录制特级教师黄荣华主编《少儿古代经典分级阅读》三册书（复旦大学出版社）古诗文吟诵音频。2022年8月，录制黄荣华老师著《小学一年级古诗词》（复旦大学出版社）诗歌吟诵。

2022年1月，与孙蕴芳、黄翰韫、沈麟、苏璇五位老师同去拜访音韵学研究学者张仁贤先生及其女张笑蓉老师。张先生为吟诵工作室标注普通高中统编教材五册书的古诗文读书音，这是极为珍贵的资料。6月始，连续三个月，我每天在线跟随张仁贤先生用反切法查字音，主要依据《广韵》反切出的音古读音，这些读书音能回归古诗文的四声平仄和用韵和谐，读近体诗和韵文时感触最深。也开启了用唐调吟诵张仁贤先生所注读书音的学习。

2022年7，与孙蕴芳、张赟华老师跟随刘德隆教授去上海图书馆（浦东新馆），策划朗读亭唐调吟诵音频录制，我们赠送了吟诵工作室系列吟诵光盘，得到上图捐赠致谢卡。我受邀参加上海图书馆七月季"跟着诗歌去旅行"三场文化讲座活动，担任朱易安教授《白居易

我的吟诵之路（代后记）

在杭州》、李定广教授《跟着李白去旅行》、詹丹教授《〈红楼梦〉的题匾与吟诗》三场讲座的古诗文吟诵嘉宾。10月，受邀参加上海图书馆东馆《诗经》专场活动，我与黄唯尧、孙雯洁、邓俊贤、章子悦四位同学做了两场《诗经》吟诵展演。

2022年7月，参与慈怀读书会"希子会客"栏目，讲述"经典传承之唐调吟诵"的故事并做吟诵展示。9月，参加金山东林寺"吟咏风雅，品味东林"中秋诗会，学生崔翊雯做吟诵展示。9月，由上海市语言文字工作委员会主办、上海市语言文字水平测试中心等单位承办的"雅言传承文化经典浸润人生"活动在上海教育报刊总社举行，杨浦区教育局、杨浦区语委办组织了"诗教传承，我们在行动"主题论坛，由特级教师乐燎原主持，我与杨亚男、孙悦、徐静、柳旭五位教师（前三届"迦陵杯·诗教中国"诗词讲解大赛获全国一等奖）参与交流。

2022年10—11月，我开设杨浦区"十四五"教师培训课程，线上"唐调古诗文吟诵"培训课共20课时。陈以鸿先生、刘德隆教授、杨先国老师、乐燎原老师发来贺词寄语。课上还邀请陈悦、张赟华、王立群、陈皓俊、徐静、孙蕴芳、刘晖、虞宙、黄翰韬九位老师做课堂吟诵展示。陈晨、汪瑞琴、高绪燕、金文英、李谢林、许逸菲六位老师被评为"优秀学员"。

2023年3月，我与孙蕴芳、于海梅、黄翰韬老师同去拜访张仁贤先生，学习如何勾连唐调与读书音吟古典诗词，张先生以《唐宋人词百首赏析》一书为例，细致讲解读词应注意节奏点、音韵、拖音等。6

月,我与孙蕴芳、张赟华、黄翰韫、高绪燕同去拜访刘德隆教授,刘先生讲述了他对《中华吟诵的抢救整理与研究结项报告》的分析与思考。6月,我与孙蕴芳、张赟华、徐静、王立群老师和章子悦同学,跟随刘德隆、杨先国两位老师参加玉佛端午诗会,做了古诗文吟诵展示。8月,赴江苏太仓唐调研习所,收集唐调资料。9月,论文《吟出最美读书音——将唐调吟诵引入古诗文教学的探索与实践》,发表在《语文教学通讯》2023年第9期。9月,由陈美莲校长、刘勇副校长带队,我与黄翰韫老师及6位吟诵班学生参加上海市教育博览会,展示古诗文吟诵。11月,与张赟华、孙蕴芳、黄翰韫老师同赴千岛湖参加"中华吟诵大会",介绍杨浦吟诵及中原中学"吟诵工作室",并做吟诵展示。

我的吟诵之路已经走过十一年,前方道阻且长,我也将继续上下求索。

参考资料

唐文治著：《国文经纬贯通大义》，文史哲出版社，1987年。

唐文治著：《唐文治国学演讲录》，上海交通大学出版社，2017年。

唐文治著，文明国编：《唐文治自述》，安徽文艺出版社，2013年。

唐文治著，邓国光等编：《唐文治文集》，上海古籍出版社，2019年。

唐文治编著，邹登泰注，朱光磊、李素洁编：《读文法笺注》，广陵书社，2021年。

唐文治、邹登泰著：《读文法：教科适用》，上海天一书局，1924年。

唐文治著，朱光磊编：《国文阴阳刚柔大义》，广陵书社，2023年。

陈以鸿著：《续雕虫十二年》，上海交通大学出版社，2014年。

张仁贤著：《诗词平仄谱》，青岛出版社，2021年。

张仁贤著：《像古人一样读古诗》，青岛出版社，2021年。

曾国藩著：《古文四象》，有正书局，1917年。

启功著：《诗文声律论稿》，中华书局，2009年。

赵敏俐主编：《吟诵研究资料汇编》，中华书局，2018年。

朱立侠著：《唐调吟诵研究》，中国社会科学出版社，2015年。

朱任生著：《古文法纂要》，台湾商务印书馆，1948年。

朱自清著：《朱自清论语文教育》，河南教育出版社，1985年。

叶圣陶、朱自清著：《精读指导举隅（跟大师学语文）》，台湾商务印书馆，2009年。

王艳明、何宇海著：《跟着钱穆学历史》，中国言实出版社，2009年。

王桐荪、胡邦彦、冯俊森选注：《唐文治文选》，上海交通大学出版社，2005年。

王水照编：《历代文话》，复旦大学出版社，2008年。

贾文昭编：《桐城派文论选》，中华书局，2008年。

王宗光主编：《上海交通大学史》，上海交通大学出版社，2016年。

《普通高中语文课程标准（2017年版2020年修订）》，人民教育出版社，2020年。

叶嘉莹著：《古典诗歌吟诵九讲》，广西师范大学出版社，2014

参考资料

年。

叶嘉莹著：《迦陵各体诗文吟诵全集》，广西师范大学出版社，2021年。

魏嘉瓒主编：《最美读书声：苏州吟诵采录》，长江文艺出版社，2014年。

陆阳著：《唐文治年谱》，上海三联书店，2013年。

姚鼐著：《惜抱轩尺牍》，安徽大学出版社，2014年。

刘露茜、王桐荪编注：《唐文治教育文选》，西安交通大学出版社，1995年。

王鼎钧著：《〈古文观止〉化读》，生活·读书·新知三联书店，2020年。

刘绩著：《霏雪录》，《中国历代诗话选》，岳麓书社，1985年。

陈国安等编：《无锡国专史料选辑》，苏州大学出版社，2012年。

陈以鸿《茹经先生读文法管窥》，《唐文治先生学术思想讨论会论文集》，苏州大学，1985年。

陈以鸿：《大哉夫子——纪念唐校长诞生一百三十周年》，《国学之声》，1995年，总第9期。

刘德隆：《我们都是唐老夫子的学生——记陈以鸿先生》，《文汇报》，2021年5月30日。

叶嘉莹：《漫谈中国古典诗歌的吟诵传统》，《长城》，2001年第2期。

《唐文治先生学术思想讨论会论文集》，苏州大学编印，1985年。

《（一九八四年）唐文治先生读文灌音片（修复版）》，中国唱片（上海）有限公司，2017年。

黄荣华：《语文学习的第一要素是生命体验》，《现代语文》，2000年第5期。

苗民：《论唐文治先生的国文教育思想》，《语文学刊》，2014年第4期。

叶嘉莹、刘靓：《从中国诗论之传统及诗风之转变谈钱钟书〈槐聚诗存〉的评赏》，《北京社会科学》，2013年4月。

吴德明：《唐蔚芝先生访问记》，《旅行杂志》1936年第10卷第8期。